AMY & MATTHEW

CAMMIE McGOVERN

AMY & MATTHEW

Tradução
Raquel Zampil

1ª edição

Galera
RIO DE JANEIRO
2015

CIP-BRASIL. CATALOGAÇÃO NA PUBLICAÇÃO
SINDICATO NACIONAL DOS EDITORES DE LIVROS, RJ

McGovern, Cammie
M429a Amy & Matthew / Cammie McGovern; tradução Raquel Zampil. – 1ª ed. – Rio de Janeiro: Galera Record, 2015.

Tradução de: Say what you will
ISBN 978-85-01-07018-0

1. Ficção americana. I. Zampil, Raquel. II. Título.

14-16181 CDD: 813
CDU: 821.111(73)-3

Título original em inglês:
Say what you will

Texto revisado segundo o novo Acordo Ortográfico da Língua Portuguesa.

Composição de miolo: Abreu's System
Design de capa: Marília Bruno

Direitos exclusivos de publicação em língua portuguesa somente para o Brasil
adquiridos pela
EDITORA RECORD LTDA.
Rua Argentina, 171 – Rio de Janeiro, RJ – 20921-380 – Tel.: 2585-2000,
que se reserva a propriedade literária desta tradução.

Impresso no Brasil

ISBN: 978-85-01-07018-0

EDITORA AFILIADA

Seja um leitor preferencial Record.
Cadastre-se e receba informações sobre nossos
lançamentos e nossas promoções.

Atendimento e venda direta ao leitor:
mdireto@record.com.br ou (21) 2585-2002.

Para minha mãe e meu pai.
Em seus 54 anos de casamento,
vocês são exemplos perfeitos da minha crença
de que as maiores histórias de amor
começam com grandes amizades...

Mensagem não enviada encontrada no computador de Amy, no hospital:

Você quer a história completa, mas não se dá conta: é impossível contar a história completa. Você provavelmente pensa que só tem a ver com sexo, mas é aí que você se engana. Tinha a ver com amor. E com você. Principalmente com você. Outras pessoas olhariam para mim e considerariam o sexo um ato impossível, mas o amor, não. Acontece que são ambos possíveis e ao mesmo tempo impossíveis.

CAPÍTULO UM

Os E-MAILS DE AMY começaram no fim de julho e continuaram chegando durante todo o verão. Cada um deixava Matthew um pouco mais tenso:

Para: mstheworld@gmail.com

De: aimhigh@comcast.net

Assunto: Estou feliz!

Acabo de entrar sorrateiramente no escritório da minha mãe para olhar os nomes dos meus novos colegas auxiliares, e estou tão feliz! Seu nome está na lista! Pensei que talvez tivesse te assustado ao ser tão direta e pedir que se candidatasse. Tenho consciência de que se trata de um arranjo bem esquisito, mas tente não pensar nisso como meus pais se propondo a pagar a pessoas para serem minhas amigas. Sei que existe algo de perturbador e humilhante nisso. Prefiro pensar assim: meus pais estão pagando pessoas para *fingirem* que são minhas amigas. Assim fica mais próximo da verdade, acho, e não tenho nenhum problema com isso. Suponho que muitas pessoas no ensino médio simplesmente finjam ser amigas, certo? É um começo, acho.

A mensagem o deixou ansioso, mas ainda assim ele respondeu:

Para: aimhigh@comcast.net

De: mstheword@gmail.com

Assunto: Re: Estou feliz!

Não me importo, Amy. É um bom emprego; além disso, sua mãe diz que pode render crédito de serviço comunitário.
Saudações, Matthew

Para: mstheword@gmail.com

De: aimhigh@comcast.net

Assunto: Re: Estou feliz!

Crédito de serviço comunitário? Por um trabalho *remunerado*? Estou tentando não levar para o lado pessoal, Matthew, mas será que o trabalho parece tão oneroso a ponto de você receber *tanto o dinheiro quanto o crédito de voluntário* para fazê-lo?

Para: aimhigh@comcast.net

De: mstheword@gmail.com

Assunto: Re: Estou feliz!

Desculpe, você tem razão. Não, não foi isso que eu quis dizer. A verdade é que estou muito contente com esse trabalho. Não tenho muitos amigos na escola, então fico feliz por poder conhecê-la, assim como às outras pessoas que trabalham com você. Matthew
P.S.: Talvez eu não devesse ter mencionado essa coisa de serviço comunitário, mas, pensando bem, talvez sua mãe também não devesse ter sugerido isso. Acho que todos nós ficamos um pouco confusos.

Matthew já tinha um pressentimento de que aquilo não ia funcionar. Quanto mais pensava a respeito, mais certo ficava de que não funcionaria. Ele conhecia Amy desde o segundo ano, mas não a *conhecia* de fato. Não eram amigos. Ele se lembrava dela, claro, mas até aí lembrava-se de muita gente do ensino fundamental de quem não era amigo agora.

Para: mstheword@gmail.com
De: aimhigh@comcast.net
Assunto: Re: Estou feliz!

Por que você não tem muitos amigos? Você parece bastante normal, não? Lembro que você tinha amigos no ensino fundamental.

Para: aimhigh@comcast.net
De: mstheword@gmail.com
Assunto: Re: Estou feliz!

Eu tenho alguns amigos, acho. Mas não me adaptei muito bem quando começou essa história de dormir na casa um dos outros. Esse tipo de coisa me deixava tenso.

Ele não tinha certeza de por que tinha escrito aquilo. Ser sincero demais era sempre um erro — principalmente com alguém como Amy, temia ele. E não tinha a menor ideia do que responderia caso ela perguntasse por que ele tinha problema em dormir na casa dos amigos.

Para: mstheword@gmail.com
De: aimhigh@comcast.net
Assunto: Re: Estou feliz!

Por que você tem problema em dormir na casa dos amigos?

Ele não respondeu à pergunta. Não conseguiu, pois a verdadeira dúvida era outra: por que ela continuava escrevendo para ele? Ele não sabia o que ela estava fazendo nesse verão, mas presumia que estivesse frequentando algum curso de nível universitário. Certa vez ouvira um boato de que Amy fazia cursos de extensão da UCLA todo verão, e que já tinha créditos suficientes para começar a faculdade dali a um ano, já como veterana no segundo semestre. Provavelmente não era verdade, mas foi o que ele ouviu. Havia uma série de histórias nesse estilo sobre ela.

Depois de uma semana, ele ficou culpado por não responder e escreveu o seguinte:

Para: aimhigh@comcast.net

De: mstheword@gmail.com

Assunto: Re: Estou feliz!

Desculpe não ter respondido antes. Estava muito ocupado. Dá para acreditar que as aulas já vão começar? Estou ansioso pelas sessões de treinamento para esse emprego. Deve ser interessante. Você vai estar presente também? Sua mãe não disse na carta.

Ele soou como um imbecil. Ah, bem. Pelo menos respondera.

Para: mstheword@gmail.com

De: aimhigh@comcast.net

Assunto: Re: Estou feliz!

Não, eu não vou às sessões de treinamento. Por que dormir na casa de amigos te deixa tenso?

Para: mstheword@gmail.com
De: aimhigh@comcast.net
Assunto: Re: Estou feliz!

Como foi lá? Minha mãe disse que você estava lá, mas que ficou o tempo todo calado e saiu mais cedo, o que me deixa com medo de que talvez você tenha mudado de ideia. Por favor, não mude de ideia, Matthew.

Para: mstheword@gmail.com
De: aimhigh@comcast.net
Assunto: Re: Estou feliz!

Matthew? Você está aí? Por favor, me responda. Minha mãe disse que você esteve na sessão de treinamento hoje, mas não sabe nem dizer se você está mesmo interessado no emprego. Ela tem dúvidas. Eu pedi a ela para te dar uma chance. Todos os outros estão fazendo isso só para completar os créditos para a faculdade. Com você é diferente, eu acho. Talvez eu esteja errada. Mas, por favor, não desista.

Nisso ela estava certa: ele queria desistir. Uma "sessão de treinamento" com Nicole, a mãe de Amy, falando sobre riscos de engasgo e de convulsão foi o bastante para fazê-lo achar que não havia a menor possibilidade de ele dar conta. *Risco de convulsão?* Só de ouvir essa expressão ele começava a suar e a se perguntar se estava tendo uma.

Ao final da sessão, Nicole deixou claro: "Estamos substituindo auxiliares adultos por colegas de Amy porque este é o último ano dela no ensino médio e Amy quer aprender a fazer amigos antes de ir para a faculdade. Essa é a meta número um dela para este ano e esperamos que todos vocês possam ajudá-la a alcançar esse objetivo".

Para: aimhigh@comcast.net

De: mstheword@gmail.com

Assunto: Re: Estou feliz!

Sua mãe tem metas bastante ambiciosas para seus colegas auxiliares. Não tenho certeza se sirvo para isso.

Para: mstheword@gmail.com

De: aimhigh@comcast.net

Assunto: Re: Estou feliz!

Que metas?

Para: aimhigh@comcast.net

De: mstheword@gmail.com

Assunto: Re: Estou feliz!

Ela quer que cada um de nós a apresente a cinco novas pessoas por semana. Esse número parece alto? Para mim, sim, mas, como você já sabe, eu não tenho uma tonelada de amigos, então não tenho certeza.

Para: mstheword@gmail.com

De: aimhigh@comcast.net

Assunto: Re: Estou feliz!

POR FAVOR, não se preocupe com isso.

Ele *estava* preocupado com aquilo, sim. Muito preocupado. Agora que contara à própria mãe sobre o emprego, porém, não tinha certeza se ela o deixaria desistir.

— Espere um instante — disse a mãe após ele contar que talvez trabalhasse como auxiliar de Amy um dia por semana.

— Eu me lembro dessa garota? Do coral do sexto ano? Ela ficava numa cadeira na primeira fileira e cantava mais alto do que todos os outros?

— Sim — respondeu ele, constrangido com a lembrança.

— E agitava as mãos o tempo todo, como se estivesse conduzindo a plateia?

— Sim — confirmou ele. A conversa o fez se lembrar de algo que Amy escrevera em um de seus primeiros e-mails para ele. *Quero que você me diga quando eu estiver fazendo uma coisa errada.* Só aquele pedido já era suficiente para deixá-lo preocupado: por onde ele começaria?

Sua mãe bateu palmas e jogou a cabeça para trás, rindo, um gesto raro nos últimos tempos.

— Eu *adorava* aquela garota. Sempre me perguntei o que teria acontecido com ela.

To: aimhigh@comcast.net

De: mstheword@gmail.com

Assunto: Re: Estou feliz!

Ok. Te vejo na escola. Não estou escalado para trabalhar até sexta, o que claramente confirma que sua mãe me vê como o menos promissor de seus colegas auxiliares. Tenho certeza de que ela não está guardando o melhor para o final. Acho que torce para que surja mais alguém até lá. Se isso não acontecer, vejo você na sexta, eu acho...

Para: mstheword@gmail.com

De: aimhigh@comcast.net

Assunto: Re: Estou feliz:

Desculpa insistir nisso, mas por que você não gosta de dormir na casa de amigos?

CAPÍTULO DOIS

NA NOITE ANTERIOR AO início das aulas, Matthew ficou deitado na cama, acordado, tentando se imaginar naquele emprego — andando ao lado de Amy no intervalo entre as aulas, carregando os livros dela como vira somente adultos fazerem. Talvez tudo desse certo, mas não parecia provável. Por causa do andador, Amy não conseguia caminhar e falar ao mesmo tempo. Haveria silêncios que poderiam ser torturantes. Até esse verão, quando ela enviara os e-mails, ele nunca soubera que ela era engraçada ou que tinha um papo agradável. Mas de que isso serviria se eles não pudessem conversar? Não muito.

E ainda havia a mãe de Amy, que tinha altas expectativas e dúvidas óbvias em relação a ele. Durante todas as sessões de treinamento, Nicole ficava dizendo: "Se vocês não se sentirem confortáveis com algum aspecto do trabalho, por favor, me digam", olhando diretamente para ele, como se fosse capaz de sentir o desconforto dele em relação a quase tudo naquela história.

Ele só havia se candidatado porque, em julho, Amy lhe escrevera pedindo isso. E sua surpresa foi tão grande que ele não conseguiu pensar em nenhum motivo para negar, embora provavelmente devesse ter feito isso.

Eles não se conheciam de fato. Até então só haviam tido uma única conversa, a qual Matthew ainda via como horrível e constrangedora, embora aparentemente Amy não pensasse assim.

Talvez não fosse correto dizer que ele não a conhecia nem um pouco. Ainda lembrava-se da primeira vez que a vira, no segundo ano do ensino fundamental, e do discurso que a professora fizera antes de ela chegar, falando sobre como Amy podia "parecer diferente por fora, mas por dentro é exatamente como todo mundo". Só que, como a professora não chegara a explicar o que queria dizer com "parecer diferente", Matthew ficou imaginando uma garota coberta de pelos, ou com a pele enrugada e olhos esbugalhados como o Yoda. Naquele ano, Matthew havia descoberto o capítulo sobre seres humanos bizarros no *Guinness* e costumava ficar olhando as fotos dos homens cobertos de verrugas e das mulheres com barbas fartas. Quando Amy apareceu, pouco antes do almoço, avançando lentamente pela sala de aula com o andador de rodinhas e um adulto apoiando-a de cada lado, ele ficou decepcionado.

Do modo geral, ela *era* bem parecida com as outras garotas. Tinha cabelos louros cacheados que iam até o meio das costas e usava um vestido florido cor-de-rosa. Claro, ela não conseguia andar sem sua engenhoca, mas, tirando isto, não tinha nenhuma característica particularmente bizarra. Sim, a boca ficava constantemente aberta. Sim, ela babava tanto que usava um babador durante a maior parte do tempo — o que talvez fosse constrangedor —, no entanto não era uma *aberração de verdade*, como ele havia esperado. O mais interessante era quando ela tentava falar nas saudações matinais, quando todas as outras crianças se sentavam em um tapete quadrado — exceto Amy, que se sentava em uma cadeira de balanço baixa, de plástico azul, da qual caía às vezes. E ela nunca levantava a mão para falar. Em vez disso, balançava a cadeira e guinchava, como se tivesse alguma coisa presa na garganta.

— Ai, meu Deus — disse a professora na primeira vez que Amy fez isso. E olhou para a auxiliar de Amy. — Ela está *bem*?

— Ela quer falar alguma coisa — respondeu a mulher.

Todos aguardaram enquanto a boca de Amy abria e fechava. Entretanto, nenhum som saiu dela. Um minuto se passou lentamente e, por fim, a professora desistiu de esperar.

— Vamos deixar Amy organizar seus pensamentos e voltar.

No terceiro ano do fundamental, a professora, Sra. Dunphy, fez um comentário a respeito de Amy quando ela não estava na sala:

— Os médicos previram que Amy seria um vegetal pelo resto da vida, e vejam só o quanto ela já evoluiu! O mais importante que todos vocês devem saber é que ela é extremamente inteligente, tem um QI muito alto.

Aquilo foi novidade para Matthew, que fazia parte dos grupos mais avançados de leitura e matemática. Ao longo do restante do ano, Matthew ficou esperando que Amy fizesse ou dissesse alguma coisa extremamente inteligente. Talvez ela tenha dito. A Sra. Dunphy solicitava a participação dela regularmente, mas o problema era que ninguém — inclusive a Sra. Dunphy — entendia nada do que ela dizia.

Ela falava numa língua que não usava consoantes, somente uma longa série de vogais. Matthew tentou imitá-la uma vez, e soou como quando o médico lhe pedia para responder a perguntas enquanto enfiava um abaixador de língua em sua boca. A auxiliar de Amy compreendia algumas palavras: *Banheiro. Preciso descansar.* Algumas garotas *fingiam* entender segredos que Amy sussurrava em seus ouvidos no intervalo. Elas se posicionavam junto à cadeira, uma a uma, levavam o ouvido à boca de Amy e saíam correndo para dar risadinhas no banco. Por fim a brincadeira foi interrompida por uma monitora do recreio, que não tinha certeza, mas achava que o jogo poderia magoar Amy. Matthew ouvira uma conversa entre duas professoras:

— Pensei que Amy estivesse gostando — dissera uma delas. — É melhor do que passar o recreio inteiro sozinha, não é?

— Não — respondeu a outra. — Elas estão zombando dela, e Amy sabe disso.

Matthew percebeu que nenhuma delas *perguntara* coisa alguma a Amy, o que, ele supunha, fazia todo sentido. A essa altura todos já sabiam que Amy nunca respondia às coisas com um simples sim ou não. Isso nunca acontecia. Sempre havia respostas longas e complexas para cada pergunta que lhe faziam, respostas que ninguém jamais compreendia. Às vezes Matthew observava adultos fingindo compreender Amy — rindo de uma de suas "piadas" ou assentindo diante de um comentário — e pensava: *eles, sim, parecem aberrações.*

No quarto ano, Amy começou a usar um computador com sintetizador de voz, programado com frases que exigiam algumas poucas teclas para que Amy pudesse "falar". Havia também um teclado com um programa de previsão de palavras. Durante o recreio, todas as crianças se reuniam em torno dela e tentavam fazer o novo computador de Amy xingar. O que fazia Amy rir por dez minutos, e então começar a chorar. "POR FAVOR, PAREM", digitava ela. "NÃO. NÃO. NÃO."

Esse computador falante mudou a maneira como todos enxergavam Amy. Ela ainda babava e fazia uma lambança quando comia. Às vezes ficava agitada demais durante a aula e engasgava com a própria saliva. Mas agora era capaz de sentar-se com as outras crianças em grupos de leitura e matemática. E todos descobriram que a Sra. Dunphy estava certa: Amy conseguia ler e soletrar melhor do que a maioria deles. Ela não era a melhor aluna de matemática da turma, mas estava entre os três melhores.

Tinha um bom controle da mão que usava para digitar, mas a outra às vezes tinha espasmos e derrubava coisas que causavam muita bagunça, como café quente e caixas de lápis.

No entanto, quando algo assim acontecia, Amy não era punida como as outras crianças, afinal ela não era como as outras crianças. Suas roupas eram diferentes. Assim como os livros que lia e os shows aos quais assistia. Assim como o fato de ela sempre ter um adulto ao seu lado.

Ela não é de fato uma criança, concluiu Matthew por volta do sexto ano.

Mas a essa altura ele a observava bem menos porque tinha os próprios problemas. Problemas recentes que haviam brotado do nada, deixando-o um pouco assustado. Uma voz em sua cabeça que lhe mandava fazer coisas. Lavar as mãos duas vezes antes do almoço, até os cotovelos. Lavá-las novamente após o almoço. Seus novos medos estavam relacionados — ligeiramente — a seu antigo fascínio por mulheres barbadas e homens cobertos de verrugas. Bizarrices podiam acontecer com qualquer um, a qualquer hora, ele havia aprendido. Kenny Robinson tinha perdido metade de um dedo num acidente com a hélice do motor de um barco. Agora ele apontava só com o toquinho, o que deixava Matthew apavorado, porque muitas coisas o deixavam apavorado atualmente. Um mês antes do início das aulas do sexto ano, seus pais lhe informaram que estavam se divorciando, mas que ele não deveria se preocupar porque era um divórcio amigável e era o que todos queriam.

Não era o que ele queria, mas ele estava assustado demais para salientar isso, temendo que, caso o fizesse, não dessem nenhuma importância.

Na sétima série, ele e Amy estavam na mesma turma de literatura, e uma vez ela lhe pedira ajuda para imprimir uma redação. Como Matthew era curioso, mandou duas cópias para a impressora e guardou uma secretamente. Era um texto pessoal sobre a pergunta: *O que mais o preocupa em relação ao futuro?*

Era um tópico terrível para alguém como Matthew, que já se preocupava demais. Eles tinham passado as duas últimas aulas lendo os trabalhos uns dos outros e opinando a respeito, o que significava que todos escreviam: "Bom trabalho. Gosto da sua sinceridade" no rodapé das páginas. Lendo outras redações, Matthew aprendera que algumas pessoas eram sinceras demais: "O que mais me preocupa no futuro é engordar." Ou então tentavam se mostrar muito sérias: "O que mais me preocupa é a poluição da água e do ar".

Matthew, cujos pais haviam se divorciado no ano anterior, pensou em dizer que se preocupava com sua mãe, que não fazia nada além de trabalhar, voltar para casa e assistir à TV. Mas não escreveu sobre isso porque, caso fosse sincero e sua mãe lesse seu texto, ela poderia ficar ainda mais deprimida. No fim, ele escreveu a única coisa que lhe ocorreu: "O que mais me preocupa é me preocupar demais". Depois de uma primeira oração assim tão franca, passou para coisas genéricas e seguras: "Temos notas para manter, assim como responsabilidades familiares. Um dia vamos ter de nos preocupar com a admissão na faculdade, com o pagamento das mensalidades, isso se conseguirmos entrar. Depois disso, eu me preocupo com empregos e com o custo da energia".

O texto prosseguiu nessa linha por mais alguns parágrafos. A maior parte das pessoas escreveu no pé da página: "Bom trabalho, mas talvez você devesse ser mais específico." Mas Matthew queria mesmo era ver o que Amy, que tinha mais motivos para se preocupar do que o restante deles, havia escrito. Era maldade pensar isso? Ele não tinha certeza.

Então leu o trabalho de Amy:

Não tenho certeza se de fato me preocupo com o futuro.

Não sei o que me aguarda, mas sei que não tenho medo. Não tenho nenhuma pressa em me tornar adulta, mas desconfio de que, quando chegar lá, vou descobrir que é mais fácil do que ser criança. Não haverá tantos altos e baixos. Ou crises discutidas como se fossem o fim do mundo. Acho que vamos todos descobrir que não existe um único e grande teste ou maneira de nos validar no mundo. Existe apenas um longo e silencioso processo de descobrir nosso lugar nele. Onde estamos destinados a estar. Com quem estamos destinados a ficar. Imagino o futuro se acomodando como a neve num terreno. Macio e bom de se jogar em cima, se você estiver vestido adequadamente. Acho que o futuro será assim.

Ah, faça-me o favor, pensou Matthew. Ela estava falando *sério*? Aquilo era uma piada? Ou — ele tinha de admitir que era uma possibilidade — ela estava *completamente louca*? Amy mal podia andar, não conseguia falar, e não estava preocupada com o futuro? Não fazia o menor *sentido*. Aquilo o deixou *maluco*. Amy, que sequer podia caminhar na neve, imaginava um futuro comparável a cair num monte dela?

Mais tarde, quando as melhores redações foram presas ao quadro na sala de aula, ele leu os comentários que ela recebeu:

"Ai, meu Deus, isto é incrível!"

"Você é uma escritora maravilhosa!"

Matthew sentiu-se pequeno e estúpido.

Então, no ano anterior, no fim do segundo ano do ensino médio, a escola inteira pôde ler uma das redações de Amy quando ela foi impressa no *Caleidoscópio*, o jornal literário da escola. Era dela o trabalho sobre o qual todos comentavam:

Garota de Sorte

Por Amy Van Dorn, 2º ano do ensino médio

Quando as pessoas me veem pela primeira vez, podem não acreditar, mas na maioria dos dias eu não me sinto particularmente incapacitada. Nos aspectos que mais importam, acredito que eu seja mais abençoada do que sobrecarregada pelo infortúnio. Meus olhos são bons, assim como meus ouvidos. Fui criada por pais que me amam como eu sou, o que significa que, embora eu não consiga andar ou falar bem, sou razoavelmente bem adaptada.

Sei que para uma adolescente em nosso país, isso significa muito. Não quero ser mais magra do que sou, nem mais alta. Não olho para partes do meu corpo e desejo que fossem maiores ou menores. Na verdade — e isso vai surpreender muita gente —, eu não queria ser "normal". Eu não anseio por pernas funcionais ou uma língua cooperativa. Seria bom não babar nem amassar as melhores páginas dos meus livros favoritos, mas tenho idade suficiente para saber que um pouco de baba não vai arruinar a vida de ninguém. Não sei como é ser bonita, mas posso imaginar que exija grandes parcelas do seu tempo. Observo as garotas bonitas da minha idade e vejo como se esforçam para isso. Imagino que isso traga medos que eu jamais experimentarei: E se eu perder isso? Por que não sou mais feliz quando tenho isso?

Em vez da beleza, tenho um rosto que ninguém inveja e um corpo que ninguém escolheria para habitar. Só esses dois fatores já liberam meus dias para que eu persiga o que outras garotas da minha idade talvez almejassem caso suas pernas fortes não estivessem ocupadas carregando-as para bailes, festas e lugares que alimentam muitas inseguranças. Viver em um corpo que limita minhas escolhas significa não ser uma vítima da moda ou das pressões culturais, porque não existe lugar para mim na cultura que vejo. Ao ter menos opções, sou mais livre do que qualquer outro adolescente que conheço. Tenho mais tempo, mais escolhas, mais caminhos a seguir. Eu me sinto abençoada e, sim — me sinto uma garota de sorte.

Ao ler o texto pela primeira vez, Matthew sentiu raiva novamente. Com certeza Amy não se sentia daquele jeito *de verdade*. Ele pensou na redação dela do sétimo ano, a que dizia que ela não estava preocupada com o futuro. E ali estava ela outra vez — a pessoa mais azarada que ele era capaz de imaginar — dizendo que se sentia uma garota *de sorte*? Tinha que ser fingimento.

Mas ele queria saber: por que ela se esforçava tanto para isso?

Durante as aulas de literatura, a Sra. Fiorina, famosa por desperdiçar tempo da aula discutindo questões que jamais caíam em nenhuma prova, perguntou o que as pessoas achavam da redação de Amy. Como a autora do texto não estava presente, todos foram sinceros. Uma garota ergueu a mão:

— Ela me fez ter vontade de chorar. Se eu tivesse os problemas dela, provavelmente me mataria.

— Talvez isso seja radical demais, Paula, mas é justamente esse o argumento dela, certo? Quando você é adolescente, ser diferente, se não for por escolha, parece a pior coisa imaginável. Mas será que é mesmo?

— Só que ela não é apenas diferente. Ela não consegue nem *falar*.

— Uma vez eu a vi engasgar — disse Ben Robedeaux sem levantar a mão para pedir a palavra. — Foi muito esquisito. Ela caiu da cadeira e teve uma espécie de convulsão.

Matthew ficou surpreso. Nunca tinha ouvido aquela história.

Alguns minutos depois, Matthew ergueu a mão. Em geral não participava daquelas discussões, mas dessa vez tinha algo que queria dizer.

— Eu a conheço há muito tempo e não acho que ela se sinta assim de verdade. Ela quer que todos a vejam como alguém feliz e bem-adaptado. Eu simplesmente não acredito que seja verdade.

— *Interessante* — disse a Sra. Fiorina, erguendo os olhos como se a opinião de Matthew fosse *de fato* interessante. — Mas isso é uma coisa ruim? Ela é uma pessoa com uma deficiência transmitindo uma mensagem: *Ei, minha vida não é só tragédia*. Nós ouvimos isso vezes suficientes?

— Mas *é* uma tragédia — falou uma garota na fileira de trás. — Quer dizer, eu lamento, mas *é*.

— Explique o que você quer dizer, Stacey.

— Ela não consegue nem *falar*.

— Mas ela se comunica, certo? Escreve muitíssimo bem, e alguns de vocês tiveram aulas com ela, não é? Vocês a conhecem muito bem. Matthew diz que não acredita que ela esteja falando a verdade. Talvez saiba de algo que o restante de nós não sabe.

Matthew sentiu-se péssimo. Ele não sabia, é claro. Conhecia Amy apenas por causa do tempo que a observara a distância. Naquele ano, ele sentava-se atrás dela na aula de biologia e havia descoberto algumas novas peculiaridades em seu corpo. O lado esquerdo sofria mais espasmos do que o direito. A cabeça meio caída fazia com que ela parecesse pior do que era. Ele aprendeu a interpretar os sons que ela emitia. Sabia que ela amava os estudos sobre a unidade celular, pois dava gritinhos toda vez que o retroprojetor mostrava as "Partes da Célula". Também gostava de genética, mas não de fisiologia. No dia da dissecação de sapos, ambos deixaram seus parceiros empunharem a faca — Amy por razões óbvias, Matthew por outras menos óbvias.

Na aula seguinte de biologia, Amy o surpreendeu ao virar-se para trás no fim do tempo.

— POSSO FALAR COM VOCÊ DEPOIS DA AULA? — disse o computador dela.

Ele já tinha ouvido a voz automatizada dela vezes suficientes nas discussões em aula, mas ainda assim ela o assustava.

— Tá bom — concordou ele, olhando para o chão.

Quando saíram para o corredor, Amy pressionou um único botão para tocar uma pergunta pré-programada.

— POR QUE VOCÊ DISSE ÀS PESSOAS QUE MINHA REDAÇÃO NÃO ERA SINCERA?

— Não sei — respondeu ele, começando a suar. — Porque não acredito nela. Não acredito que ninguém possa sentir-se tão confortável.

Ela digitou.

— POR QUE NÃO?

— Você disse que observa a vida dos seus amigos e acha a sua é melhor. Até aí, tudo bem, exceto pelo fato de você não ter amigos.

— COMO VOCÊ SABE DISSO?

— Eu me sento atrás de você. Percebo as coisas.

— QUE TIPO DE COISAS?

— Não é culpa sua que você não tenha amigos. Tem sempre um auxiliar com você. Ninguém consegue ser espontâneo quando tem um professor parado do lado. Além disso, você falou de festas e bailes, mas não creio que já tenha ido a algum, então como pode saber que não lamenta estar perdendo?

Ele prosseguiu. Começou a falar demais, dizendo a ela todas as coisas que observava: que ela nunca dizia oi aos outros alunos, que nunca respondia quando as pessoas faziam perguntas a ela antes da aula.

— Não estou querendo me passar pelo Sr. Popularidade nem nada assim. Só estou dizendo que você parece querer transmitir uma mensagem que não parece plausível. Não para mim, de qualquer forma.

— NÃO ACREDITO QUE VOCÊ ESTEJA DIZENDO ISSO.

Era impossível ler as expressões faciais dela. Matthew não sabia dizer qual era a extensão da raiva dela. Provavelmente era imensa.

— Desculpa. Você tem razão. Eu não devia ter falado nada. Não é da minha conta. Tipo, *nem um pouco*. Não sei por que acabei de dizer tudo isso. Eu tinha essa teoria de que você estava tentando ser um tipo de pessoa, e que isso deve ser difícil. Mas, meu Deus, quem sou eu para falar? Então vamos esquecer isso tudo. Por favor. Desculpa.

Ele se assustou quando o computador soltou uma única palavra:

— NÃO!

— Não o quê?

— NÃO SE DESCULPE. VOCÊ ESTÁ CERTO. MEU DEUS, NÃO CONSIGO ACREDITAR NO QUANTO VOCÊ ESTÁ CERTO.

CAPÍTULO TRÊS

TUDO MUDOU PARA AMY depois daquela conversa com Matthew.

Durante a maior parte de sua vida escolar, Amy sentira-se um pouco como a Rapunzel, trancada na torre projetada por seu andador enquanto ela seguia pelos corredores. Em onze anos, ninguém jamais surgira em sua janela ou pedira que ela jogasse as tranças. Ninguém tentara ser seu amigo.

Impossível, você poderia dizer. *Todo mundo tem alguns amigos.*

Não, Amy teria que responder. *Nem todo mundo. Era* possível passar uma década convivendo com as mesmas crianças — do jardim de infância até o ensino médio — e nunca receber um mísero telefonema, embora seu número fosse listado todos os anos no anuário da escola. Era possível ter uma mãe que durante anos tentara convidar outras crianças para orincar, e cujas mães nunca retornavam a ligação ou retornavam dando desculpas, falando de agendas impossivelmente cheias. Era possível fazer parte de um grupo num projeto da escola e ver os outros construírem um Pueblo Mesa de marshmallows minis pintados de marrom, um projeto que você nunca, em duas semanas, teve permissão para tocar.

O mais surpreendente de tudo: também era possível — durante onze anos! — não enxergar isso como um problema.

Ou, em outras palavras: era possível acreditar que os adultos que a amavam — os professores, terapeutas e auxiliares que riam de tudo o que Amy dizia — eram considerados seus amigos. Era possível sentir o amor deles com tamanha intensidade que ela se flagrara vivendo numa felicidade alienada por mais de uma década.

Então veio Matthew e apontou os buracos em sua linha de raciocínio. Ele parou diante dela e informou que não tinha vindo para subir em sua torre, mas sim para destruí-la. À sua maneira desajeitada, ele era como um príncipe que chegava descabelado e com axilas suadas. *Pelo menos estou aqui*, ele poderia ter dito. *É melhor do que nada*. E era.

No mesmo dia em que falou com Matthew, Amy foi para casa e tomou algumas decisões: era tarde demais para fazer qualquer coisa naquele ano, mas no seguinte — seu último ano — seria diferente. Ela faria amigos antes de se formar. Examinaria sua vida com um olhar mais crítico.

Quando ele insistira que ela não podia ser tão feliz quanto fingia em suas redações, acabara dizendo algo no qual ela jamais havia pensado. *Você não tem amigos de verdade porque ninguém é espontâneo com você por perto. Você está sempre com um adulto*. Durante anos, Amy atribuíra a culpa por sua carência de amigos a vários fatores: ela digitava devagar. Suas piadas sempre vinham cinco comentários depois, tarde demais para ainda soarem engraçadas. Era desajeitada demais para brincar no recreio, fazia sujeira demais para que alguém comesse com ela, era lenta demais para acompanhar qualquer coisa. Até Matthew ressaltar, porém, tal ideia nunca lhe ocorrera: *estar com você significa estar com um professor*.

Era tão óbvio que Amy teve vontade de rir. *Livre-se do adulto e talvez você faça amigos*.

Aquela conversa abriu possibilidades eletrizantes em sua mente. Só porque ela nunca tivera amigos, não significava que não estivesse interessada em seus colegas de turma. Desde que iniciara o ensino médio, ela desenvolvera o hábito anual de escolher um grupo para espiar e acompanhar. Em geral, escolhia um tipo de poucos amigos (um encrenqueiro, para ver em quantos problemas ele se meteria); um bonzinho (para ver se sua personalidade falsa ruía); um garoto pelo qual ela poderia ter uma paixonite numa vida diferente; e uma garota tímida como ela mesma (ou a pessoa que ela seria caso pudesse andar e falar). Ela decorava seus horários e seus armários. Se estivessem em uma peça do teatro da escola, ia assistir só por causa das duas horas ininterruptas durante as quais poderia observá-los. Até onde Amy sabia, ninguém a quem ela houvesse vigiado tinha consciência disso. Naturalmente, ela nunca falara com nenhum deles, então não podia ter certeza. E foi exatamente por isso que aquela conversa com Matthew a deixou perplexa.

O choque não foi por ele dizer tais verdades desagradáveis em voz alta. O choque foi por ele ter dito: *Eu venho observando você ao longo dos anos.* Ela não pôde evitar: ficou vermelha.

Então ele prosseguiu: *Você nem tenta falar com as pessoas. Passa por elas sem falar oi. Não responde às perguntas. Você ri quando ninguém está fazendo piada.* Ele citou cada falha social. E dez anos sem prática a tinham deixado repleta delas. No entanto, ouvi-las sendo listadas não a fez sentir-se envergonhada, e sim a encheu de entusiasmo.

Ele é igual a mim, pensou Amy. *Ele faz a mesma coisa.*

Matthew nunca fora um de seus escolhidos, mas poderia ter sido. E foi pelo restante do terceiro ano. Até ela decidir que queria mais para o ano seguinte. Queria fazer amigos. Queria conhecer Matthew.

A lei determinava que toda criança com deficiência tivesse o mesmo acesso à educação que as outras, o que significava que — pelo menos até certo ponto — um auxiliar tinha que fazer o que Amy precisasse. Eles marcavam suas respostas em testes de múltipla escolha, trocavam seus absorventes, ajudavam-na a ir e vir do banheiro com o mínimo de estardalhaço. Mas aquela conversa com Matthew ajudou Amy a dizer à mãe algo que vinha desejando havia meses. "*EU NÃO PRECISO DE ALGUÉM COMIGO O TEMPO TODO.*" Ela própria fazia suas anotações nas aulas e cuidava da agenda. Ela precisava de alguém entre uma aula e outra apenas para levar seus livros ou para carregar a bateria de seu andador, mas, na sala de aula, era praticamente desnecessário.

A princípio sua ideia era de uma simplicidade maravilhosa. Ela abordou a mãe uma semana depois do fim das aulas.

— POR QUE NÃO CONTRATAMOS ALUNOS PARA ME ACOMPANHAR ENTRE AS AULAS?

Eles poderiam ser treinados para carregar as baterias e cuidar de outros detalhes. As garotas poderiam ajudá-la no banheiro; já tinham feito isso em outras ocasiões. Os garotos não poderiam, é claro, mas isso não tinha importância. Ela podia beber menos nesses dias e improvisar mais. Queria deixar isso claro para a mãe: deviam contratar garotos também.

— VAMOS DEFINIR UMA AGENDA ALTERNANDO OS AUXILIARES. TALVEZ A GENTE POSSA INCLUIR O ALMOÇO NO TURNO DELES TAMBÉM, ASSIM PODEREI FAZER MAIS ALGUNS AMIGOS.

Durante anos o almoço de Amy se resumira a iogurte e homus, sempre na sala dos professores de educação especial. Funcionava para a garota babona que tinha de usar babadores porque ainda deixava a comida toda cair em si mesma, mas agora ela já se saía melhor. Conseguia comer coisas simples na frente de outras pessoas. Sentiu um friozinho no estômago diante dessa ideia. Poderia comer no refeitório! Tudo que precisavam fazer era pagar gente para sentar-se com ela!

A princípio, sua mãe detestou a ideia.

— Você não sabe como adolescentes podem ser egoístas. Quando tiverem uma prova ou terminarem com o namorado, vão se esquecer de você.

— PODEMOS FAZER UMA LISTA DE SUBSTITUTOS. VAMOS TREINAR MUITOS. E PAGAR A ELES MAIS DO QUE GANHAM NO McDONALD'S.

Certa vez Amy ouvira duas garotas conversando sobre como odiavam trabalhar no McDonald's, com aqueles uniformes horrorosos e fregueses mal-educados.

— Não se *paga* às pessoas para que sejam nossos amigos, Amy. Não gosto do que isso sugere.

Amy insistiu.

— ELES PRECISAM DE EMPREGO. TENHO UM QUE ELES PODEM FAZER.

Acabou que nada foi tão fácil quanto Amy imaginou. A escola disse que só pagaria a um "paraprofissional treinado", mas se seus pais estivessem dispostos a cobrir os salários e a assinar um termo de responsabilidade, eles colocariam a ideia em prática como experimento.

Durante o verão, Amy elaborou um cronograma no qual as pessoas trabalhariam um total de duas horas por dia, três caso ela ficasse depois do horário escolar para fazer parte de algum clube de atividades extracurriculares.

— Um *clube*? — gemeu sua mãe.

— É ESSA MINHA META. QUERO ENTRAR PARA UM CLUBE E FAZER DEZ AMIGOS.

Nicole adorava metas. Adorava teorias apoiadas em evidências e técnicas orientadas por dados. Diga a palavra *meta*, Amy sabia, e sua mãe estará disposta a testar.

Pelo menos costumava ser assim. Dessa vez, porém, a mãe a surpreendeu. Uma reluzente camada de lágrimas surgiu nos olhos de Nicole. Ela balançou a cabeça.

— Será que cometemos um erro terrível? Não priorizamos suficientemente sua socialização?

Sim, Amy queria digitar. *Nunca a priorizamos*. Não quando os sucessos acadêmicos vinham tão facilmente. Por que se incomodar com amigos quando havia notas máximas para se conquistar e provas para se gabaritar? Por que se preocupar com idas em grupo ao cinema quando Amy tinha tanto talento para idiomas que seu professor de francês uma vez brincou dizendo que ela seria não verbal, porém fluente em três línguas antes da formatura? Amy ocupava todos os verões com cursos extracurriculares e leituras porque nunca lhe ocorrera que havia outras opções.

— SIM, MÃE. PRECISO FAZER DISSO UMA PRIORIDADE.

Amy pensou em Matthew, um pouco mais alto do que ela, com sardas e cabelos castanhos cacheados caídos no rosto, que suava enquanto defendia seu argumento: *Você na verdade não tem sorte. Saia mais e verá. A vida é dura lá fora*. Ela quase riu alto lembrando-se disso, mas se controlou. A mãe detestaria saber que aquela ideia pertencia a outra pessoa. *Você não é como as outras crianças*, Nicole sempre dizia. *Não precisa agir como elas, portanto, por favor, não faça isso.*

Um argumento muito melhor, Amy sabia, era:

— SE VOU PARA A FACULDADE, PRECISO TER PRÁTICA EM ME RELACIONAR COM PESSOAS DA MINHA IDADE.

A faculdade sempre fora a meta número um. Uma das melhores universidades. Colegas de dormitório. Nicole falava nisso desde que Amy estava no primário.

— Talvez você tenha razão — disse a mãe. — Isso pode ser mais importante do que pensei.

Durante o verão, o orientador educacional de Amy enviara uma carta a um pequeno grupo de alunos escolhidos criteriosamente, maduros o suficiente para assumirem tal função. Diante do baixo retorno, mais uma leva foi enviada, desta vez a um grupo maior, incluindo todos os membros dos conselhos e grêmios estudantis, o que significava qualquer um com média oito para cima.

Foi quando Amy escreveu pela primeira vez para Matthew e insistiu para que se candidatasse:

Prometo que você não vai ter que fazer nada constrangedor. Quero que você se candidate porque preciso de alguém que fale sinceramente comigo sobre tudo. Você é a única pessoa que já fez isso. Talvez não tenha essa noção, mas, quando se tem uma deficiência, quase ninguém fala a verdade para você. As pessoas ficam constrangidas porque a verdade parece triste demais, eu acho. Você foi muito corajoso em ir até a garota aleijada e dizer basicamente: apague esta expressão feliz do rosto e enxergue a realidade. É isso que quero que você faça ano que vem. Que me diga a verdade. Só isso.
Amy

CAPÍTULO QUATRO

DURANTE TODO AQUELE PRIMEIRO dia de aula, Matthew sentiu-se grato pelo fato de a mãe de Amy não ter gostado dele o bastante para colocá-lo como um dos primeiros em serviço. Ele viu Sarah Heffernan, uma das outras auxiliares de Amy, ao longe, de pé diante do banheiro segurando duas mochilas e parecendo desconfortável.

No dia seguinte, viu Sanjay Modhi, mais um auxiliar, largando Amy sozinha no refeitório durante quase todo o horário de almoço. Matthew disse a si que nunca faria uma coisa *daquelas*. Já havia passado tempo suficiente sozinho e infeliz no refeitório para deixar que algo do tipo acontecesse a Amy.

O problema (ou *um* deles, pelo menos) eram as expectativas. Matthew não conseguia chegar a uma conclusão sobre o que esperar ou, pior, sobre o que Amy esperava dele. Quando leu aquele primeiro e-mail enviado por ela em julho, Matthew pensou: *Ela está errada de novo, sobre praticamente tudo.*

Ele não era corajoso. Na verdade, era o oposto. Tinha medo de tudo, há anos. O pior de seus medos se manifestara no sexto ano, e só piorou nos anos seguintes quando todos mudaram, aparentemente da noite para o dia. Os garotos cresceram dez centímetros durante o verão e as garotas passaram a ir para a escola vestidas como suas irmãs mais velhas e piriguetes. Matthew odiava tudo aquilo. As conversas sobre se barbear, as alças dos sutiãs aparecendo. A voz em sua cabeça voltou, mais alta e mais insistente dessa vez. *Lave as mãos. Como um cirurgião, até os cotovelos.* Passou também a fazê-lo verificar as torneiras. *Certifique-se de que estão fechadas. Verifique mais uma vez.*

Contar o deixava menos nervoso. Vinte e quatro passos do banheiro até a sala de aula de matemática. Trinta e seis carteiras, quatro para canhotos. Contar era um alívio. Quase um prazer. Uma forma de medir e de controlar um mundo que, de outra maneira, girava depressa demais para ele. Matthew imaginava seu cérebro como um diretório. Metade compreendia que contar não exercia qualquer influência sobre seus pais ou sua vida. A outra metade esperava que talvez exercesse. Gradualmente, naquele sexto ano, ele começou a entender: havia muitas maneiras de ser esquisito. Amy não tinha escolha, mas outras pessoas tinham. Se você se esforçasse muito e se concentrasse, podia esconder seus pensamentos bizarros. Podia conservar o mesmo grupo de amigos que tinha desde o terceiro ano do fundamental. Não podia aprofundar demais essas amizades, nem dormir na casa de alguém quando havia rituais noturnos com que se preocupar, mas dava para aparentar que estava tudo bem.

Foi o que ele presumiu.

No oitavo ano, isso tornou a mudar. Steven, seu melhor amigo, mudou-se para outra cidade, deixando Matthew sem ninguém com quem almoçar. Sentado sozinho ao lado das latas de lixo, seus medos se agravaram. Ele procurou uma orientadora educacional e contou suas preocupações, embora não tenha sido específico nem mencionado a voz. Também não contou nada sobre os acordos que fazia com seu cérebro.

A orientadora o tranquilizou dizendo que havia outros alunos como ele. "Você está ansioso, é só isso." Ela então lhe disse para pensar em sua mente como uma Roda da Preocupação dividida em três partes: mente ansiosa, corpo ansioso e atitudes ansiosas. Disse que uma mente ansiosa fazia girar a Roda da Preocupação e um corpo ansioso a mantinha em movimento até que fugisse totalmente do controle. Em seguida falou de respiração, visualizações e ferramentas para acalmar o corpo. Disse que algumas pessoas apertavam os pulsos para liberar a tensão. "O violoncelista Yo-Yo Ma faz isso", comentou. E alguns jogadores de basquete, de cujos nomes ela não conseguia se lembrar, antes de realizarem seus lances livres. "Acredite ou não, todo mundo fica ansioso", afirmou ela. Isso significava que Yo-Yo Ma ia ao banheiro seis vezes ao dia para se certificar de que não tinha manchas na cueca? Será que Shaquille O'Neal dizia *desculpa* sete vezes se peidasse?

Amy podia até tê-lo chamado de corajoso naquele e-mail, mas a verdade era que Matthew tinha medo de tudo que dizia respeito a ela, principalmente do corpo dela, que tinha o horrível problema de ser aleijado *e* atraente. Ele se perguntava se outras pessoas também percebiam isso. No nono ano, ela deixou os cabelos louros e encaracolados crescerem, como uma princesa de conto de fadas, e agora estava bonita, ainda que de uma forma torta, arrevesada. Aquele também foi o ano em que os peitos dela cresceram. Será que mais alguém percebeu?

O outro problema com expectativas era que a mãe de Amy tinha deixado as dela bem claras: "Como estamos priorizando a construção de amizades, quero uma abordagem científica à questão", dissera Nicole durante a primeira sessão de treinamento. "Vamos pedir a cada um de vocês que apresente Amy a três pessoas por semana. Façam uma relação dos nomes e a passem a mim para que eu possa manter um banco de dados. Também vamos pedir que cada um de vocês convide pelo menos mais uma pessoa para sentar-se com vocês quando estiverem almoçando com Amy.

Naquela primeira sessão de treinamento havia quatro alunos auxiliares, todos estudantes do último ano, os quais Matthew conhecia vagamente. Sarah Heffernan era uma garota pela qual ele tivera uma quedinha quando estava na nona série porque a mãe dela morrera na mesma época em que o pai de Matthew tornara a se casar, o que significou que ambos passaram a maior parte daquele ano tristes e calados. Quanto a Chloe McGlynn, eles nunca haviam se falado, principalmente porque ela andava com uma turma gótica e usava coturnos para ir à escola, e ele sempre tivera medo dela. Agora, misteriosamente, ela estava vestindo uma blusa polo verde, short cáqui e parecia ter abandonado seus dias de gótica. Ele fora amigo de Sanjay Modhi na pré-escola, embora doze anos houvessem se passado e eles não tivessem se falado desde então. Aparentemente Sanjay passara o verão trabalhando na rede de fast-food Hot Dog on a Stick, cujos uniformes eram de poliéster listrado e incluíam um boné de beisebol de cor mostarda.

— Não há nenhuma surpresa no porquê de eu estar aqui — disse Sanjay quando a Sra. Hynes, a orientadora educacional, pediu que todos se apresentassem e dissessem o motivo de estarem interessados naquele emprego.

Como Amy não estava ali, aparentemente todos ficaram à vontade para ser francos. Chloe disse que o namorado, Gary, fora preso em julho, e ela estava tentando mudar de vida.

— Tipo, eu praticamente tenho que mudar tudo. Meus amigos, meu foco, tudo. Acho que tenho esperanças de que fazer esse trabalho com Amy ajude.

Na sua vez, Sarah disse:

— Estou aqui porque adorei aquela redação que Amy escreveu. Ela me fez querer conhecê-la melhor e descobrir como consegue escrever tão bem.

Nicole sorriu e assentiu.

— Isso é ótimo. Obrigada, Sarah.

Matthew foi o último a falar. Sentiu a garganta fechar antes que pudesse começar, como se seu cérebro estivesse fiando algodão e enfiando-o em sua boca. Então tossiu algumas vezes e contou as carteiras vazias da sala.

— Eu não conheço Amy — conseguiu dizer finalmente após um silêncio que lhe pareceu excruciante. — Mas gostaria.

Já basta, pensou ele, parando antes que fizesse algo horrível, como vomitar nos próprios sapatos.

Eles passaram a maior parte daquela primeira sessão de treinamento aprendendo como o computador falante de Amy funcionava. Aprenderam sobre pré-programar o que ela poderia dizer na sala de aula caso uma ideia fosse complexa ou longa demais para ser digitada enquanto todos aguardavam. Aprenderam sobre as baterias e sobre quais banheiros na escola eram mais apropriados para Amy. Aprenderam quanto peso ela era capaz de carregar com segurança (quase nada) e como ler os sinais de exaustão apresentados por seu corpo: torções faciais, espasticidade, vocalizações mais altas. Mas Nicole falou principalmente sobre expandir os "círculos de amizade" de Amy.

— Sabemos que amizades não começam porque você foi apresentado a uma pessoa ou almoçou com alguém. Estamos buscando um início. Durante onze anos, os alunos não souberam como se comunicar com Amy. Eles veem que andar é uma tarefa difícil para ela e não querem interromper. Com todas essas apresentações, estamos esperando passar a mensagem: vão em frente! Interrompam-na! Ela quer conhecer vocês!

Chloe ergueu a mão:

— Quando estivermos fazendo essas apresentações e dermos os nomes à senhora, devemos fazer alguma distinção entre aqueles de quem achamos que Amy *deveria* ser amiga e aqueles com quem ela não deveria perder tempo? Tipo, devemos colocar uma estrela ao lado do nome das pessoas que sabemos serem idiotas?

Sanjay riu tanto que um de seus chinelos caiu do pé. Chloe lançou um olhar furioso para ele.

— Bem, sinto muito, Sanj, mas todos nós sabemos que alguns dos meus amigos não são cidadãos modelo. Só estou sendo sincera.

— Não, eu agradeço — disse Nicole. — Chloe levantou um ponto interessante. Queremos que Amy encontre pessoas com quem ela tenha interesses em comum. Mas também queremos que ela ganhe um pouco de experiência concluindo por si só quem são os idiotas.

Matthew estava menos preocupado com a qualidade das pessoas que poderia apresentar a Amy do que com a rapidez com que ficaria sem nomes de conhecidos. Ele se imaginou numa dezena de cenas constrangedoras. Com alguém cujo nome ele pensava saber, mas não tinha certeza. ("Amy, este é Vic ou Nick; eu nunca soube ao certo.") Ou alguém cujo nome ele sabia perfeitamente bem — um atleta ou uma líder de torcida —, mas que não teria a menor ideia de quem Matthew era ou por que ele estava fazendo aquela apresentação. A escola era grande, com 1.600 alunos — todos os anos, Matthew apurava os números exatos na primeira semana de aula —, o que significava que algumas pessoas eram bem conhecidas e um número similar era desconhecido: uma massa neutra, amorfa. Desde que o pior de seus problemas começara, Matthew se esforçava para fazer parte do último grupo. Despercebido. Invisível.

Ele raramente falava nas aulas. Tão raramente, de fato, que seu comentário na aula de literatura no fim do ano anterior provavelmente fora sua primeira manifestação verbal em todo o trimestre. (Antes daquele dia, a sala o deixava desconfortável demais — com um número ímpar de tudo: carteiras, divisões no revestimento do teto, quadros-negros, armários de arquivos. Em geral ele ficava lá sentado, contando apenas coisas que sabia estarem em número par. Pés! Mãos! Vidraças nas janelas!) Ele só resolveu opinar depois de ler a redação de Amy porque ela ficou em sua cabeça. Naquele dia ele ficara lá sentado, contando, repetindo as palavras de Amy, contando, repetindo as palavras de Amy, quando então se deu conta de que o assunto era de fato Amy. Aí ergueu a mão.

Foi assim que chegou ali, preparando-se para um emprego no qual, tinha quase certeza, não duraria um dia.

CAPÍTULO CINCO

AMY TINHA MAIS UMA razão para insistir na ideia de empregar colegas como auxiliares esse ano. Em junho, seus pais haviam comprado a versão mais recente do melhor dispositivo de comunicação que ela já tivera, um Pathway2000 infinitamente mais rápido do que qualquer coisa que Amy já tinha usado. Ao fim do quarto ano, Amy já havia dominado o Minspeak e, mais tarde, o Unity, bem como as linguagens codificadas de dispositivos de voz que reduziam em dez vezes o trabalho de digitar, no entanto esse novo modelo era mais flexível e mais rápido que qualquer outro que Amy já utilizara. Ele memorizava suas expressões favoritas, aprendia o ritmo das frases e previa respostas com uma precisão incrível. Também tinha algo que ela nunca havia encontrado num dispositivo do gênero: uma voz que soava genuinamente humana. Durante anos, ela nunca entendera por que esses aparelhos podiam incluir tecnologia wireless, conexão bluetooth, acesso à internet 3G, mas ainda faziam uma garota soar como Stephen Hawking. Com seu novo Pathway, era diferente. Programável como a maravilhosamente simples "garota adolescente", sua voz soava exatamente como... bem, o que ela era. E Amy se perguntava se era isso que alguém com um carro esportivo novo sentia: se as pessoas queriam fazer um test-drive para experimentar toda a potência do veículo, ver se coisas luxuosas podiam mesmo mudar sua vida.

Nos primeiros três dias de aula, Amy descobriu que a resposta, infelizmente, era não.

Mesmo com o belo e novo Pathway ao seu lado, atravessar corredores com um colega auxiliar mostrou-se exaustivo e constrangedor. Com adultos, Amy podia ficar quieta; com um colega, não. Ela passou a maior parte das aulas tentando pensar em coisas para dizer, e não conseguiu acreditar na rapidez com que suas ideias se esgotaram. Acabou elogiando peças arbitrárias de vestuário. Chegou a dizer duas vezes a Chloe que gostava da blusa dela.

A pior parte veio a ser aquela pela qual ela inicialmente ficara mais entusiasmada: comer no refeitório. Depois de todos aqueles anos se escondendo em salas de apoio e salas de professores, Amy pensou que seria empolgante sentar-se no refeitório como todos os outros. No entanto, o lugar mostrou-se mais barulhento e lotado do que ela esperara. Em seu primeiro almoço, sentou-se com Sarah na extremidade de uma mesa cheia de garotas que disseram oi quando Sarah a apresentou, mas então não dirigiram mais a palavra a Amy ou a Sarah pelo restante da refeição. Na maior parte do tempo, as garotas se queixaram das viagens que os pais as obrigaram a fazer durante o verão. Depois, até Sarah sentiu-se mal.

— É isso o que aquelas garotas fazem. Elas reclamam sobre coisas que o restante de nós não tem. Nem sei por que sou amiga delas.

No primeiro dia com Sanjay, Amy passou a maior parte do horário de almoço sentada em uma mesa com sua comida trazida de casa enquanto ele comprava o almoço no refeitório. Quando finalmente apareceu com uma bandeja, Sanjay sentou-se com outras pessoas, como se tivesse se esquecido de Amy completamente. Alguns minutos depois, correu até ela.

— Amy, desculpa. Estou bem aqui. Tem algumas pessoas que querem te conhecer.

Seu coração tolo deu um salto. *Elas querem? De verdade?* Ela foi até eles, pensando que talvez fossem elogiar sua redação publicada no *Caleidoscópio*, mas não. As tais pessoas faziam parte da segunda divisão da equipe de futebol, e se mostraram ainda menos interessados em Amy do que a turma de Sarah.

Pelo menos Chloe não quisera sentar-se com outros amigos.

— Eu odeio praticamente todo mundo nesta escola — disse Chloe. — Desculpa, mas odeio.

Na noite de quinta-feira, Amy chegou em casa trêmula de exaustão. Era mais fácil lidar com auxiliares adultos. Com eles, ela não precisava ficar tensa ou passar o tempo todo se perguntando o que estariam pensando dela. Amy tinha feito tudo aquilo para conhecer Matthew, mas, quando chegou a sexta-feira — o dia de Matthew —, ela já se perguntava se valia a pena.

Na manhã de sexta, ela esperou por ele no pátio, no mesmo lugar onde encontrara seus outros colegas auxiliares. Estava nervosa, e tão cansada àquela altura, que só queria que o dia acabasse e o fim de semana chegasse logo. Ela o viu chegando, sorrindo levemente, os braços rígidos junto às laterais do corpo, o cabelo caindo no rosto. Antes que ela pudesse dizer um bom-dia, ele falou:

— Gostei da sua blusa — elogiou.

Ela olhou para ele. Estava tentando ser engraçado? Será que sabia que ela vinha fazendo aquele elogio idiota a semana inteira? Ela olhou para a própria blusa, uma azul-clara que tinha reservado especialmente para usar com ele.

— OBRIGADA — respondeu.

— Tenho um problema: não gosto de conversar no corredor — disse ele enquanto atravessavam o pátio da entrada.

Matthew se mantinha junto a uma parede, dando tapinhas nos armários à medida que seguiam, um sim, um não. — Simplesmente não gosto.

— TUDO BEM.

Eles percorreram dois corredores e pararam. Depois ele acompanhou Amy até a sala de aula, entrando, abrindo a mochila dela e pegando um livro. Nenhum dos outros auxiliares tinha feito isso.

— Vejo você depois da aula — despediu-se, dando um tapinha no livro.

— SILÊNCIO É BOM — disse ela no início do intervalo seguinte entre aulas.

— Ótimo. Eu também acho.

Quando chegou a hora do almoço, Matthew teve de ser sincero:

— Preciso dizer que não tenho muitos amigos para apresentar a você. Os que tenho, você provavelmente não vai querer conhecer.

— NÃO SE PREOCUPE — digitou Amy. — SANJAY ME APRESENTOU A 47 PESSOAS NA QUARTA-FEIRA.

Matthew sorriu, depois franziu a testa e desviou o olhar. Aquele dia estava sendo confuso. Amy estava mais bonita do que antes das férias, o rosto bronzeado, o cabelo mais comprido e encaracolado do que ele se lembrava. Aquilo deixou Matthew meio tímido apesar dos e-mails que ambos haviam trocado, sendo que os dois últimos diziam o quanto ela estava feliz por ele ter aceitado o emprego. Matthew não sabia bem por que Amy gostava tanto dele. Eles só tinham conversado uma vez. Ele provavelmente só a decepcionaria a partir de agora.

— TIVE UMA IDEIA — digitou ela.

Ele ergueu os olhos.

— O quê?

Ela continuou digitando por um momento. Ele gostava do ritmo lento da conversa com Amy. Dava-lhe chance de respirar e pensar.

— VOCÊ PODIA ME APRESENTAR ÀS MULHERES QUE TRABALHAM NO REFEITÓRIO. TODAS ELAS USAM CRACHÁ.

Ele riu e pensou: *Talvez eu consiga chegar ao fim do dia.*

E conseguiu. Para sua surpresa, foi mais fácil do que esperava. E mais interessante também. Matthew ficou com a sensação de que Amy não concordava com a abordagem da mãe.

— ELA É UMA CIENTISTA — explicou ela durante o almoço. — GOSTA DE TRAÇAR METAS E ENTÃO ACOMPANHAR DADOS PARA PROVAR SE AS ALCANÇOU OU NÃO.

Matthew pensou no que ela acabara de dizer.

— Mesmo que a meta seja fazer amigos?

— EXATAMENTE. É UM POUCO DIFÍCIL ENCONTRAR PARÂMETROS MENSURÁVEIS DE POPULARIDADE. ELA ACHA QUE AS PESSOAS DIZEREM OI PODE SER UM.

Cinco dias já haviam se passado desde o início do ano letivo.

— E como você está se saindo até agora?

— BEM, ONTEM 47 PESSOAS SE SENTIRAM OBRIGADAS A DIZER OI. ENTÃO ESTÁ INDO BEM, ACHO.

Ele riu novamente. Sabia quando ela estava brincando, mesmo que a transmissão do computador estivesse ligeiramente desregulada. Então começou a comer, com cuidado, como sempre fazia, segurando o sanduíche ainda meio embrulhado. Olhou para o almoço de Amy, uma única lata de Boost.

— Você não vai comer nada? Só vai beber isso? — perguntou.

— NÃO — disse ela. — SÓ ISSO.

Ele se lembrou de antigamente, no segundo ano do fundamental, quando as mães levavam cupcakes nos aniversários e Amy comia o dela como um bebê, se lambuzando com a cobertura. O problema não era a mão boa, que tinha um controle bizarro sobre o teclado do computador. Eram a cabeça e a boca oscilantes. Comer ainda devia ser meio parecido com praticar tiro ao alvo.

Já se aproximando do fim do dia, um pensamento ocorreu a Matthew: o emprego estava indo melhor do que ele esperara. E o mais estranho de tudo: na noite anterior, ele passara horas se preocupando com a possibilidade de ouvir a tal voz enquanto estivesse andando ao lado de Amy. Então — surpresa, surpresa — nada de voz! Muda durante o dia inteiro. Talvez porque ele tivesse outras coisas em que pensar: a marmita, os livros, a bateria de Amy. Ele precisava cuidar do próprio horário e do dela, de duas salas de aula, se deslocando rapidamente de uma a outra. Depois do sétimo tempo de aula, suas pernas estavam cansadas, mas ele nunca sentira-se tão cheio de energia. Metade de seu cérebro havia tirado um dia inteiro de folga. Era possível! Ele estava livre! Queria não ter que esperar quatro dias para auxiliar Amy de novo.

— ENTÃO... ESPERO QUE NÃO TENHA SIDO TÃO HORRÍVEL PARA VOCÊ — disse Amy quando estavam do lado de fora, aguardando pela mãe dela no ponto de encontro com os pais. Do outro lado da rua, Matthew viu o Ônibus número 12 — o dele — indo embora. Não se importou. Era tranquilo andar os dois quilômetros e meio até em casa.

— Horrível? — disse ele. — De jeito nenhum. Eu me diverti muito. — Ele riu, embora nenhum dos dois tivesse feito uma piada.

— SÉRIO?

Será que ele parecera ansioso demais? Era errado gostar de um trabalho pelo qual você estava sendo remunerado?

— Sim. — Ele engoliu em seco. — Quero dizer, sim. Você é interessante, Amy. Sempre foi.

A cabeça dela tombou de um lado para o outro. Ela parecia estar escutando um segredo.

— COMO ASSIM?

Matthew viu o carro da mãe dela encostar ao meio-fio.

— Bem, não posso dizer agora; sua mãe chegou.

De repente ele se lembrou de seu maior fracasso do dia: não a apresentara a ninguém.

Minta, disse a voz. *Não seja burro. Simplesmente minta.* A voz parecia estar com raiva. Como se o tivesse observado o dia todo, à espera do momento de lembrá-lo de todos os seus fracassos.

— Oi, Aims! Oi, Matthew! Como foi? — Nicole saltou do caro para abrir o porta-malas.

— Não tenho muitos amigos — murmurou ele para Nicole enquanto guardava o andador e a mochila no porta-malas. — Nenhum que Amy iria querer conhecer. Sinto muito.

Sem conseguir encarar nenhuma das duas, ele virou-se rapidamente e saiu correndo.

Naquela noite, após o jantar, Matthew estava à pia lavando pratos e panelas. Contara muito pouco à mãe sobre o seu dia. Foi tudo bem, dissera ele. Amy era legal. A mãe contou uma história do trabalho enquanto bebericava seu vinho. Quando ele terminou com a louça, a mãe tocou em seu ombro e perguntou por que ele verificava a torneira com tanta frequência.

— Ela está fechada, querido. Eu garanto.

Ele tornou a apertar a torneira. Não conseguia evitar.

— Eu sei.

— Então por que continua conferindo?

Ele não foi capaz de encará-la. Ela nunca havia lhe perguntado sobre essa coisa da torneira. Já tinha perguntado sobre outras coisas, mas não sobre isso.

— Por nada.

Ela respirou fundo.

— Eu vejo você fazendo essas coisas que eu não costumava ver. Preocupo-me que isso esteja tomando muito do seu tempo.

Matthew queria contar a verdade a ela; queria mesmo. *Está tomando todo o meu tempo, mãe. Eu não entendo. Odeio isso, mas não posso fazer nada.* Ele ouvia um barulho — como água correndo por canos, só que era sangue em seus vasos capilares, fluindo para o seu rosto, vindo por sua nuca.

— Você pode me dizer por quê?

Ele devia dizer a ela. Queria dizer. Sua garganta se fechou. Não conseguia falar. Temeu por um minuto que não fosse mais conseguir respirar.

Não conte a ela, sibilou a voz. *Isso vai fazê-la chorar, e ela já tem tristezas suficientes.*

— Uma mulher no trabalho... Cheryl, você se lembra dela? Ela me contou sobre uma irmã. Aparentemente ela tem esses... ah, não sei... hábitos, é como ela chama. Nos quais ela verifica coisas antes de sair de casa. O fogão, a cafeteira, o secador de cabelos, tudo isso. Ela tem de percorrer a casa várias vezes. Conferindo e reconferindo. Em certos dias a coisa fica tão séria que ela sai do trabalho na hora do almoço e vai em casa verificar mais uma vez.

Esse não era o problema dele. Matthew queria rir e dizer: *Ela parece* maluca, *mãe.*

— É um pouco assim para você? — Ela esperou. — Você tenta acalmar suas preocupações com esses hábitos?

— *Não* — disse ele. — Não é *nada* disso.

No entanto, era. Era exatamente assim.

Não conte a ela, alertou a voz. *Aconteça o que acontecer, não conte a verdade a ela.*

— Porque se for, querido, você pode receber ajuda. É uma coisa tratável.

— Acabei de dizer que não é.

— Tudo bem, tudo bem. Não precisa gritar.

— Não quero que você se preocupe com o fato de eu ser muito preocupado. Isso não vai ajudar.

— Está bem.

CAPÍTULO SEIS

AMY PERCEBEU UMA COISA. Sua mãe — que por fim acabara concordando com a ideia de ter colegas auxiliares — detestava as pessoas que se inscreveram. No fim da primeira semana, Nicole entrou na penumbra do quarto de Amy e sentou-se na cama.

— Não posso evitar — disse ela. — Todos eles parecem tão comuns e indignos de você.

— MÃE...

— É assim que me sinto.

— ELES AGORA SÃO MEUS AMIGOS. VOCÊ NÃO TEM O DIREITO DE JULGÁ-LOS.

— Está bem, não vou. Mas eu disse a Chloe que ela está demitida se passar maquiagem em você.

— MÃE. AS PESSOAS USAM MAQUIAGEM.

Ela balançou a cabeça como se estivesse tentando não chorar.

— Eu sei que usam.

— EU JÁ TENHO 17 ANOS.

— Eu sei.

— ISSO É PARTE DO SEU PAPEL. VOCÊ ESTÁ ME DEIXANDO PARTIR.

— Você promete me contar se essas pessoas fizerem ou disserem alguma coisa que a deixe constrangida?

— PROVAVELMENTE NÃO.

— Você precisa, Amy. Deve me contar se alguma coisa não lhe parecer certa.

— OK, TUDO BEM. VOU CONTAR.

Não, não vou, pensou ela.

Amy se surpreendeu. Embora a segunda semana houvesse transcorrido ligeiramente melhor do que a primeira, a diferença foi mínima. Ainda era um pouco angustiante se arrastar ao lado de alguém que queria andar mais depressa. E humilhante ver Sanjay dando em cima das líderes de torcida dizendo: "Sou tipo uma babá da Amy. Eu adoro! É o melhor emprego que já tive".

E no entanto ali estava ela — defendendo os amigos. Sim, qualquer um podia ver que Chloe era excessivamente dedicada a um namorado que se encontrava no centro de detenção juvenil em vez de na escola. Claro, Sarah ficava quase o tempo todo enviando mensagens de texto quando estava com ela, provavelmente até mais do que deveria, mas quem era Amy para criticar? Sentada na frente de Sarah, que continuava debruçada sobre o telefone, Amy correu os olhos pelo refeitório e notou que cerca de um quarto das pessoas ali estavam fazendo a mesma coisa. De certa forma, sua mãe tinha razão. Talvez elas pudessem ter conseguido pessoas mais responsáveis — ou pelo menos mais educadas. Mas, se tivessem feito isso, o grupo não representaria uma variedade real de colegas, e não teria incluído Matthew.

Essa era a parte importante. Era por isso que Amy defendia todos eles. Porque precisava dos outros para ter Matthew a cada quatro dias.

Com Matthew não era doloroso nem constrangedor. Com Matthew, ficar em silêncio não era um problema. Ele não inventava desculpas tensas para ficar no telefone com outra pessoa. Não fazia careta diante de um de seus gestos desajeitados. Simplesmente estava lá. Feliz em recolher as coisas que caíam de sua mochila, feliz em limpar seu rosto e sua blusa, feliz em tirar fios de cabelo de seu casaco. Com Matthew tudo parecia fácil e sincero. Ela tentou pensar na palavra certa para descrevê-lo, e finalmente lhe ocorreu: ela o via como um amigo.

— Saudações — disse Matthew. Quatro semanas haviam se passado desde o início do programa de colegas auxiliares, e ele não sabia por que, mas tinha começado a brincar mais com Amy, fazendo uma reverência quando ela se aproximava, dizendo: "Às suas ordens...". Agora mesmo ele estava lhe estendendo a mão:

— Posso levar o cartão de inscrição para você?

Era o último dia para realizar as matrículas ou desistências nas disciplinas e todos estavam andando de um lado a outro carregando cartões pardos com a grade de horários para recolher rubricas dos professores. Ele pegou a mochila dela e tirou o cartão de sua mão.

— *BIEN SUR* — digitou ela. Tinha acabado de sair da aula de francês, mas já havia tirado o Pathway do modo língua estrangeira, de maneira que saiu algo parecido com "BEM SUJO".

— Encantador. — Ele sorriu. — Eu mesmo tenho andado um pouco sujo.

Estar com Amy continuava a surpreender Matthew. Era o quinto dia, e a cada vez parecia mais fácil. Antes do início do ano letivo, ele se perguntara como inventaria coisas para conversar durante o almoço, e ficara grato quando Nicole entregou uma lista dos interesses de Amy durante o treinamento. "Amy precisa conhecer pessoas com quem tenha coisas em comum", advertira ela. "Para ajudar, fiz uma lista das coisas de que ela mais gosta." E a distribuiu:

Arte impressionista
Culinária coreana

O diário de Anne Frank
Simon e Garfunkel
Filmes da década de 1940, especialmente os de Bette Davis

A lista prosseguia, mas até mesmo Matthew notava o problema no raciocínio de Nicole. Alunos do ensino médio não sentam e conversam sobre o diário de Anne Frank. Ninguém abre a embalagem do almoço dizendo: "Quem aqui gosta da Bette Davis?" Adolescentes não falam sobre *temas*. Adolescentes zombam uns dos outros ou, como alternativa, zombam de seus professores.

Agora, almoçando com Amy, Matthew mencionou a lista de hobbies/interesses. Supôs que ela soubesse da tal lista, mas aparentemente não era o caso. Amy guinchou numa risada ou num arquejo de horror.

— AI, MEU DEUS! O QUE HAVIA NELA?

Ele citou os itens de que se lembrava.

— *ANNE FRANK?* ESTÁ FALANDO SÉRIO?

— Achei isso meio engraçado. Não que Anne Frank não fosse uma ótima escritora.

— EU TINHA 10 ANOS QUANDO LI ISSO!

— *Sério*? — Para Matthew, o livro fora proposto na escola dois anos antes. Ele gostou da história, mas levou muito tempo para ler; era mais difícil do que esperava. — Você leu mesmo com 10 anos? Parece muito cedo. Você foi um prodígio na leitura ou algo assim?

— NÃO. EU LIA MUITO. NÃO TINHA MUITO MAIS O QUE FAZER.

Amy então contou que não entendia bem por que a mãe listara aquele livro quando havia tantos outros que ela lera mais recentemente e dos quais gostara. Era como se Nicole quisesse que as pessoas ficassem impressionadas com seus feitos durante o quinto ano.

— ISSO É ESTRANHO? QUERER IMPRESSIONAR AS PESSOAS MOSTRANDO O QUANTO EU *ERA* INTELIGENTE?

— Sei lá. — Matthew deu de ombros. Pela primeira vez, tentou imaginar sua mãe tão envolvida em sua vida quanto a mãe de Amy era na da filha. Desde aquela conversa sobre a torneira algumas semanas antes, ela não fizera muitas perguntas mais. Não tivera curiosidade nem mesmo sobre as inscrições de Matthew nas faculdades, o que era estranho, considerando que era o único assunto entre seus colegas de turma nos últimos dias. — Parece que você era bastante inteligente.

— AINDA SOU! E OS LIVROS QUE ESTOU LENDO AGORA?

Ele não soube dizer se ela ficara mesmo chateada ou se estava brincando. A cabeça de Amy se moveu de um lado para o outro e a mão empurrou o teclado do Pathway para a borda da mesa.

— Tudo bem. — Matthew sorriu e empurrou o computador de volta para perto da mão dela. — Quais livros você está lendo agora?

— NÃO QUERO FALAR SOBRE ISSO.

Ela *estava* chateada. Tornou a empurrar o computador para longe e parou de beber da lata de energético. Ele tinha certeza de que Amy estava furiosa com a mãe, e não com ele, mas ainda assim não sabia como fazê-la mudar o humor.

— Eu costumava ler muito, mas não leio mais — disse ele. — Me deixa muito ansioso.

A expressão de Amy mudou.

— POR QUÊ?

Matthew só percebeu que devia ter ficado calado depois de soltar a frase. Qualquer que fosse sua explicação, ia soar meio esquisita. Ela continuava esperando. Ele precisava dizer alguma coisa:

— Eu me preocupo com a possibilidade de ler as coisas errado. Às vezes tenho que ler a mesma página várias vezes. Fico pensando que cometi um erro.

— COMO VOCÊ FAZ COM O DEVER DE CASA?

Levo uma eternidade, ele quase respondeu. *Não faço*. Não podia dizer isso a ela. Nem que ler às vezes parecia uma batalha contra aquela voz.

— Devagar, acho. Nem sempre leio tudo que tem para se ler. Não consigo.

— POR QUE VOCÊ LÊ A MESMA PÁGINA VÁRIAS VEZES?

Ele podia ouvir a voz agora. *Você pulou uma palavra. Volte. Se não voltar, nada vai fazer sentido.* Fora um erro contar a ela.

— Por nada. Só tento ser cuidadoso.

Quando Matthew chegou à sala de química, a primeira aula depois do almoço, abriu o caderno e percebeu que não tinha devolvido o cartão com a grade de horários a Amy. Ele colocou os dois cartões lado a lado na carteira e percebeu que a data de nascimento dela era um dia depois da sua. Matthew nascera em 25 de abril e Amy, 26. Datilografado na linha abaixo — *Local de nascimento: Mercy Hospital.*

Que coincidência, pensou ele, então se lembrou de Nicole dizendo a eles que Amy nascera bem, mas que tivera um aneurisma no dia seguinte ao parto. O coração de Matthew começou a bater forte. *Você estava lá*, disse a voz. *Estava com ela quando aconteceu.* Então esperou o inevitável: *Provavelmente foi sua culpa.*

Ele começou a suar. Seria possível? Eles eram bebês deitados sob as mesmas lâmpadas de aquecimento quando aquilo aconteceu?

De repente o medo o consumiu. E se ele e Amy *tivessem mesmo* sido colocados lado a lado sob uma mesma tenda plástica de oxigênio? E se ele tivesse rolado e interrompido o suprimento de oxigênio dela? Era possível, não era? Ele fora um bebê ridiculamente grande, com quase cinco quilos, todo bochechudo e gorducho, sua mãe costumava dizer. Em casa ele verificaria, mas tinha quase certeza de que aneurismas eram decorrentes da interrupção de suprimento de oxigênio para o cérebro.

Talvez isso explicasse seu fascínio durante toda a vida por Amy e pelas peculiaridades do corpo dela. Ele causara todas elas! Só podia ser! Do contrário, por que se sentiria tão responsável?

CAPÍTULO SETE

MATTHEW NUNCA TINHA CERTEZA se alguém notava seus rituais. Esperava que não, é claro. Mas de vez em quando lhe faziam perguntas que o levavam a duvidar. *Por que você lava as mãos até os cotovelos? Por que evita os ladrilhos azuis do piso? Por que bate nos armários?* Ele sempre dava respostas curtas, em pânico. “Eu não faço isso!”, negava. Ou: “Sujei os braços com alguma coisa no laboratório de biologia.”

Amy foi a primeira pessoa a quem deu uma resposta sincera.

Uma semana após a revelação sobre as datas de nascimento, eles estavam a caminho do almoço.

— POR QUE ÀS VEZES VOCÊ ANDA NA PONTA DOS PÉS? — perguntou Amy.

Matthew ficou vermelho. Não tinha percebido que estava fazendo isso em público.

— Às vezes faço coisas assim.

— POR QUÊ?

Ele falou a verdade:

— Em geral, ando na ponta dos pés quando estou feliz.

Ela riu, então digitou:

— VOCÊ FICA FELIZ QUANDO ESTÁ COMIGO?

Como aquilo não tinha nada a ver com seus rituais, pareceu seguro esclarecer.

— Sim, fico. Na maior parte do tempo. Exceto quando você me faz perguntas constrangedoras.

— POR QUE ISSO É CONSTRANGEDOR?

— Porque não se espera que as pessoas andem na ponta dos pés depois de certa idade. Eu sei disso. Só que gosto de andar assim. Não é a coisa mais esquisita que faço.

— QUAL É A COISA MAIS ESQUISITA QUE VOCÊ FAZ?

A essa altura ele não conseguia mais se lembrar: fora *ele* quem tocara nesse assunto?

— Tem coisas que eu faço às vezes.

Eles entraram na sala de apoio, onde passaram a almoçar depois que Amy observou que nenhum dos dois comprava comida e, portanto, tecnicamente não precisavam comer no refeitório. Ela já tivera sua cota do refeitório.

— A verdade é que tenho problemas como você, só que os meus não são visíveis — explicou ele enquanto desembrulhava o sanduíche que ele mesmo havia preparado para levar, embrulhando-o em papel-manteiga, depois papel-filme, depois papel-alumínio. — Eu me preocupo demais. Logicamente compreendo que meus medos não são racionais, mas não consigo deixar de pensar neles. Fico revirando-os na minha mente. O tempo todo.

— MEDOS EM RELAÇÃO A QUÊ?

— Temo principalmente ter machucado as pessoas involuntariamente. Ou arruinado a vida de alguém sem querer.

Era estranho dizer aquilo em voz alta. Ele não tinha certeza de por que estava falando aquelas coisas, exceto pelo fato de, no dia anterior, no encontro mensal dos auxiliares, Nicole ter lhes contado uma história sobre Amy ter nascido prematura: "Ela era uma coisinha tão miúda. Tinha menos de um quilo e meio. Ninguém esperava que sobrevivesse. E se isso acontecesse, disseram que seria um vegetal. Agora todos os anos envio para aqueles médicos uma cópia do boletim escolar dela!"

Matthew erguera a mão e perguntara: "Isso significa que Amy ficou sozinha numa incubadora?" Assim que falou, soube que era uma pergunta estranha.

"Ah, sim", respondera Nicole, imperturbável. "Ela ficou na UTI por quase dois meses. Não havia muitos outros bebês por lá. Um ou dois que não tiveram tanta sorte."

Matthew ficara eufórico. Era uma prova de que não tinha sido o causador dos problemas de Amy! Aquilo o tinha deixado mais falante agora.

— COMO VOCÊ PODERIA MACHUCAR OUTRAS PESSOAS?

— É mais fácil do que você imagina. Como no outro dia, quando uma lata de Sprite derramou no meu armário, fazendo uma sujeira lá dentro. Eu fiquei me perguntando: e se vazasse para o armário de outra pessoa? E se eu arruinasse um projeto no qual a pessoa estivesse trabalhando o semestre inteiro? Ou todas as anotações feitas em sala naquele ano?

— ISSO ACONTECEU?

— Acho que não, mas como posso ter certeza?

— QUAL ERA A QUANTIDADE DE SPRITE?

— Um quarto de uma lata. — Ele esperou. Agora compreendia por que contara tudo aquilo. Queria que Amy o tranquilizasse.

— PROVAVELMENTE NÃO HOUVE NADA.

— Mas não posso ter certeza absoluta.

— VOCÊ PODE TER QUASE CERTEZA.

— É justamente esse o problema. Quase certeza não é bom o bastante. Quase certeza é capaz de me manter acordado a noite toda. — Ele estava surpreso com o alívio que sentia em contar a alguém sobre o Sprite. — Eu me atribuo tarefas a cumprir, tarefas difíceis, então torço para que nada de ruim aconteça por causa do que fiz. É uma espécie de jogo da minha cabeça. Só que não é nada divertido, nem é um jogo de verdade. Tenho a sensação de que coisas horríveis acontecerão se eu não fizer tudo certo.

— O QUE VOCÊ TEM QUE FAZER?

— Andar de certa maneira. Tocar objetos. Lavar as mãos. Coisas diferentes. Elas variam.

— TIPO TOC?

Ele não sabia o que era aquilo.

— Acho que não.

Quatro dias depois, Amy encontrou Matthew de manhã com algo que ela queria dizer já digitado.

— FIZ UMA BREVE PESQUISA. VOCÊ DEVERIA LER ESSE LIVRO CHAMADO *O MENINO QUE NÃO CONSEGUIA PARAR DE SE LAVAR*. É SOBRE TOC E É EXATAMENTE COMO VOCÊ DESCREVEU.

— Eu costumava lavar muito as mãos. — Agora ele estava um pouco constrangido. Não queria revelar a ela que ainda se lavava com frequência.

– QUAL É O SEU CONCEITO DE MUITO?

Ele não tinha certeza se devia dizer. Não queria passar o dia inteiro discutindo aquele assunto.

— Doze vezes por dia. Eu gostava desse número. A questão era mais o número do que a limpeza. — Isso fazia com que soasse melhor?

— SIM, É ISSO QUE VOCÊ TEM.

— Acho que não.

— PODE ACREDITAR.

Caminharam em silêncio por algum tempo enquanto ele pensava em coisas que gostaria de dizer: *Olha, desde quando você virou médica? Que faculdade de medicina você frequentou? O que acharia se eu começasse a ler sobre todos os seus problemas?* A questão com esse argumento era que ele *já* havia lido sobre todos os problemas dela. Havia pesquisado sobre paralisia cerebral e tinha até alugado o filme *Meu pé esquerdo*, ao qual assistira duas vezes. Sua parte favorita era quando a mulher que Daniel Day-Lewis amava diz a ele que está noiva de outro cara, e ele, em meio a espasmos, grita: "CU!" Todos ao redor deles ficam horrorizados, mas ele continua: "CU... CUMPRIMENTOS AOS NOIVOS!". Matthew queria perguntar a Amy se ela gostara dessa parte do filme também, mas não sabia se devia.

— TALVEZ EU ESTEJA ENGANADA — disse ela finalmente, à porta de sua sala de aula.

Quando Matthew retornou mais tarde para buscá-la, Amy continuou falando como se não houvesse se passado uma hora:

— ACHO QUE VOCÊ DEVIA LER O LIVRO, SÓ ISSO.

Ele não aguentou mais.

— Ótimo. Acho que você devia ver *Meu pé esquerdo*.

— POR QUÊ?

— Porque é divertido que listem todos os seus problemas, então você também devia experimentar.

— EU JÁ SEI O NOME DO MEU PROBLEMA. NÃO É NENHUM SEGREDO.

Naquela tarde, Matthew foi à biblioteca pública municipal e encontrou o livro. Então teve que esperar uma hora até uma bibliotecária que ele não conhecia estar atrás do balcão de retirada. A essa altura sua garganta estava apertada demais para que ele conseguisse falar. Quando a mulher perguntou como ele estava, Matthew assentiu vagamente com a cabeça, como se fosse surdo. Naquela noite, apesar de precisar ler devagar, quase terminou o livro. As pessoas descritas ali pareciam muito piores do que ele. Estavam internadas em hospitais, passando 24 horas por dia tentando não lavar as mãos.

No dia seguinte, antes da primeira aula, ele foi procurar Amy. Ela estava esperando Chloe, que quase sempre se atrasava.

— Aquelas pessoas eram *malucas* — disse a ela. — Eu não sou maluco.

— NÃO. MAS ALGUMAS COISAS SÃO IGUAIS. COMO RESPONSABILIZAR-SE POR COISAS QUE NÃO SÃO CULPA SUA. ISSO É IGUAL.

Será que Amy sabia que ele tinha passado uma semana se culpando pelo estado dela? Será que ela estava dizendo tudo aquilo porque provavelmente *era* mesmo culpa dele?

— Olha, admito que o livro é interessante e que reconheci algumas coisas ali, mas eu não me pareço em nada com aquelas pessoas. Não vou começar a tomar remédios, nem ir a um médico e contar essas coisas todas para ele.

— SE VOCÊ NÃO QUER AJUDA, POR QUE ME CONTOU?

— Porque conheço você. E gosto de você. — Ele não disse: *E pensei que fosse responsável por todos os seus problemas.*

— POR QUE VOCÊ SE CANDIDATOU A ESTE EMPREGO?

— Porque eu quis. Achei que ajudar outra pessoa talvez pudesse me arrancar um pouco da minha mente.

A cabeça de Amy se inclinou enquanto ela digitava por um minuto. Então ela repensou o que tinha escrito, pressionou a tecla para deletar e digitou outra coisa:

— É EXATAMENTE ASSIM QUE ME SINTO.

CAPÍTULO OITO

PARA AMY, SER AMIGA de Matthew era como estar numa montanha-russa. Ele era tantas coisas: bonito (muito mais do que fazia ideia, com lindos olhos azuis e um sorriso maravilhoso), inteligente, engraçado e surpreendentemente gentil. E era o único auxiliar que ficava com ela depois da escola para esperar sua mãe chegar. O único que carregava sua mochila até o porta-malas e que sabia como dobrar seu andador com dois movimentos. Com frequência, abria a porta para ela, e recentemente começara um novo floreio que quase fazia seu coração parar: prender seu cinto de segurança. Ele já fizera isso duas vezes, o que significava que duas vezes os cachos dele lhe roçaram a cintura enquanto uma das mãos lhe tocava o quadril em busca da fivela.

— Pronto! — dissera ele da última vez, sorrindo um pouco sem fôlego depois de executar a tarefa.

Matthew não tinha a menor ideia do quanto era maravilhoso. De como suas mãos eram tão lindas, a ponto de Amy mal conseguir olhar para elas. De como seu sorriso mais sincero era meio torto e se erguia mais do lado esquerdo que do direito, o que dava a Amy a sensação de que talvez ele fosse capaz de compreendê-la melhor, com seu rosto hemiplégico que também era todo meios sorrisos tortos.

Mas não se podia negar. Matthew também era ligeiramente louco.

Talvez mais do que ligeiramente.

Ler o livro encontrado na biblioteca a convencera de duas coisas: (1) Tratava-se de um distúrbio bastante sério, e (2) Matthew decididamente sofria daquilo.

Os estudos de caso no livro mostravam pessoas cujas vidas haviam sido destruídas por obsessões compulsivas. Advogados que perderam seus empregos porque não conseguiam parar de tomar banho. Professores que largavam turmas sozinhas para correr até em casa e verificar o fogão. Num certo nível, Amy sentia-se grata por esse lado de Matthew. Sem isso, ela sabia, ele jamais seria seu auxiliar. Ele já fora normal, com amigos no grupo dos populares que depois da aula iam a festas e atividades planejadas por comitês. Amy nunca fizera nada disso, mas lembrava-se de ver Matthew vendendo rifas e flores para o baile da escola. Agora ela sabia que ele não estava brincando naquele primeiro dia em que trabalhara com ela. Ele não cumprimentava ninguém. Passava os intervalos entre as aulas nos corredores, ocupado demais batendo em armários e sussurrando sozinho para notar as pessoas que tentavam dizer oi ou chamar sua atenção.

Exceto nos dias em que estava com ela.

Era eletrizante a maneira como Matthew cuidava dela com tanta atenção a ponto de se esquecer de si mesmo. Ele não murmurava nem batia em nada. Praticamente não fazia nada de estranho nesses dias; em vez disso, se concentrava em detalhes. Apertava um parafuso solto na alça de seu andador. Procurava os canudos melhores no refeitório para ela beber o shake energético. Ele pensava nela e em um milhão de minúsculas maneiras de facilitar a vida dela. Como Amy poderia *não* amá-lo?

E, porque amava, ela via: ele não queria falar sobre o TOC.

Conversar sobre aquele assunto fazia com que ele flexionasse os dedos e piscasse nervosamente, correndo o olhar pela sala. Fazia suor brotar acima do lábio superior dele. Assim, em vez de tocar no assunto, Amy perguntou se ele se importaria de se filiar com ela a um clube que se reunia duas vezes por semana depois das aulas. Os outros não podiam ficar depois da escola, mas Matthew, que não praticava nenhum esporte, não tinha nenhum outro emprego e não precisava estar em nenhum lugar, poderia.

No dia da primeira reunião, eles caminharam juntos até a sala de preparação do anuário das turmas.

— Você está mesmo interessada no *anuário*? — quis saber ele.

— ESTOU. ADORO DESIGN E LAYOUT. ESSA É A MINHA PAIXÃO.

— Uau — disse ele. — Pensei que Simon e Garfunkel fosse a sua paixão. — Desde que contara a ela sobre a lista, Matthew a mencionava em todas as oportunidades que tinha.

Ela pressionou o botão do Pathway com sua risada falsa.

— HA-HA.

A sala do anuário estava repleta de alunos mais jovens, e a maioria deles já se conhecia. Ninguém ergueu os olhos ou pareceu perceber quando os dois entraram.

— Preciso ser sincero com você — sussurrou Matthew enquanto se dirigiam a uma mesa nos fundos. — Faz anos que eu sequer compro um anuário.

— BEM, AÍ ESTÁ O SEU PROBLEMA. — Amy baixou o volume do computador até a voz parecer um sussurro. — ANUÁRIOS SÃO CRUCIAIS PARA A POPULARIDADE.

— Certo — falou ele. — Uma vez duas garotas escreveram na mesma página que eu tinha uma personalidade muito arfável.

Ela riu. Gostava do jeito como ele dizia *arfável*.

— GRANDES MENTES PENSAM DO MESMO JEITO, ACHO.

— E arfam também.

Eles não haviam sido colocados no layout porque aparentemente todo mundo queria fazer o layout, e somente pessoas que tinham trabalhado por pelo menos um ano no anuário conseguiam ficar responsáveis por esta parte. Mas seriam bem-vindos na venda de anúncios, disse o orientador acadêmico, entregando-lhes um pacote.

— Telefonem para as empresas listadas e vejam se estão dispostas a patrocinar o anuário novamente. — O professor percebeu tarde demais que "telefonar para empresas" provavelmente seria a tarefa errada para eles. — Talvez um de vocês possa se encarregar de falar — corrigiu-se, e começou a remexer desajeitadamente em alguns papéis.

Eles voltaram à mesa no fundo da sala, onde se sentaram — outra vez — a sós. À volta deles, todos trabalhavam diligentemente. Por fim, Amy sussurrou:

— BEM, TENHO CERTEZA DE QUE ELE QUIS DIZER QUE ERA EU QUEM DEVIA FICAR ENCARREGADA DE FALAR, VOCÊ NÃO ACHA?

Dois dias depois, ambos estavam de volta. Sentaram-se à mesma mesa e, mais uma vez, ninguém pareceu notar a presença deles.

— Acho que você está totalmente certa sobre a coisa da popularidade — sussurrou Matthew. — Eu já sinto que está funcionando às mil maravilhas.

— EU TAMBÉM.

Se Matthew não estivesse ali, fazendo suas piadas e dando os telefonemas para as empresas, Amy não teria durado muito. Mas, com ele, não importava que ninguém lhes dirigisse a palavra, incluindo o orientador. Eles tinham um ao outro.

Matthew criava vozes para usar nas ligações. Amy digitava roteiros para ele. Em vez de focarem na venda de anúncios, eles tentavam fazer as pessoas ficarem ao telefone pelo máximo de tempo possível. Ele estendia as ligações para os salões de beleza, comentando sobre seus nomes extravagantes. ("Cabelos Hoje, E Amanhã? é tão ousado", comentou ele. "A insinuação de que todos podem sair daí carecas não é um problema, imagino?")

Logo estavam dando menos telefonemas e passando o restante do tempo conversando. Ninguém parecia notar, ou, se notavam, não ligavam. Isso deu a eles o que Amy queria de fato: mais tempo para conversarem. Para contar suas histórias, mesmo que fosse um processo lento, pois Matthew era tímido e Amy só conseguia digitar com uma das mãos.

Às vezes eles falavam um pouco sobre os outros colegas auxiliares. Matthew contou que já havia sido amigo de Sanjay, muito tempo antes.

— Na verdade, foi na pré-escola. Foi ele quem me contou que a fada do sono, que vinha e colava adesivos nas crianças que estavam adormecidas, não existia. Ele disse que isso era coisa das professoras, que queriam que as crianças dormissem para que elas tivessem um tempinho de paz.

Também contou a Amy que não conhecia mais Sanjay. Mesmo durante a semana de treinamento, em agosto, nenhum dos dois mencionou a pré-escola.

— SANJAY AGORA ESTÁ CONCENTRADO EM OUTRAS COISAS.

— Tipo o quê?

— ELE ESTÁ INTERESSADO EM GAROTAS E POPULARIDADE. MUITO.

Dentre todos os auxiliares, Sanjay era aquele com quem Amy achava mais difícil passar o dia. Independentemente de quem estivesse com ele, Sanjay passava o tempo todo olhando sobre o ombro da pessoa para ver se havia alguém melhor nas proximidades. Ele falava muito sobre o pessoal mais popular — ostensivamente fazendo piadas, mas o tipo de piada que deixava claro que estava desesperado para ser um deles. E algumas vezes ele soava como se talvez fosse mesmo.

"Isso é *tão* típico da Lisa", dizia ele depois de conversar com uma das líderes de torcida por dois minutos. "Ela não consegue aprender espanhol. Tipo, nada *mismo*."

De vez em quando garotas bonitas se sentavam com ele no refeitório e diziam: "Ei, Sanj." Às vezes elas comiam a batata frita dele enquanto conversavam.

— E Sarah? — quis saber Matthew. — O que acha dela? Como ela é? — Ao perguntar isso, ele deu uma olhadinha para ela, um pouco tenso.

— POR QUÊ?

— Por nada. Só curiosidade.

— VOCÊ GOSTA DELA?

Amy tentava não fazer perguntas do gênero, mas dessa vez não conseguiu evitar. Sua mão foi mais rápida do que a intenção de seu cérebro de contê-la.

— Não. Quer dizer, OK, eu tinha uma quedinha por ela. Tipo isso. Um pouco. — Seu rosto estava vermelho vivo. Ele não conseguia parar de sorrir.

— QUANDO?

— Há muito tempo. Tipo nono ano. Era uma coisa idiota.

Amy gostava de Sarah, mas, de todos os seus colegas auxiliares, era a que menos conhecia. Sabia que era filha do Sr. Heffernan, o professor de ciências do sétimo ano, e que a mãe dela havia morrido de câncer, pois isso acontecera bem no decorrer do sétimo ano e o Sr. Heffernan se afastara da escola por quase duas semanas. Mas não sabia muito além disso. Sarah parecia seriamente determinada a ir para uma boa faculdade. Era bonita de um jeito que Amy não considerava muito marcante para estudantes do ensino médio, mas talvez estivesse errada. Talvez Matthew tivesse notado.

Ele finalmente conseguiu controlar o rubor por tempo suficiente para se explicar:

— A mãe dela morreu na mesma época em que meu pai saiu de casa dizendo que tinha se apaixonado por outra pessoa. Acho que meti na cabeça que tínhamos muito em comum.

— MORRER NÃO É O MESMO QUE SE DIVORCIAR.

— Não, eu sei. Eu só costumava observá-la. Para ver se ela estava bem. Se parecia que tinha chorado. Coisas assim. Era uma coisa idiota.

— VOCÊ AINDA FAZ ISSO?

— Não. Quer dizer, um pouco. Eu nem a conheço direito, sério. Você sabe mais sobre ela do que eu agora.

Amy sabia que isso não devia incomodá-la tanto quanto incomodava. *Somos amigos*, disse a si. *É isso que os amigos fazem. Eles se interessam por outras pessoas e conversam sobre isso.* Não significava que Matthew ia começar a namorar. Não significava que havia se candidatado à vaga de auxiliar para se aproximar de Sarah. No minuto em que pensou isso, porém, Amy não foi capaz de impedir que sua mão digitasse:

— VOCÊ SE CANDIDATOU PARA PODER SE APROXIMAR DELA?

— *Não.* Meu Deus, Amy. Eu nem sabia que ela estava se candidatando também.

— MAS VOCÊ A VIU NO TREINAMENTO E PENSOU: "*NÃO CONSIGO ACREDITAR NA MINHA SORTE*"?

Ele riu e corou novamente.

— *Não.* — Mas era óbvio. Ele pensara, sim. Dava para ver.

Amy deixou o assunto de lado com o intuito de analisá-lo em casa naquela noite. Sim, ela estava com ciúme. Era exasperante que alguém tão doce quanto Matthew, com um coração tão bom e tantos problemas para superar, desperdiçasse seu tempo se interessando por Sarah. Não que houvesse alguma coisa *errada* com Sarah — ela simplesmente não o merecia. Não era tão doce quanto Matthew, nem tão atenciosa. Um dia Sarah dissera a Amy que não esperava manter contato com ninguém da escola depois que se formasse. "Tenho a sensação de que estou só matando tempo, aguardando por coisas melhores", falou ela. Amy entendia o que ela queria dizer: aulas melhores, amigos melhores, garotos melhores. Ela não queria que Matthew tivesse uma quedinha por Sarah, pois ela provavelmente o dispensaria sem pensar duas vezes. "Ando meio ocupada esses dias", diria possivelmente; ou pior: "Não me interesso por garotos do ensino médio."

Dentro de Amy também crescia um sentimento que lhe era tão estranho que ela quase não o reconhecia. *Por que ele não me enxerga dessa maneira?*

Ela não tinha certeza exatamente do que desejava, ou do que poderia razoavelmente esperar. Um beijo provavelmente seria esperar demais, é claro. Mas às vezes Matthew olhava para ela, ou colocava a mão em algum lugar surpreendente — sua lombar, ou a parte interna do seu pulso — e ela sentia uma corrente elétrica. Uma vez até pareceu haver uma faísca, e eles se entreolharam. Ela teve vontade de dizer: *Pronto. Você não sentiu isso?*

Mas esses momentos sempre passavam. Aí ele balançou a cabeça e mudava de assunto.

No encontro seguinte do anuário, eles falaram sobre os terapeutas que Amy tivera:

— A MINHA FAVORITA DE TODOS OS TEMPOS ERA UMA TERAPEUTA OCUPACIONAL CHAMADA CONNIE. ELA FOI A PRIMEIRA PESSOA QUE ME FALOU DE SEXO.

Dessa vez Matthew mais suou frio do que corou.

— O que foi que ela *disse*?

— NÃO OS DETALHES GRÁFICOS. ELA FALOU QUE ENSINAM ÀS GAROTAS QUE ELAS DEVEM DIZER NÃO, MAS QUE É CONFUSO PORQUE ELAS TAMBÉM TÊM DESEJO. ELA DEIXOU BEM CLARO: É NORMAL AS GAROTAS SE INTERESSAREM POR SEXO.

— Quantos anos você tinha?

— QUINZE, ACHO. JÁ TINHA IDADE SUFICIENTE. ELA DISSE QUE EU DEVIA ESPERAR ATÉ ESTAR COM ALGUÉM QUE EU AMASSE, OU ENTÃO ATÉ EU ESTAR MUITO, MUITO CERTA DE QUE QUERO FAZER SEXO.

— Ela *disse* isso? — Ele riu nervosamente, como se Amy pudesse estar brincando.

— SIM. E POR QUE NÃO? POR ACASO EU PAREÇO ALGUÉM QUE JAMAIS DEVERIA FALAR SOBRE SEXO?

— *Não.* Meu Deus, Amy. Você não precisa ficar repetindo essa palavra.

— POR QUE NÃO?

— *Porque não.* — Ele olhou ao redor. — Deveríamos estar vendendo anúncios, certo?

— CERTO — digitou ela. — DESCULPA.

Matthew não entendeu a intenção de Amy ou por que uma terapeuta lhe diria para fazer sexo quando ela tinha 15 anos. Não fazia o menor *sentido.*

Ele estava feliz porque o Dia de Ação de Graças seria na semana seguinte, o que significava que todas as atividades depois das aulas seriam suspensas.

Ele passou o feriado com a avó, que crescera num rancho de criação de gado e compreendia as vacas melhor do que as pessoas. Vacas podiam até ser estúpidas, dizia ela, mas pelo menos se comportavam de forma previsível. Já as pessoas, nem tanto. Certa vez a avó dissera a Matthew que tinha sido sortuda pelo fato de o marido ter bebido até morrer. Agora ela era livre para fazer o que bem entendesse e falar o que pensava. E era o que ela fazia. Antes do almoço de Ação de Graças, Matthew ouviu a avó perguntar à mãe:

— As coisas estão melhores? Ele tem *algum* amigo este ano?

Matthew deveria estar assistindo ao desfile na TV, mas baixou o volume para ouvir a resposta da mãe.

— Sim, mãe, tem. Ele foi escolhido para trabalhar com uma garota deficiente e está fazendo isso regularmente. Na verdade, acho que foi uma honra. Ela pediu especificamente que fosse ele.

Amy pedira, sim, que ele se candidatasse — era verdade —, mas Matthew não tinha a menor ideia de como a mãe sabia disso. Isso o deixava tenso, pensando que talvez as pessoas soubessem mais do que ele se dava conta. Não conseguiu ouvir o que a avó respondeu.

— Não conversamos sobre isso — retrucou a mãe. — Estou tentando não pressioná-lo.

Murmúrios murmúrios murmúrios.

— Essa é a sua opinião, mãe. Nem todo mundo está pronto para a universidade assim que termina o ensino médio.

Aquilo foi uma surpresa. Sua mãe vinha se preocupando com o que ele faria no ano seguinte?

— Conversamos sobre a possibilidade de ele parar durante um ano. — (Não, não conversaram.)

— Talvez ele consiga um emprego e guarde algum dinheiro. — (Ele faria isso? Que emprego?)

Ele tentou ouvir o que a avó estava dizendo, mas não conseguiu.

— Só sei que trabalhar com essa garota está sendo *bom* para ele. Faz com que ele pense sobre os problemas de outra pessoa. Ele é *bom* nisso, mãe. Queria que você pudesse ouvi-lo falando a respeito dela.

De repente, Matthew sentiu-se ainda mais constrangido. O que ele tinha dito?

— Ele gosta dela de verdade. Dá para ver. E ela gosta dele. É muito fofo. Eles são *amigos*. Não sei o que ela vai fazer no ano que vem, mas presumo que, se for para uma faculdade, será uma de ensino à distância. Talvez ele possa tentar alguma coisa assim também.

Por mais perturbador que fosse ouvir tal conversa, ele tinha de admitir que não lhe desagradava a ideia de morar em casa e fazer uma faculdade à distância, com aulas on-line. Isso resolvia o problema de ter que ficar dando satisfação às pessoas sobre seus planos. Ele nunca tinha perguntado a Amy sobre os dela porque não queria fingir ter respostas sobre os próprios. Agora talvez pudesse.

No carro, a caminho de casa, Matthew conferiu o celular e, para sua surpresa, encontrou uma mensagem de Amy.

> **Vontade de vomitar, mas pensando em você. Não sei por que os dois juntos. Feliz Dia de Ação de Graças. Coração A.**

Ele riu alto, surpreso com o alívio que sentiu por ter notícias dela. Eles tinham superado o constrangimento da última conversa. Podiam prosseguir como antes, aparentemente. Há algumas semanas tinham começado a fazer uma piada sobre garotas que usavam camisetas com a estampa: Eu Coração NY. Ele respondeu:

> **O peru da vovó estava seco como a franja de camurça do meu colete de cowboy que ainda está pendurado no quarto de hóspedes aqui. Tachas de verdade. Camurça falsa. Talvez eu te mostre um dia desses. Ei, obrigada por escrever. M.**

Com Amy, as piadas eram fáceis, Matthew se deu conta. As outras coisas, nem tanto.

Pensou no que sua mãe tinha dito. Queria poder contar aquilo a Amy de algum modo. Alguns minutos mais tarde, ele enviou outra mensagem:

Ouvi sem querer a opinião da minha mãe sobre meu trabalho com você. Aparentemente ela aprova. Nós dois agradecemos pelo fato de sua bateria precisar ser trocada.

E recebeu de volta:

Minha bateria também é grata por você.

Quando o Natal se aproximava, Amy disse a Matthew que pensara em comprar um presente para ele, mas que acabara decidindo não fazer isso.

— Tudo bem — disse Matthew. — Não sou muito de presentes. — Tampouco era muito de Natal (pois a data sempre envolvia um falso jantar feliz com a nova família de seu pai), mas obviamente Amy, que decorara seu andador com enfeites prateados e dourados, era.

— EM VEZ DE PRESENTE, VOU TE DAR UM POEMA.

— AH. OK.

— UM POEMA MUITO, MUITO BOM. VOCÊ VAI MORRER QUANDO LER.

— Tá bom. Quer dizer, espero que eu não *morra*, mas beleza.

Era um poema de William Butler Yeats. Amy o enviou por email e depois imprimiu uma cópia, a qual entregou a ele no dia seguinte, na escola:

Tivesse eu os tecidos bordados dos céus,
Entretecido com luz de ouro e de prata,

O azul, a penumbra e os tecidos escuros
Da noite, da luz e da meia-luz,
Eu os espalharia sob teus pés:
Mas eu, sendo pobre, tenho apenas meus sonhos,
Que estendo sob teus pés; pisa então de leve
Pois estarás pisando nos meus sonhos.

— VOCÊ GOSTOU? — quis saber Amy assim que encontrou Matthew.

— Ah, sim. É ótimo. Só que você não é pobre. — Ele não tinha certeza disso. Nunca fora à casa de Amy, mas as pistas estavam todas lá: o carro que a mãe dirigia, o preço de seu Pathway e o restante de seu equipamento. Mais o fato de seus pais pagarem a ele sessenta dólares a cada duas semanas.

— É SIMBÓLICO. SOU POBRE DE MUITAS MANEIRAS, EXCETO FINANCEIRAMENTE.

— Ah. — Ele assentiu e sorriu. — Então tá.

Matthew tinha gostado do poema, sim, muito — o suficiente para decorá-lo, o que não necessariamente significava muita coisa. Às vezes seu cérebro inadvertidamente decorava canções e poemas que ele odiava, mas desse especificamente ele gostara. O problema era que não conseguia pensar em nada para *dizer* a respeito dele.

— Que bom que foi *você* quem disse a *mim* para andar com cuidado. — Imediatamente ele soube que aquela não era a coisa certa a se dizer.

Amy inclinou a cabeça e o fitou.

— SÓ ISSO?

— Não sou bom com poesia, Amy. Não sei o que mais dizer.

— VOCÊ NÃO TEM NADA PARA MIM?

Nesse momento ele compreendeu seu verdadeiro erro. Ela armara aquilo tudo para que eles pudessem *trocar* presentes sem que Matthew ficasse preocupado com o fato de ter menos dinheiro do que ela. Por que ele não percebia essas coisas mais cedo?

— Não tenho nada. Desculpe. — Ele sentiu a língua embolar na boca e ficou constrangido. Faltava uma semana para a escola liberá-los para as férias de fim de ano. Será que ele devia sair correndo e comprar um presente para ela agora? Isso não ia parecer idiota, já que ele não havia tido a ideia antes?

Ele tirou isso da cabeça, pois achava que tinha outras coisas mais importantes com as quais se preocupar. Ainda não havia perguntado a Amy sobre seus planos para a universidade, mas perguntaria em breve. Já havia decidido que se inscreveria em qualquer programa de ensino superior on-line que Amy escolhesse. Caso estudassem juntos, ele iria ressaltar, poderiam partilhar livros e rir das pessoas malucas nos grupos de discussão.

Para Matthew, era tanto um alívio imaginar aquilo quanto constrangedor mencionar o assunto. Não queria que Amy soubesse que ele não havia se inscrito em nenhuma faculdade. Que havia feito o download de alguns formulários de inscrição, mas ficara tenso demais para avaliá-los. Que, fora essa vaga ideia de fazer alguma coisa com ela, ele não tinha nenhum plano para o ano seguinte. Nenhum.

Agora ele estava sentado ao lado dela, no horário de almoço. Ela havia passado a manhã toda usando um chapéu de Papai Noel, sobre o qual todos comentaram, assim como comentavam a respeito de tudo que Amy usava. Matthew sentia a expectativa dela, como se estivesse esperando que ele dissesse alguma coisa. Aquilo o estava deixando irritado.

— Eu já disse que não sou um grande leitor. Principalmente de poesia. Sempre tenho a sensação de que o sentido está me escapando.

Ela esperou por um longo tempo, embora Matthew não conseguisse pensar em mais nada para dizer.

— TALVEZ ESTEJA MESMO — respondeu ela por fim.

CAPÍTULO NOVE

AMY NÃO SENTIA MAIS ciúmes de Sarah. Aquela breve punhalada de inveja louca que durara dois dias não fora racional, ela se deu conta logo depois. Matthew não falava com Sarah, e Sarah mal era capaz de se lembrar do nome dele. (Ela pensava que era "Martin" quando Amy, casualmente, perguntara se ela conhecia bem seus colegas auxiliares.) O ataque de ciúme fora inútil, exceto pela maneira como aguçara o impulso de Amy de dizer a Matthew como se sentia. De dizer: *Você também sente isso? Você fica pensando em mim antes de dormir?*

Entre o Dia de Ação de Graças e o Natal, o assunto pairou na mente de Amy durante todas as vezes que ela caminhou ao lado dele e todas as tardes que passaram no clube não exatamente-trabalhando-no-anuário. Constrangida, agora ela via que mencionar a história de Connie tinha sido um fracasso. Amy contara aquilo a Matthew na esperança de que ele fosse se dar conta de que *Sim, Amy é uma garota normal. Uma garota que sabe sobre sexo e que já discutiu o assunto com outras pessoas.* Então ela notou o quanto isso o deixara ansioso, assim como todos os seus outros esforços — as piadas nas mensagens de texto, os chamativos enfeites de Natal, até mesmo o poema —, cujo significado ela presumira não poder passar despercebido a ninguém. (...) *tenho apenas meus sonhos,/ Que estendo*

sob teus pés; pisa então de leve / Pois estarás pisando nos meus sonhos. Como era possível que *alguém* não compreendesse o que ela estava tentando dizer?

O problema, Amy percebeu, não era sua língua não cooperativa. Depois do difícil começo, em setembro, ela descobrira que fazer perguntas facilitava a conversa com seus outros auxiliares: de início, ela fazia perguntas triviais (*Por que os garotos usam a calça tão baixa? Por que alguns deles se preocupam com o cabelo mais do que as garotas?*). No entanto, à medida que pensava mais em Matthew, começou a fazer perguntas mais pessoais. Depois do Dia de Ação de Graças, ela perguntou a cada um de seus auxiliares se eles já tinham se apaixonado.

A pobre Chloe ainda pegava três ônibus todos os sábados para visitar Gary, o namorado preso:

— Ele me diz para parar de ir, mas, se eu não for, ele não vai ter ninguém no dia de visita.

— ISSO SIGNIFICA QUE VOCÊ O AMA? — perguntou Amy.

Chloe não tinha certeza.

— Eu *pensava* que amava. Agora não sei. Eu queria ser uma pessoa que permanecesse leal, independentemente das circunstâncias. Ele precisa de *alguém*. Nem mesmo a mãe vai visitá-lo.

Amy teve então a ideia de fazer a mesma pergunta aos outros. Sanjay sorriu, um sorriso tão amplo que os dentes brancos se destacaram contra a pele morena.

— Eu amo todas as mulheres. Digo a todas elas para me procurarem quando estiverem a fim de um pouco de açúcar mascavo. — Esse era o estilo de Sanjay de falar.

— E TODAS ELAS SAEM CORRENDO?

— Algumas sim. — Seu sorriso não arrefeceu. — Algumas ficam assustadas com a atração selvagem que sentem por mim.

— OU FICAM ASSUSTADAS E PONTO, SANJAY, PORQUE VOCÊ FICA ASSUSTADOR QUANDO FALA ASSIM.

— Talvez eu fique, talvez não. Você pode ficar surpresa com algumas de minhas conquistas amorosas.

— ESSA PALAVRA JÁ É UM PROBLEMA. *CONQUISTAS*. VOCÊ SABE DISSO, CERTO?

— Tudo bem, mas vou te dizer uma coisa: tenho certeza de que Cindy Weintraub não tem nenhum problema com isso.

Cindy Weintraub era uma líder de torcida da escola que tinha cabelos castanhos e coxas infinitesimalmente mais grossas do que as de suas colegas louras e de saias curtas. Por essa razão, Sanjay havia focado nela como "possível".

— Eu amo todas elas — disse ele quando Amy perguntou de quem ele mais gostava. — Mas Cindy tem um lugar especial no meu coração. Tanto ela quanto eu sabemos como é ser ignorado.

— MAS ISSO É AMOR, SANJAY? — Amy nunca vira Cindy fazer nada além de se sentar ao lado dele, dizer oi e comer sua batata frita.

Sanjay fechou os olhos.

— Se o mundo fosse um lugar diferente, seríamos amantes a essa altura. Mas sendo como é, temos de nos contentar com um entendimento tácito, porém mútuo.

A resposta de Sarah foi uma surpresa. Na mente de Amy, Sarah sempre parecera mais velha do que os outros auxiliares. Mais adulta — o que fizera Amy presumir logo de início que seria uma companhia de conversas mais fácil, como os adultos sempre tinham sido. Mas foi o oposto. Às vezes Sarah parecia muito interessada, e em outras tantas, bastante distraída. Ela verificava o telefone constantemente em busca de mensagens que não estavam ali. Amy perguntou a Sarah se ela já se apaixonara, afinal, tinha feito a mesma pergunta aos outros dois e queria ter o maior número possível de opiniões. Não tinha a menor ideia do que Sarah iria responder.

— Você está perguntando se já fiz sexo ou se já me apaixonei?

Amy ficou surpresa. Ninguém, além de Connie, jamais tocara no tema sexo com ela.

— ESTOU PERGUNTANDO SE VOCÊ JÁ SE APAIXONOU.

Sarah pegou o celular e verificou a telinha.

— Pensei que estivesse apaixonada — disse ela. — Mas isso foi no ano passado e eu fui uma idiota.

— QUEM ERA ELE?

— Só um cara. Ele tem 23 anos. É gerente de um quiosque de celulares.

Amy não conseguiu conter a curiosidade.

— VOCÊS FIZERAM SEXO?

Sarah olhou para ela.

— Ele tem 23 anos. O que você acha?

— SIM?

Sarah sorriu.

— Sim, Amy. Nós fizemos sexo. — Ela deu de ombros. — Mas àquela altura eu já sabia que não o amava. Só queria acabar logo com aquilo. É isso que acontece com o sexo, foi a conclusão à qual cheguei. Tem toda essa mística em torno dele, mas a verdade é que todo mundo deveria simplesmente fazer de uma vez e acabar logo com isso.

Amy pensou por um minuto.

— FOI TÃO RUIM ASSIM?

— Não ruim, exatamente — disse Sarah, girando a colher de iogurte na boca. — Eu só não acho que valha a pena esperar para sempre, como se fosse algo especial.

— COMO É?

— Doloroso, na maior parte do tempo. Quer dizer, desculpe, mas é a verdade. Fico feliz por ter acabado logo com essa história.

— POR QUÊ?

Sarah ponderou.

— Dessa forma, quando estiver na faculdade e me apaixonar de verdade, saberei o que estou fazendo.

Mais tarde, Amy concluiu que, se nunca conseguisse dizer a Matthew como se sentia, talvez não tivesse problema. Eles *eram* amigos. Muito amigos. Brincavam e faziam o outro rir, mas também falavam com franqueza sobre tópicos difíceis. Toda a conversa de Sarah sobre sexo fez Amy se perguntar se sexo era assim tão maravilhoso quanto todos diziam, e se ela não deveria se sentir grata — grata de verdade — pelo que tinha com Matthew.

Durante o recesso de fim de ano, Amy ficou trocando mensagens com Matthew, como tinham se habituado a fazer algumas noites por semana. Ele contou a ela sobre a noite de Natal com a família do pai e sobre o constrangimento torturante de quando duas pessoas sem querer lhe compraram o mesmo presente.

aimhigh: Qual presente?

mstheword: Não pergunte.

aimhigh: Conta.

mstheword: Uma edição especial de dez anos de Calvin e Haroldo. Sim, eu sou fã. Sei que isso revela muito sobre minha maturidade e meu nível de leitura.

aimhigh: Tudo bem, Matthew.

mstheword: Eu adoro Garfield também.

aimhigh: Está falando sério?

mstheword: Minha estante em casa é quase toda ocupada pelas coleções de Garfield.

aimhigh: Bem, isso me preocupa um pouco.

mstheword: Eu tinha a sensação de que isso iria acontecer. Por isso nunca mencionei.

aimhigh: Você precisa de alguém que te sugira alguns livros.

Depois que escreveu isso, Amy lembrou-se de Matthew ter revelado que ler o deixava ansioso — que sempre temia cometer um erro.

mstheword: Talvez precise mesmo. Tipo quem?

aimhigh: Por acaso eu recebi o Prêmio Leitor do Ano da Biblioteca durante dez anos. Sei que isso parece notável, mas existe um segredo nessas vitórias.

mstheword: Qual é o segredo?

aimhigh: Livros pequenos também contam.

mstheword: Então talvez você conheça alguns livros curtos para me recomendar...

aimhigh: Conheço alguns livros bem curtos.

Na noite do Réveillon, Amy perguntou se Matthew gostaria de ficar on-line com ela até meia-noite. "Claro", escreveu ele de volta. "Provavelmente vai ser melhor do que ficar com minha mãe, que gosta de passar a noite de Ano-Novo bebendo muito vinho e chorando."

Eles conversaram sobre música e os filmes sobre os quais discordavam. Ele zombou dela por gostar de *A noviça rebelde*. Ela o aconselhou a se perguntar por que só garotos gostavam de *Matrix*.

Às 11h59min eles fizeram a contagem regressiva até a seguinte frase: "Feliz Ano-Novo, Amy. Se eu estivesse aí, beijaria sua mão e agradeceria por ter sido minha amiga este ano."

Ao que ela escreveu de volta: "Eu adoro ser sua amiga, Matthew, e pode interpretar isso do jeito que quiser."

Será que ela finalmente conseguira dizer a ele o que queria? Teriam eles — à sua maneira desajeitada — dito um ao outro? Amy esperava que sim.

CAPÍTULO DEZ

Foi Matthew quem convenceu Amy a inscrever-se em Oratória. Era um curso obrigatório que a maior parte dos alunos cursava na nona e na décima séries, mas Amy nunca tinha feito. Ela poderia ter sido dispensada, da mesma forma como fora dispensada das provas de natação. Nenhum orientador educacional insistiria para que Amy fizesse um curso que dependia de algo que ela não era fisicamente apta a fazer.

Só que, uma vez que Matthew sugeriu, ela quis se inscrever. Tudo começara com uma piada sobre Amy ter adiantado três matérias e feito um período extra de francês.

— Por que você não se inscreve em algo difícil *de verdade*? — perguntou Matthew. — Quer dizer, olhe para isso… só adiantou três matérias? Parece que você nunca se desafia.

— ESSAS AULAS NÃO SÃO DIFÍCEIS PARA MIM — disse ela.

Matthew balançou a cabeça.

— O que é difícil para você, Aim? Sério. Estou curioso.

Enquanto ela digitava uma resposta, ele pensou em uma coisa:

— Falar em público! — Ele riu e bateu palmas como se aquela fosse a piada mais engraçada da manhã.

Amy apagou a resposta que estivera digitando e pensou: *Ele tem razão. Isso seria um desafio.*

— Por que *agora*? — quis saber Nicole quando Amy informara estar acrescentando a disciplina em sua grade. — Quando você tem tantas outras coisas com que se preocupar. É seu segundo semestre do último ano. Logo você vai receber respostas das universidades.

A faculdade era uma obsessão tão grande para Nicole que ela quase fizera um álbum das brochuras com as pontuações de Amy no PSAT, as quais a qualificavam para uma Bolsa de Estudos por Mérito Nacional.

— EU NÃO VOU PRECISAR FAZER APRESENTAÇÕES NA UNIVERSIDADE?

Nicole não havia pensado nisso.

— Pode ser.

— EU NÃO DEVERIA PRATICAR AGORA? PARA QUE EU NÃO PASSE VERGONHA MAIS TARDE, DIANTE DE ESTRANHOS?

A mãe assentiu. Fazia sentido.

Amy perguntou aos seus auxiliares, que já haviam todos cursado a disciplina, o que achavam da ideia.

— Melhor aula que já tive — disse Sanjay.

— *Difícil* — disse-lhe Chloe com a boca cheia de aipo. — Difícil *de verdade*. Tipo, a postura influencia na sua nota. Sem ofensa.

— Acho que você devia fazer — disse Sarah. — Eu adoraria ver você fazendo um discurso.

Matthew balançou a cabeça. Amy percebeu que ele se arrependia por ter sugerido aquela ideia.

— A coisa toda foi um pesadelo. No meu discurso final, meus pés suavam tanto que saíram dos sapatos.

Amy ainda queria cursar a disciplina. Ela planejava usar o Pathway, é claro, assim a parte difícil seria manter-se relativamente imóvel, o que estranhamente era um desafio maior para ela do que caminhar. Andando, é possível fazer ajustes enquanto se move. Parado, não. Ficar parado significava persuadir um lado do corpo a não se movimentar e gritar para que o outro lado se mexesse apenas um centímetro. Poderia ser uma agonia. Principalmente com pessoas observando. Mas essa era toda a questão.

Podia-se ler um discurso que outra pessoa tivesse escrito (as pessoas divulgavam alguns textos breves famosos) ou podia-se escrever o próprio discurso. Amy queria escrever o seu. Queria explicar como era não apenas ser ela, mas ser ela *nesse momento*. Ter a sensação de que novas portas se abriam. Ter amigos de verdade pela primeira vez, pessoas para quem ela falava mais que olá. Ela queria dizer: *Sei que isso não é nenhuma novidade para muitos de vocês, mas é ótimo, não é? Poder conversar de verdade com alguém? Fazer piadas?* Se ela atingisse o equilíbrio certo, esperava alcançar uma mensagem sutil, mas não piegas. *Desfrutem isso, pessoal. Ter amigos é ótimo.* Ela escreveu alguns rascunhos e testou o primeiro com a mãe, que riu educadamente durante o discurso e depois perguntou se a tarefa era fazer um texto no gênero comédia.

— NÃO. QUERO UM DISCURSO LEVE, MAS TAMBÉM QUERO PASSAR UMA MENSAGEM.

— Ah! — disse a mãe. — É que criar um texto cômico é muito difícil, e seu Pathway não é capaz de fazer as marcações de tempo necessárias. Só isso, meu bem.

— VOCÊ NÃO ESTÁ AJUDANDO — gritou Amy.

— Por que não lê uma de suas antigas *redações*? Elas eram tão boas. A mensagem desta nova não está muito clara para mim.

Amy cortou a maior parte das piadas e acrescentou um ponto diferente — algo que ela queria dizer a todos os seus colegas auxiliares, sobre o quanto se sentia grata, sobre o quanto era emocionante ouvi-los falar de suas vidas e lhes contar sobre a dela. Era o que quisera dizer a Matthew durante meses, mas não encontrara a oportunidade certa. Talvez fosse essa. Então ela deu um passo além e acrescentou outro item, algo que também queria dizer a Matthew. Mas não leu esse rascunho para a mãe. Não queria que ninguém a detivesse. Simplesmente queria falar.

No dia do discurso, a aula de Oratória de Amy, que contava com trinta alunos, incluiu seis extras: seus pais e os quatro colegas auxiliares. Duas pessoas falaram antes dela: uma saiu-se bastante bem, a outra nem tanto. Quando chegou a vez de Amy, Matthew se levantou e foi até onde ela estava sentada. Ela poderia ter andado sozinha, mas estava muito nervosa e ficou grata por contar com o apoio da mão dele ao subir os três degraus que levavam ao palco. No último minuto, ele apertou seu cotovelo.

— Você vai se sair muito bem — sussurrou ele, parecendo mais nervoso do que ela.

Para simular a pressão de uma situação real de um discurso em público, uma única luz brilhava no palco, deixando o restante do ambiente na penumbra. Amy se encontrava atrás de um púlpito — segurando-o nas laterais para se equilibrar, o Pathway posicionado no tampo, um microfone voltado diretamente para ele. Ela olhou para a plateia e apertou o play. Então ouviu a voz automatizada falar:

"Nós que somos deficientes sabemos como é ter nosso corpo se comportando de formas imprevisíveis. Em algumas manhãs, acordo e sou surpreendida por uma nova mudança. Um joelho que não se dobra. Um punho mais fechado do que no dia anterior. O que é isso?, penso. Ontem eu estava bem. Agora estou mesmo deficiente."

Aquilo devia ser uma piada, mas somente duas pessoas riram — seus pais.

"Viver em paz com um corpo deficiente é uma luta diária. Quando saio de casa, não tenho apenas que ir do ponto A ao ponto B, mas também preciso exibir uma expressão que diga: 'Não se preocupem! Eu estou bem!' Fracassar nisso significa locomover-me em meio a um mundo repleto de estranhos preocupados e oferecendo ajuda indesejada. Viver em paz significa perdoar tanto meu corpo quanto o mundo. Pelo incômodo que vou causar em todos os lugares onde entrar, pelas conversas que preciso ter a respeito disso repetidamente.

"Ah, conhecer alguém e nossa primeira conversa não ser sobre meu computador que fala! Esse era o meu maior desejo, mas recentemente comecei a pensar que talvez seja o desejo errado. Ao falar através do meu computador, a respeito do meu computador, experimentei mil versões da mesma conversa, mas também fiz descobertas surpreendentes, como esta: nunca passamos dessa conversa para uma sobre o tempo. Minha luta óbvia abre uma porta e torna as outras pessoas mais sinceras em relação às próprias lutas. Após três anos no ensino médio, entendo que isso é raro."

Ela deixou a cabeça cair de modo que o cabelo pendesse sobre o rosto. Não teria coragem de encarar seus colegas auxiliares durante a parte seguinte:

"Pela primeira vez, superei a barreira do meu corpo e fiz aqueles que considero os primeiros amigos de verdade na minha vida. E fazer isso me ensinou muito sobre o mundo das pessoas sem deficiência. Aprendi que algumas que parecem bem são mais incapacitadas do que eu, por medos que não conseguem explicar. Outras pessoas são refreadas pela timidez ou pela raiva. Ao fazer amigos, vejo a maneira como algumas pessoas se colocam em desvantagem. Acredito que existam escolhas a serem feitas por nós todos os dias. Podemos nos fixar em nossas

limitações ou superá-las. Posso ser uma garota sem a capacidade da fala fazendo um discurso, mas não possuo mais coragem do que uma pessoa tímida que vai até a pessoa de quem gosta e a chama para sair. Ou de alguém com fobia social que vai a uma festa. Aprendi a não julgar as pessoas por suas limitações, mas pela maneira como avançam além delas."

"Aprendi que muitas pessoas têm deficiências com as quais precisam aprender a conviver."

Amy não tinha certeza do que fazer com o silêncio que se seguiu. Seu Pathway não tinha sensibilidade teatral. Nenhuma função para elevar sua voz a fim de indicar uma conclusão. Ninguém aplaudiu. Talvez não tivessem se dado conta de que ela havia chegado ao fim. Finalmente, um leve aplauso irrompeu, vindo dos assentos de seus pais. Outros se juntaram a eles, educadamente.

De repente ficou óbvio.

O problema não era a voz de seu computador; era seu discurso. Amy sentiu o rosto ficar quente ao mesmo tempo que suas pernas congelavam. Ela precisava dar dois passos do pódio até seu andador, mas ficou com medo de não conseguir. Então percebeu que não conseguiria. Não conseguia nem mesmo virar-se na direção certa.

Quanto tempo levaria até alguém vir ajudá-la? Quem seria?

Qualquer um, menos minha mãe, pensou ela.

Matthew, pediu mentalmente. *Venha me salvar dessa situação.*

Então as luzes se acenderam e ela viu: o lugar dele estava vazio. Ele tinha ido embora.

— Acho que Matthew ficou meio chateado — disse Chloe depois. — Não que não tenha sido um ótimo discurso, Aim. É sério. Mas ele deve ter achado que você estava falando sobre ele ou algo assim.

Sanjay, de pé ao lado dela, revirou os olhos.

— Ai, Chloe, por que ele pensaria isso?

Chloe não percebeu que ele estava sendo sarcástico.

— *Você sabe.* Ele é quem vive dando batidas nos armários. Ele tem seus problemas, e Amy simplesmente falou a respeito deles na frente de todo mundo. — Ela estava tentando sussurrar, mas as muitas noites em boates com música alta tinham deixado Chloe incapaz de moderar a voz.

Amy começou a sentir-se ofegante. Por que isso não lhe ocorrera? Matthew também vivia sob o escrutínio alheio. Ela escrevera o discurso na esperança de passar uma mensagem particular entre os dois. *Nós dois temos problemas e precisamos ter coragem. Olhe para mim aqui em cima. Se eu posso fazer isso, você também pode.* Achou que aquilo os levaria a todo tipo de superação. Matthew buscando ajuda, começando a tomar medicação, aparecendo em sua casa um dia para lhe dar um beijo de gratidão pela inspiração que ela oferecera com seu discurso.

— Acho que ele ficou muito puto — disse Chloe.

Sanjay soltou um assovio.

— Eu diria que ele está possesso.

Pelo restante do dia, Amy não viu Matthew. Naquela noite, de casa, ela lhe enviou uma mensagem:

Desculpa, Matthew, se você entendeu mal o meu discurso. Não era sobre você.

Então pressionou o botão de enviar e continuou:

Era sobre todos os meus colegas auxiliares. Todos eles têm segredos que não revelam ao mundo. Eu estava tentando falar sobre amizade. Que, se formos todos sinceros, podemos ajudar uns aos outros.

Era só isso o que eu queria dizer.

Matthew?

Você não quer mesmo falar comigo?

Matthew?

Durante três dias, ela não teve notícias dele.

Na segunda-feira, Amy procurou por ele o dia todo na escola. Infelizmente, Matthew conhecia bem demais os horários dela para poder evitá-la facilmente, e sua auxiliar nesse dia era Sarah.

— VOCÊ ACHA QUE MEU DISCURSO FOI RUIM? — perguntou ela na hora do almoço.

— Não — disse Sarah. — Na verdade, pensei que você estivesse falando sobre mim na maior parte do tempo. Então olhei para Matthew e pensei: *Ah, certo... tem de ser ele.*

Justamente quando se perguntava se Matthew algum dia voltaria a falar com ela, Amy teve outra surpresa: lá estava ele, depois das aulas, esperando por ela diante da sala de preparação do anuário.

— Você estava dizendo que Sarah e os outros têm problemas secretos que todos desconhecem?

Ela ficou tão feliz em vê-lo que não pôde evitar: soltou alguns guinchos. Então se recompôs e ligou seu Pathway.

— TODO MUNDO TEM, MATTHEW.

— Mas era de mim que você estava falando.

— NÃO ERA SÓ DE VOCÊ.

Ele a fitou.

— Os outros têm medos que precisam enfrentar?

Amy podia perceber, pelo tom de voz dele, que Matthew não acreditava nela.

— UM POUCO.

Ele sacudiu a cabeça.

— Você não devia ter feito aquilo. O que nós conversamos era particular, e você anunciou para o mundo.

Amy pensou em Sanjay e em Chloe, na rapidez com que eles compreenderam o problema.

— VOCÊ ACHA MESMO QUE É UM SEGREDO?

Ele não disse nada.

— AS PESSOAS PERCEBEM, MATTHEW. ELAS COMENTAM QUE VOCÊ FICA BATENDO NOS ARMÁRIOS.

— Isso é horrível. — Ele sacudiu a cabeça e desviou o olhar. — Por que você está me *dizendo* isso?

— E POR QUE NÃO? É A VERDADE. POR QUE A VERDADE É TÃO HORRÍVEL?

— Faz com que eu nunca mais tenha vontade de voltar à escola.

— VOCÊ PODE FAZER ISSO, OU PODE CONSULTAR UM MÉDICO E BUSCAR AJUDA.

— Por que você continua insistindo nisso?

— PORQUE VOCÊ PRECISA.

— Já li três livros. Estou fazendo o que eles dizem. Tenho um caso brando que não é tão ruim assim.

Amy não disse nada.

— Está ajudando. Eu estou *melhorando*.

— TÁ BOM.

— Você não acredita em mim.

— NÃO.

— Não sei o que você quer que eu diga.

— NÃO SE TRATA DE UM CASO BRANDO E VOCÊ NÃO ESTÁ MELHORANDO. EU VEJO VOCÊ CONTANDO O TEMPO TODO. SUSSURRANDO. BATENDO NOS ARMÁRIOS. SE EXISTE ALGUMA MUDANÇA, É UMA SÓ: VOCÊ ESTÁ PIORANDO.

CAPÍTULO ONZE

MATTHEW SABIA QUE ELA estava certa. Ele tinha *mesmo* piorado. A princípio, contar tudo a Amy se revelara um alívio tão grande que ele tivera o impulso vertiginoso de confessar todos os seus medos irracionais já existentes. Durante algum tempo, criou histórias engraçadas a partir das antigas. ("Eu costumava ter medo de tocar em dinheiro", disse ele a Amy, durante um almoço, depois de comprar leite. "Tinha que comprar meu leite com saquinhos de moedas.") A certa altura, porém, tal atitude passou a ter uma consequência surpreendente. Algo se deflagrou em seu cérebro, como um ataque de pânico. A voz retornou, mais irritada e mais insistente. *Acha que sou uma piada? Algo que possa ser revelado àquela garota?*

Então Matthew parou totalmente de falar no assunto. Se Amy perguntasse como andava, ele respondia que estava lendo os livros e aprendendo muito. E que estava fazendo os exercícios dos livros, embora não estivesse. Agora, diante dela na sala do anuário, pensava novamente em contar toda a verdade. Como era aquilo *de verdade.* O quanto ele tentara combater as preocupações. Como fazia lembretes a si toda manhã: *tenha bons pensamentos.* Como tinha o próprio discurso preparado muito antes de Amy fazer o dela. Só que o dele existia unicamente dentro de sua cabeça: *A vida é boa. Está tudo bem com você. Ninguém vai morrer por sua causa.*

E se ele contasse a ela sobre o monólogo interno que se passava em sua cabeça o dia todo: *É só uma torneira. Está fechada. A vida é boa. Está fechada. Não verifique. Você está bem. Tudo bem. Verifique uma vez. Agora. Está fechada. Está tudo bem. Ninguém vai morrer nem se machucar por sua causa. Você verificou a torneira. Amy está bem. Amy está OK. Amy não vai morrer nem se machucar por causa daquela torneira. Você já verificou. Você pode verificar de novo depois da aula de espanhol, mas não antes. Se você verificar antes, pode ficar doente ou Amy pode ficar doente. Ela provavelmente vai ficar. Então, não! Pare! Se tiver prova de espanhol, pode verificar antes, porque você não estudou e vai precisar de algo para ajudar. Vai ter prova. Vai! Vai depressa! Corra como se estivesse prestes a vomitar, sem tempo para pedir permissão ao professor. Você está passando mal porque sabia que haveria prova e queria um motivo para voltar e verificar. Pronto. Você está bem. Você está OK. Ninguém vai morrer por sua causa.*

Como Amy estava olhando para ele de um jeito engraçado, Matthew não revelou nada do que pensou. Em vez disso, falou:

— Não ajuda em nada ver você ficar diante da escola inteira e anunciar meus problemas!

— EU NÃO FIZ ISSO.

— Fez, *sim*. Estou tentando lidar com isso. *Estou* lidando com isso, mas é problema *meu*, não seu. Você acha que, só porque leu um livro, tem como saber o que vai funcionar comigo melhor do que eu mesmo. Mas a vida é minha. Você não sabe o que se passa dentro da minha cabeça.

Ela apagou o que estava digitando e substituiu.

— ENTÃO ME CONTE.

A respiração dele ficou ofegante.

— E-eu não posso. Não é tão fácil assim.

— TENTE.

— Não quero.

Ela mostrou o que estava digitando antes.

— EM 80% DAS PESSOAS COM TOC, A COMBINAÇÃO DE MEDICAMENTOS, TERAPIA E CONDICIONAMENTO COMPORTAMENTAL AJUDA. VOCÊ NÃO ESTÁ FAZENDO NADA DISSO.

Matthew não tinha uma resposta. Amy estava certa. Ele não estava fazendo nada. Sentiu-se ficar arfante, como se fosse começar a hiperventilar.

— NÃO ENTRE EM PÂNICO. POR QUE NÃO ME DEIXA AJUDAR EM VEZ DISSO?

— Como?

— EU PODERIA TE DAR UMAS TAREFAS QUE O DEIXASSE EXPOSTO A SUJEIRA E GERMES POR TEMPO SUFICIENTE PARA DEIXAR VOCÊ DESCONFORTÁVEL. DEPOIS ME CERTIFICAR QUE VOCÊ NÃO LAVASSE AS MÃOS, NEM VERIFICASSE NENHUMA TORNEIRA. EU MONTARIA UM PLACAR E TE DARIA PONTOS EXTRAS POR COISAS QUE O DEIXASSE REALMENTE INCOMODADO.

Matthew não conseguia erguer os olhos para ela. Falou encarando os próprios joelhos.

— Não acho que eu deva incluir outras pessoas. Acho que é um assunto particular.

Amy digitou depressa.

— VOCÊ ESTÁ ERRADO. TEM SIDO MUITO RESERVADO. SER FECHADO DEMAIS DEIXA TUDO MAIS DIFÍCIL.

— Como você pode saber?

— ACREDITE, EU SEI.

— Como?

— AS MENINAS TENTAM GUARDAR SEGREDO SOBRE ALGUMAS COISAS TAMBÉM, E NÃO DÁ CERTO.

— Sobre o que as meninas guardam segredo?

— MUITAS COISAS. — Amy digitava depressa enquanto Matthew se esforçava para recuperar o fôlego. — COMO MANCHAS DE SANGUE QUANDO A MENSTRUAÇÃO VAZA. VOCÊ TENTA GUARDAR SEGREDO, MAS DEPOIS PERCEBE QUE ESTÁ COM UMA MANCHA VERMELHA ENORME ENTRE AS PERNAS, E QUE PRECISA MESMO É DE *AJUDA*.

Por que ela estava contando aquilo? Ele sentia a nuca pinicar.

— Então você lava o sangue, certo?

— NÃO NA ESCOLA. LAVAR MOLHARIA AS CALÇAS E DEIXARIA AINDA PIOR.

Ele sentiu a garganta apertar. Não suportava pensar naquilo. Balançou a cabeça para apagar a imagem do banheiro e de pias cheias de água com sangue. *Depois disso, posso ir lavar minhas mãos,* pensou. *Uma ida rápida ao banheiro. Vou lavar uma vez porque mereci, resistindo aqui sentado durante essa conversa. Ou duas vezes, se as torneiras estiverem sujas.* Graças a Deus estava de mangas compridas. Isso ajudava com os germes das torneiras. *Se todos protegessem as mãos para abri-las e fechá-las, não haveria problemas de contaminação. Se o mundo conseguisse enxergar...*

Algo em seu cérebro interrompeu o raciocínio.

Um novo pensamento se materializou: Amy tinha feito aquilo de propósito. Tinha mencionado as manchas de sangue sabendo que aquilo o deixaria ansioso. Sabendo que ele ia ouvir aquilo e querer, antes de qualquer coisa, ir a um banheiro para lavar as mãos. Elas já estavam úmidas e suadas. Matthew não podia enxugá-las na calça, que estavam cobertas de germes da cadeira e do assento do ônibus. O lugar mais seguro para colocá-las era embaixo dos braços. Com sorte, isso acalmaria seu coração também.

Por que ela faria aquilo de propósito?

Então se deu conta de que ela já havia informado o motivo. *Vou te dar tarefas que vão deixar você desconfortável.*

Ele estava bastante desconfortável agora. A camisa estava úmida; manchas de suor brotavam nas axilas, escorrendo até a cintura.

— Você não vai me deixar ir ao banheiro, vai?

Amy pensou um pouco antes de digitar.

— CLARO QUE PODE, MAS VOU INCENTIVÁ-LO A NÃO IR.

Ele começou a oscilar. *Estou bem,* pensou. *Amy está bem. Ninguém vai morrer nem se machucar se eu não lavar as mãos. Posso fazer isso depois, quando formos embora, e tudo vai ficar bem.*

Foi quando o computador de Amy começou a falar de novo.

— SUAS OBSESSÕES NÃO SÃO RACIONAIS. SEU MEDO PODE PARECER REAL, MAS O PERIGO NÃO É. VOCÊ ESTÁ SEGURO. ESTÁ TUDO BEM. VOCÊ ESTÁ TENDO UM ATAQUE DE PÂNICO, MAS ISSO NÃO SIGNIFICA QUE PRECISE LAVAR AS MÃOS, NEM FAZER QUALQUER OUTRA COISA. SIMPLESMENTE ESPERE PASSAR.

Matthew não conseguia olhar para ela.

Certamente não queria que ela o tocasse. Ele não suportaria isso. Sairia em disparada ou gritaria se ela continuasse a pressioná-lo. Ela o deixaria ir ao banheiro, mas ele não conseguiria. Essa era a terapia sobre a qual ele vinha lendo e que vinha fingindo estar fazendo sozinho. Confronte o medo. Espere até passar. Não use uma compulsão para afastá-lo. Ele tinha pensado em experimentar o método. Havia se imaginado tentando, mas na verdade não, ele não havia tentado de verdade.

Porque era *difícil.* Matthew sentia vontade de vomitar. Tinha a sensação de que um mal-estar estava começando em seu estômago e tomando conta de seu corpo. Como se a qualquer instante fossem surgir manchas de sangue em suas calças — ou pior, cocô.

Ele se encolheu ainda mais e pôs a cabeça entre os joelhos. Respirou fundo algumas vezes. Seu rosto ficou quente e vermelho. O coração batia depressa. O cérebro se agarrava a um único pensamento: *Não chore na frente de Amy. Ela já viu muito, mas isso seria demais. Apenas respire fundo. Acalme-se. Recupere a voz. Diga alguma coisa para que ela saiba que você não vai chorar.* Matthew abriu a boca, mas não saiu som algum. Sua língua estava seca, como se toda a saliva tivesse se transformado no suor que brotava das axilas. Não conseguia falar. Ele tossiu, o que tornou o silêncio ainda pior.

Tinha a sensação de já estar ali há uma hora quando o Pathway dela recomeçou:

— SEU MEDO PODE PARECER REAL, MAS O PERIGO NÃO É. VOCÊ ESTÁ SEGURO. ESTÁ TUDO BEM. VOCÊ ESTÁ TENDO UM ATAQUE DE PÂNICO. NÃO PRECISA LAVAR AS MÃOS, NEM FAZER QUALQUER OUTRA COISA. SIMPLESMENTE ESPERE PASSAR.

Ele se lembrou de uma sugestão que tinha lido num dos livros. *Grave a própria voz dizendo ao seu cérebro para relaxar. Substitua os pensamentos compulsivos por pensamentos tranquilizadores.*

Ah, claro, pensou Matthew ao ler aquilo. *Isso não vai parecer maluquice, nem um pouco.*

Agora ele compreendia.

Substitua uma voz por outra.

Ensine seu cérebro qual das duas ele deve escutar.

Depois que tudo acabou, Matthew estava tonto e atordoado. As primeiras palavras que disse a Amy foram:

— Eu odeio você. De verdade.

— EU SEI. TAMBÉM ME ODEIO ÀS VEZES.

Ele bebeu um longo gole d'água de uma garrafa que pegou na mochila e continuou:

— Não quero transformar isso num projeto seu. Você me tratando.

— POR QUE NÃO? EU NÃO ESTOU NEM DE LONGE TRATANDO VOCÊ. SÓ ESTOU AJUDANDO. VOCÊ ESTÁ FAZENDO O MAIS DIFÍCIL. EU SÓ FICO AQUI PARADA.

— Exatamente. É difícil. E quando... — Ele não sabia direito como dizer aquilo. — Quando não estou no meio de uma crise, é muito fácil ver como pareço um idiota.

— DE JEITO NENHUM. — Ela pensou por um instante. — É MUITO FÁCIL PARA MIM VER QUE TODAS AS OUTRAS PESSOAS CONSEGUEM ANDAR E FALAR.

— Não é a mesma coisa.

— NÃO É? VOCÊ NÃO ACHA QUE ME SINTO IDIOTA DURANTE A MAIOR PARTE DO TEMPO?

Aquela ideia o surpreendeu o suficiente para fazê-lo pensar nela por um minuto. Ninguém culpava Amy pela sua aparência, nem por só emitir sons guturais. Mas as pessoas o culpavam, *sim,* por se lavar, por bater nos armários e pelas coisas esquisitas que a voz em sua cabeça o mandava fazer. Talvez *culpar* não fosse a palavra certa. Mas elas notavam. Olhavam para ele de um jeito engraçado. Afastavam suas bandejas da dele na hora do almoço. E as cadeiras. E os olhares.

Por quanto tempo Matthew se negara a admitir aquilo? Esforçara-se tanto para manter a angústia em segredo que não percebera o quanto ela era evidente. Agora que pensava nos olhares que as pessoas lhe dirigiam quando passava no corredor, na sala de aula, até mesmo no ônibus — onde ele quase não conhecia ninguém —, era como se ele tivesse se transformado na doença contagiosa da qual estava sempre tentando escapar.

Não era nenhum segredo. Todos sabiam. Sua mãe. Amy. Todos com quem havia cruzado naqueles últimos anos. Era uma sensação terrível, como um gosto amargo no fundo da boca que não saía, independentemente do quanto ele engolisse.

Após o tempo de preparação do anuário, ambos sentaram-se do lado de fora, na jardineira perto da rotatória onde a mãe de Amy costumava buscá-la. Matthew pensava em admitir para Amy que ela estava certa sobre algumas coisas: ele provavelmente não conseguiria fazer aquilo sozinho. Provavelmente precisava mesmo de algum tipo de ajuda. E provavelmente teria que fazer todo tipo de coisas assustadoras e constrangedoras, tais como ir ao médico e revelar todos os seus problemas. Sabia que Amy tinha razão, mas sua garganta estava apertada demais para permitir que falasse.

Matthew ainda sentia vontade de chorar, mas não queria acrescentar aquilo à lista de coisas constrangedoras que Amy o vira fazer hoje. Para surpresa dele, ela começou a falar:

— PERGUNTEI SE EU PODERIA AJUDAR PORQUE NUNCA FUI CAPAZ DE FAZER ISSO POR NINGUÉM. QUERIA VER SE EU CONSEGUIA. É TERRÍVEL SER SEMPRE A PESSOA QUE PRECISA DE AJUDA. ME DESCULPE SE ME ENGANEI. ESSE NEGÓCIO DE TER AMIGOS É TÃO NOVO PARA MIM QUE ÀS VEZES COMETO ERROS.

— Não foi um erro.

— NÃO?

— Não. É o que eu deveria estar fazendo. Não fiz ainda porque não é divertido.

— TENHO CERTEZA DE QUE NÃO É.

Ele a olhou.

— Aquilo me deixou irritado, admito.

— EU SEI. É POR ISSO QUE PEÇO DESCULPAS.

— Mas quer ouvir uma coisa estranha?

Um carro parecido com o de Nicole encostou, mas não era ela. Aliviado, Matthew continuou falando.

— Quando fui ao banheiro, agora há pouco, não lavei as mãos.

— NÃO MESMO?

— Não. Eu queria. Mas não *precisava*. Normalmente, tenho a sensação de não ter escolha. Mas, dessa vez, não.

— ISSO É ÓTIMO, MATTHEW! É ISSO MESMO QUE DEVE ACONTECER! VOCÊ ESTÁ RECONDICIONANDO SEU CÉREBRO!

— Ainda quero lavar as mãos. Provavelmente vou lavá-las quando chegar em casa.

— TUDO BEM.

— Não estou curado nem nada.

— CLARO QUE NÃO.

— Acho que é bom praticar. — Ele a olhou com timidez. — E talvez contar com alguma ajuda.

CAPÍTULO DOZE

NO INÍCIO, AMY LIMITAVA as tarefas que atribuía a Matthew aos dias em que ele a acompanhava entre as aulas. Ela as imprimia com antecedência para que ninguém a ouvisse o instruindo a fazer coisas estranhas e arbitrárias:

Tocar no mel e deixá-lo em suas mãos por uma hora.

Atravessar quatro corredores sem bater em nenhum armário.

Partia seu coração o jeito com que ele assentia a cada tarefa e depois olhava para o outro lado, como se não quisesse que ela notasse seu medo. Amy se lembrava de ter lido que, surpreendentemente, não havia ligação entre o TOC e a função cerebral geral. O que significa que pessoas com TOC podem reconhecer a loucura de seus pensamentos; elas só não conseguem detê-la.

Escrever as tarefas tinha outra vantagem: eles não precisavam debater por que Matthew fazia aquelas coisas, ou que tipo de azar ele estava tentando manter afastado. Graças ao silêncio no qual ela passava tanto tempo, Amy reconhecia que, em relação a certos assuntos, quanto menos se dissesse, melhor. Pensamentos irracionais eram irracionais. Não era preciso deixar Matthew mais constrangido, insistindo numa discussão racional a respeito deles.

* * *

Depois de algumas semanas, Matthew admitiu que as frases de apoio criadas por Amy ajudavam. E de vez em quando ela as repetia no Pathway, caso visse as mãos dele tremendo ou a boca se mexendo.

— ESTE NÃO É UM PENSAMENTO RACIONAL. VOCÊ ESTÁ SEGURO. VOCÊ ESTÁ BEM. O MEDO PODE SER REAL, MAS O PERIGO NÃO É.

O progresso era irregular. Em determinados dias ele não tinha problemas para atravessar o corredor sem tocar nos armários; em outras vezes Amy o via empalidecer enquanto a boca articulava:

— O medo é real. O perigo não é.

Para desviar a mente dele de suas tarefas, Amy contava mais histórias. Dava para ver que ajudava. Enquanto caminhavam e ele se concentrava, ela acionava as histórias que tinha digitado na noite anterior. Contava sobre as viagens que havia feito com os pais à França, ao Grande Canyon e à Disney World. A melhor parte, contara Amy, normalmente era a scooter que eles alugavam para ela nas viagens.

— NÃO DÁ PRA ACREDITAR NA VELOCIDADE QUE AQUILO ALCANÇA. PARECE QUE ESTÁ VOANDO.

Quando ele perguntou por que ela não usava a scooter o tempo todo, ela explicou a filosofia da mãe: que, se Amy quisesse se manter no mundo real, nunca poderia pegar o caminho mais fácil.

— Sim, vai ser complicado o caminho — dizia Nicole a Amy enquanto elas treinavam caminhar por quatro ou cinco horas por dia durante os seis primeiros anos da vida de Amy. — Mas não temos medo do caminho.

Quando Amy contou tal história, digitou uma palavra errada.

— Você não tem medo do *carinho*? — questionou Matthew.

— CAMINHO.

— Não entendi.

— NÃO TEMOS MEDO DO CAMINHO, DO TRAJETO. COMO "OLHE, QUERIDA, VAI SER UM CAMINHO DIFÍCIL A PERCORRER. NÃO TENHA MEDO DISSO."

— Ah...

— É PARA SER INSPIRADOR. DEUS BEM SABE QUE NÃO APROVO TUDO QUE MINHA MÃE FAZ, MAS ACHO QUE ELA ESTAVA CERTA SOBRE ISSO. ME ENSINOU A NÃO TER MEDO DAS DIFICULDADES.

— Certo. OK.

Ao escutar aquilo, Matthew se lembrou de outra história que Amy contara sobre a mãe. Depois que ela nasceu, o médico disse a eles que Amy provavelmente jamais andaria, falaria, nem sequer levantaria a cabeça.

— ADIVINHE O QUE MINHA MÃE FEZ? — Ele não fazia ideia. — QUANDO EU TINHA CINCO MESES, ELA ME DEITOU DE BRUÇOS NA BANHEIRA COM UNS TRÊS CENTÍMETROS DE ÁGUA DENTRO.

Só de ouvir aquela história, Matthew sentiu um arrepio pela espinha.

— *Por quê?* Você poderia ter se afogado.

— MAS NÃO ME AFOGUEI! APRENDI A LEVANTAR A CABEÇA.

Era como se Amy nunca tivesse sentido medo de nada. Começar a escola no segundo ano do ensino fundamental não tinha sido problema. Não ser entendida até ter seu primeiro dispositivo de comunicação, um DynaVox, no quarto ano, era frustrante, mas não particularmente assustador. Ele tentou se imaginar tão jovem e tendo que atravessar dias intermináveis numa escola imensa, sem que ninguém entendesse uma só palavra do que dizia. Outro arrepio percorreu seu corpo.

— FOI TRANQUILO! — insistiu Amy. — EU ESTAVA FORA DA CASA, NA MESMA SALA QUE OUTRAS CRIANÇAS. EU ESTAVA FELIZ.

Algumas das histórias não eram tão alegres. Ela contou uma sobre estar na aula de ciências do professor Heffernan, no sétimo ano. Começou como uma história engraçada sobre o pai de Sarah, exceto que não tinha nada de engraçada. Amy adorava ciências, e estava empenhada numa proposta de projeto para a feira estadual. Quando ela foi um dos quatro alunos selecionados dentre os finalistas, o Professor Heffernan disse que ela não poderia ir. Seria difícil demais para ela, justificou ele.

— Que horrível — disse Matthew. — Você não ficou com raiva?

— MINHA MÃE FICOU. NÃO SEI SE FIQUEI TANTO ASSIM.

Ela concluiu a história naquela noite por e-mail:

Para: mstheword@gmail.com

De: aimhigh@comcast.net

Assunto: sétimo ano

Quando minha mãe foi reclamar, dizendo que eu tinha um projeto aprovado e com nota máxima na aula dele, e questionando o que mais ele queria, o professor Heffernan disse:

— Sim, mas ela tem um auxiliar para assisti-la em todas as provas. Não tenho provas concretas de que ela esteja fazendo o trabalho.

Eu disse à minha mãe que isso não me aborrecia. Como ele poderia saber que, se Sybil, minha auxiliar, tivesse feito a prova, eu provavelmente teria tirado C? Para minha vergonha, mamãe continuou insistindo no assunto, mesmo depois que pedi a ela que parasse. Ela disse que, se não o enfrentasse, ele continuaria a excluir todas as crianças com deficiência que viessem depois de mim. Ele se manteve firme em sua opinião. Nunca daria certo, disse. Seria difícil demais para mim. Ele falou que estacionar na cidade era um problema. Às vezes precisavam andar dois ou três quarteirões carregando os projetos. Quanto menos válidos seus argumentos pareciam, mais minha mãe lutava, até se transformar numa guerra de cartas e e-mails. Eu não me dei conta de que aquilo estava acontecendo até que, anos mais tarde, encontrei cópias na gaveta da cômoda da minha mãe.

Em uma das cartas, o professor Heffernan escreveu: "Com todo o respeito, talvez a senhora tenha uma visão distorcida da capacidade de sua filha. Talvez não tenha pensado que seja um desserviço às reais capacidades dela insistir que ela pode ser superior em todas as matérias acadêmicas que cursa. Eu peço que olhe outra vez para sua filha — para suas afinidades genuínas — e não a force a entrar em áreas que ela não está interessada em conquistar."

Na primeira vez em que li isso, realmente considerei um argumento válido. Como as matérias não ofereciam dificuldade para mim, minha mãe queria que eu fosse ótima em *tudo*. Mas sempre amei ler e escrever acima de tudo, então por que tinha de ser ótima em ciências também? Não sei. Talvez eu só o admirasse por enfrentar minha mãe.

Ninguém jamais havia feito isso.

Naquela noite, Matthew surpreendeu-se ao escrever uma resposta mais longa que de costume.

Para: aimhigh@comcast.net
De: mstheword@gmail.com
Re: sétimo ano

Sua história me faz pensar em Sarah e em como deve ser ter apenas o pai e esse pai ser o professor Heffernan. Sempre me lembro da conversa que tive com ela no oitavo ano. Formávamos dupla de conversação na aula de francês, o que significava decorar aquelas conversas forçadas e falsas em que os alunos perguntam as horas um ao outro e depois falam sem parar sobre o lindo dia. Eles sempre acabam indo para um café e pedindo um *sandwich au jambon* para te induzir a pronunciar errado. Em francês se diz *sanduítch*. Sarah e eu éramos os que falavam mais baixo na turma, o que significava que a professora estava sempre batendo palmas e berrando: *"Repetez! repetez!"*

Eu me sentia especialmente mal, porque parecia que a professora não dava desconto a Sarah, embora todos soubéssemos da morte da mãe dela no ano anterior. Então, um dia, não acreditei no que aconteceu. Estávamos no meio do nosso diálogo e Sarah começou a chorar. Ela se virou, escondendo o rosto do restante da turma, e só eu vi.

Conversamos pela primeira vez depois da aula naquele dia. Ela disse que não sabia por que recitar os diálogos era tão difícil para ela, mas achava que podia ser porque passava a maior parte do tempo se sentindo invisível, e interpretar aqueles diálogos provava o contrário, e isso a deixava ainda mais triste.

É por isso que tive aquela quedinha pela Sarah por um tempo. Era difícil não gostar dela, mas não deu em nada. As duplas na aula de francês mudaram, nós passamos a fazer par com alunos que berravam, e nunca mais conversamos.

O estranho agora é que, durante toda a semana de treinamento no início deste ano, não mencionamos aquela aula de francês nenhuma vez. Acho que as meninas esquecem coisas como essa, talvez. Os meninos, não. Ou eu não, sei lá.

Sobre a sua história — acho que o professor Heffernan estava completamente errado e que você foi boa demais perdoando ele. Eu pesquisei, e deixar você de fora da feira de ciências é contra a lei. Ninguém pode ser excluído de uma escola ou atividade por causa de deficiência alguma. Então, é, acho que sua mãe tinha razão ao lutar por isso.

Tem outra tarefa para mim? Não acredito que estou perguntando isso.

Na segunda-feira, Amy cumprimentou Matthew com um grande sorriso. Tinha passado o fim de semana inteiro pensando na história dele, imaginando se poderia ser um sinal de esperança. Ele tivera uma queda por Sarah e não fizera nada a respeito. Não era do corpo de *Amy* que ele tinha medo; era do corpo de *todas as meninas.* A princípio, aquilo a deixara tensa; depois ela teve uma ideia. E quanto mais pensava nela, melhor parecia.

— TENHO UMA NOVA TAREFA PARA VOCÊ.

Ele estava especialmente bonito naquela manhã, vestindo uma camiseta preta com uma guitarra desbotada estampada na frente, o que deixava tudo melhor.

— Tá. O que é?

— VOCÊ VAI CHAMAR SARAH PARA SAIR HOJE.

— Ah, tá. Não, essa não, obrigado.

— DEIXE-ME REFORMULAR. NÃO É UM ENCONTRO ROMÂNTICO. SUA TAREFA É CONVIDAR SARAH PARA ALMOÇAR NO TACO BELL, PEDIR DOIS BURRITOS E COMÊ-LOS. NADA DE IDAS AO BANHEIRO, NADA DE TAPINHAS EM MÓVEIS. DEPOIS VOU PRECISAR DE UM RELATÓRIO DETALHADO.

Ele balançou a cabeça. Não conseguia olhar para ela.

— Está falando *sério?*— perguntou.

— MUITO SÉRIO.

— Porque essa é diferente de todas as outras tarefas. Envolve: um, superar o medo de entrar numa lanchonete; e dois, superar o que você obviamente entende tratar-se de um grande medo de falar com Sarah.

— EXATAMENTE. É POR ISSO QUE ESCOLHI ESSA. ALÉM DISSO, O TACO BELL É O ÚNICO RESTAURANTE AO QUAL VOCÊ PODE IR A PÉ.

— Por que tenho que fazer as duas as coisas de uma vez? Por que simplesmente não vou ao Taco Bell com você?

Amy sorriu e quase digitou uma gracinha. *Está me chamando para sair?* Mas desistiu. Desde as férias de Natal, quando tentara externar suas emoções, os sentimentos de Amy não haviam mudado, mas sua estratégia, sim. Se ela fosse realmente amiga de Matthew e o ajudasse a melhorar, talvez ele viesse a enxergar o óbvio. Que gostava dela também. Claro que também era arriscado — mandá-lo sair com uma garota para que ele reparasse nela. Mas era um risco que Amy precisaria correr.

— PORQUE EU NÃO COMO LÁ. É MUITO NOJENTO PARA MIM.

— Não tem graça.

— NÃO ESTOU TENTANDO SER ENGRAÇADA.

— Não quero essa tarefa. Me dê outra.

— VOCÊ CONCORDOU, MATTHEW. PRECISA FAZER ISSO SE QUISER FICAR BOM. ALÉM DO MAIS, TENHO UMA TEORIA. VOCÊ DISSE QUE SEU TOC PIOROU HÁ TRÊS ANOS, OU SEJA, NO NONO ANO, O ANO SEGUINTE ÀQUELE EM QUE VOCÊ TEVE UMA QUEDINHA PELA SARAH. ACHO QUE ISSO SIGNIFICA ALGO.

— Tipo o quê?

— TALVEZ A VOZ CULPE VOCÊ POR NÃO TER SIDO CORAJOSO O SUFICIENTE PARA CHAMÁ-LA PARA SAIR

NAQUELA ÉPOCA. A QUESTÃO AQUI É SUPERAR MEDOS, CERTO?

— Acho que sim.

— A IDEIA DE CHAMÁ-LA PARA SAIR TE DÁ MEDO?

— Dá.

— QUE BOM. ENTÃO VOCÊ DEVE FAZER ISSO. NÃO VAI SER UM ENCONTRO. FINJA QUE QUER CONVERSAR SOBRE MIM, UMA VEZ QUE SOU O QUE VOCÊS TÊM EM COMUM AGORA. DEVE SER O SUFICIENTE PARA CHEGAREM ATÉ O FIM DO ALMOÇO, PELO MENOS.

— Quer mesmo que eu faça isso?

Enquanto digitava, Amy pensou na pergunta. Ela *realmente* queria que Matthew fizesse aquilo? E se tudo desse incrivelmente certo e, dali a algumas semanas, ele escrevesse para dizer: *Adivinha! Sarah e eu vamos ao cinema hoje à noite.* Considerando que Sarah tinha namorado um cara de 23 anos no ano anterior, aquilo não era apenas provável, mas possível. Ela podia surpreender a todos olhando para Matthew e enxergando o mesmo que Amy — os lindos olhos azuis, o jeito como o sorriso iluminava o rosto dele. Sarah poderia não se importar como seu status social inexistente e pensar: *Por que não namorar um cara legal depois de todos esses idiotas que nunca telefonam?* Podia acontecer. A possibilidade assustava Amy, mas ela também sabia o seguinte: Matthew precisava provar algo a si.

Até agora, eles vinham trabalhando os medos irracionais. A timidez com as garotas não era irracional. Se ele conseguisse fazer aquilo, seria um grande avanço.

— SIM — digitou Amy. — QUERO. ACHO QUE VAI SER UM EXCELENTE EXERCÍCIO.

CAPÍTULO TREZE

AH, A SITUAÇÃO TODA foi angustiante. As batidas de seu coração eram audíveis; uma gota de suor escorria pela lateral do rosto.

— Ei, Sarah, o que você vai fazer no almoço? — perguntou Matthew, aproximando-se enquanto ela bebia água de um bebedouro.

— *Hoje?* — quis saber ela, erguendo-se, a água gotejando de seu queixo. — Agora?

— Não *agora*. São só dez e quinze. Mas nós almoçamos no mesmo horário, certo? Pelo menos acho que sim. Mas deixa pra lá. Talvez não seja o caso.

— Sou do grupo C.

— Eu também.

— Bem, acho que é o mesmo então, não é?

— Acho que sim... Se você quiser almoçar comigo, seria legal. Eu não tenho carro nem nada, portanto não poderia levá-la a nenhum lugar. Teríamos que ir ao Taco Bell, que algumas pessoas acham nojento, eu sei.

— Não tem problema. Eu gosto do Taco Bell. — Ela varreu o olhar pelo corredor. — Claro, por que não? Alguém mais quer ir, ou vai ser só nós?

Matthew entrou em pânico. Não estava preparado para aquela pergunta, embora provavelmente fosse algo normal de se questionar. Quantas vezes ele ouvira alguém dizer: "Estamos indo para o Bell. Alguém quer ir?" O convite nunca era para ele, é claro. Mas as pessoas falavam assim.

Ele não conseguia pensar numa resposta. Os dois não faziam parte de nenhum grupo. Não tinham nenhum amigo em comum, a menos que Sarah estivesse se referindo a Amy. Mas se ela seria o tema da conversa, então não poderia ir. E Amy não seria capaz de engolir nada do Taco Bell, exceto talvez feijão frito e um pouco de arroz. Em vez de responder à pergunta de Sarah, Matthew deixou passar um tempinho de silêncio constrangedor. Por fim, disse:

— Então... encontro você na frente da escola às onze e vinte?

Os alunos do último ano tinham permissão para sair e almoçar fora da escola somente às sextas-feiras. Até então, Matthew não havia saído nem uma vez, mas sabia que a maior parte dos alunos se amontoava nos carros e ia. Conforme Amy lembrara, o Taco Bell era o único lugar ao qual se dava para ir a pé. Era preciso fazer um caminho que passava pela quadra coberta e atravessava uma viela cheia de caçambas de lixo. Matthew se perguntou se seu cérebro o deixaria tocar na comida depois de passar por tanto lixo. Será que o Taco Bell vendia alguma comida que ele pudesse comer com garfo? O que seria pior: comer seu almoço segurando-o com um invólucro de papel ou lavar as mãos algumas vezes antes de se sentar? Quais eram as regras, segundo Amy? Ele não se lembrava.

De uma coisa ele tinha certeza: essa não seria como as outras tarefas, as quais envolviam o confronto de medos sozinho. Matthew soube disso no minuto em que entraram no restaurante. Lotado de alunos do último ano, a fila para pedir a comida tinha umas sete pessoas.

— Talvez devêssemos ir embora — disse ele, a boca seca.

— Não, já estive aqui. A fila anda bem rápido. — Enquanto Sarah falava, a fila avançou. — Viu?

Sarah estava ainda mais bonita agora, no nono ano. O cabelo, mais curto, batia na altura do queixo. Ela parecia mais velha do que outras garotas, mas não da maneira como as outras garotas pareciam mais velhas, com maquiagem pesada e roupas reveladoras. Ela simplesmente parecia mais confortável na própria pele e mais feliz.

Ryan Starling, um idiota que pegava o mesmo ônibus que Matthew, virou-se e olhou para os dois.

— O que vocês estão fazendo aqui? — questionou ele. Ryan era também um astro da luta; seus braços e pernas arqueavam-se um pouco devido aos muitos músculos.

Sarah riu à vontade, como se a pergunta dele tivesse sido engraçada, não ofensiva.

— Na verdade, nós vivemos aqui, Ryan. Fazemos todas as refeições aqui. É estranho, eu sei, mas não enjoamos.

— Desta *merda*? — perguntou Ryan.

— Eu sei. Esquisito, não é? Experimente fazer isso: peça todos os itens do cardápio de um dólar e coma tudo de uma vez. Depois você vai pensar: *Meu Deus, eu realmente amo o Taco Bell.*

Ryan se inclinou na direção de Sarah e ergueu as sobrancelhas.

— Que tal se você me ajudar a comer?

— Ah, não. Hoje não. Eu só me permito esse mimo uma vez por semana.

Matthew os observava e se perguntava: O que aconteceu à garota tímida que chorava ao ter a atenção de todos voltada para ela enquanto recitava um diálogo francês? Quando Sarah Heffernan passara a ser amiguinha dos atletas, trocando piadas com eles?

— Vamos fazer o seguinte: eu peço toda essa comida, você se senta comigo assim mesmo...

— Hoje não, Ryan. Vamos ter uma disenteria juntos outra hora, OK?

Depois que Matthew e Sarah compraram a comida, sentaram-se na única mesa vazia que restava, diante da máquina de bebidas.

— Como você conhece aquele cara? — sussurrou Matthew.

— Quem? Ryan? — Sarah deu de ombros. — Acho que fizemos aula de desenho de modelo vivo juntos no ano passado. Ele não é tão ruim quanto parece, mas talvez isso não queira dizer muita coisa.

Matthew queria perguntar como ela conseguira se tornar mais relaxada ao longo dos últimos três anos enquanto com ele acontecera o oposto. Imaginou se ela sequer se lembrava da conversa que um dia tiveram, na qual ela chorou e ele a consolou. Mas em vez de continuar a pensar nisso, resolveu questionar por que ela se candidatara para trabalhar com Amy. Imediatamente, Sarah ficou calada, como se tivesse sido uma pergunta constrangedora.

— É meio que uma longa história — respondeu. — Não muito interessante, provavelmente.

— Tem a ver com o seu pai?

Ela começou a comer um dos tacos com a mão. Matthew havia comprado um burrito, mas não conseguia se convencer a desembrulhá-lo.

— Um pouco — disse ela baixinho. — Ele me pediu para fazer isso. E eu não tinha muito trabalho comunitário para incluir em meus formulários de inscrição nas faculdades.

Ele se perguntou se deveria apontar o que Amy certa vez frisara para ele: que tecnicamente você não deve ser *pago* para fazer trabalho comunitário.

— Por que seu pai queria que você fizesse isso?

— Ele sempre se sentiu mal em relação a uma coisa que aconteceu quando Amy estava na turma dele.

Ela contou a história da feira de ciências que ele já conhecia.

— Ele não a deixou participar porque sempre presumiu que Nicole forçava Amy para que ela fosse uma espécie de deficiente super-realizadora. Como se a mãe tivesse uma pauta para provar que os médicos estavam errados. Ele achava que era perigoso para Amy, e nenhum dos administradores escolares recusava quando ela inscrevia a filha em todas as turmas dos academicamente melhores. Ele estava convencido de que Nicole havia redigido a proposta para o trabalho da feira de ciências. — Sarah deu de ombros. — Acho que queria confirmar se estava certo.

— Ele queria que você descobrisse se Amy era mesmo inteligente?

— Algo assim.

— O que foi que você disse a ele?

— Eu disse que achava que ele provavelmente estava certo. Sei que isso parece horrível... Sei que Amy é inteligente o bastante para ser *capaz* de escrever a proposta; só não acho que ela *tenha* feito isso. Não acho que ela seja assim *tão* interessada em ciências. — Ela deu de ombros outra vez, como se isso não fosse uma coisa particularmente chocante de se dizer. — Sei lá. É só um palpite.

Matthew sentiu o rosto ficar vermelho. Agora mesmo é que não ia conseguir comer.

— Como você pode *dizer* isso? É claro que foi ela quem escreveu! Você já viu o texto dela. Sabe o quanto é bom.

— Certo... É só a impressão que tenho. Tipo, olha só para Nicole. Ela é empenhada demais nas realizações da filha. Amy te contou para quantas universidades está se candidatando?

O coração de Matthew tornou a disparar. Não, ela não tinha dito.

— Quantas? — perguntou ele baixinho.

— Vinte. Eu não estou brincando. Sei que nós todos estamos sendo um pouco ridículos com nossas treze inscrições e os pais no nosso cangote... mas *vinte*? Cinco da Ivy League? Você não acha que é um pouco demais? Estou surpresa que Amy não tenha comentado isso com você. Nós praticamente só falamos disso. Estamos nos candidatando a duas faculdades em comum, e elas pedem essas redações malucas. *Descreva como seria sua vida se você morasse na lua. Escreva uma redação do ponto de vista de uma de suas mãos.* Você não ia acreditar sobre o que tivemos de escrever.

— Para quais faculdades ela está se candidatando?

Sarah recitou uma lista: Yale, Brown, Stanford, Columbia. Ele parou de ouvir. Ficou ofegante. Como não sabia nada disso? As inscrições tinham sido feitas meses atrás. Amy nunca as mencionara, nem uma vez.

— Você acha que ela vai entrar?

— Ah, com certeza. Ela tem boas notas e um bom histórico. Acho que foi isso que preocupou meu pai. Ele estava conversando com o orientador educacional do ensino médio, que disse que Amy provavelmente era nossa melhor chance para Harvard ou Yale este ano, e ele se sentiu mal com o que aconteceu quando ela estava no sétimo ano.

Harvard ou Yale? Ela estava falando sério?

— Você não vai comer, Matthew?

— Não. — Agora ele estava suando de verdade. E com dificuldade para respirar. — Eu preciso... me desculpe... preciso ir ao banheiro.

No banheiro, ele mergulhou a mão na água mais quente que conseguiu regular na torneira. Sua pele passou de rosada a vermelha. Então lavou as mãos, depois os pulsos, daí subiu até os cotovelos. Esterilizou tudo, frente e costas. Então enxaguou e fechou a torneira com o cotovelo.

Quem Amy achava que era para entrar em sua cabeça e lhe dizer o que fazer quando nunca sequer mencionara para ele o primeiro acontecimento importante de sua vida? *Harvard ou Yale?* Ele nunca havia conhecido ninguém que tivesse se candidatado para uma dessas faculdades, muito menos que tivesse uma chance razoável de ser aceito. Um novo e terrível pensamento lhe ocorreu:

Amy tinha pena dele. Ela sabia que ele não tinha notas ou currículo para entrar em uma faculdade concorrida. Na verdade, suas notas eram razoáveis; as pontuações de seus simulados é que eram o constrangimento. Ele já os tinha feito duas vezes, a segunda sem limite de tempo. Mesmo assim, sua ansiedade era tão alta que ele ensopava o gabarito de respostas com suor. A pontuação no segundo teste só subiu quinze pontos — um ganho gradual tão pequeno que seu orientador educacional sugeriu que ele repensasse para onde queria se candidatar. Ou mesmo *se* queria se candidatar.

— A faculdade pode ser estressante para alguns jovens. Parar por um ano pode não ser má ideia. Eu até incentivo isso em alguns casos.

Eles nunca voltaram a falar no assunto porque, secretamente, Matthew ficou aliviado. Tudo em relação às inscrições para as faculdades o deixava apavorado, principalmente as redações que o mandavam "descrever seu processo de pensamento até chegar a essa conclusão/opinião/decisão, etc." Como ele poderia fazer isso? Como poderia escrever: *Depois de verificar a torneira 32 vezes, determinei que a Pitzer é a melhor faculdade para mim, principalmente porque seu nome tem um número par de vogais, o que por alguma razão meu cérebro considera importante agora?*

Matthew não tinha certeza de quanto ficou no banheiro. Tempo suficiente para lavar as mãos mais quatro vezes sem que isso acontecesse duas vezes na frente da mesma pessoa.

Tempo suficiente para se acalmar depois de toda a informação que Sarah lhe dera. Tempo suficiente para, ao sair, flagrar Sarah em outra mesa, sentada com Ryan.

— ME CONTE DO SEU ALMOÇO COM SARAH — pediu Amy no dia seguinte. — VOU PRECISAR DE UM RELATÓRIO COMPLETO PARA TE DAR CRÉDITO.

— Por que você não me falou para quais faculdades estava se candidatando?

— O ASSUNTO NUNCA SURGIU. QUE DIFERENÇA ISSO FAZ?

— Muita. Você devia ter me contado.

— *POR QUÊ?*

— Porque tive de saber por Sarah. Foi horrível.

— PARA ONDE VOCÊ ACHOU QUE EU ESTIVESSE ME CANDIDATANDO?

Matthew hesitou. O que ele *havia* pensado? Para ser sincero, presumira que Amy não iria para faculdade alguma. Que a logística seria complicada demais, mesmo para uma garota inteligente como Amy.

— Presumi que você não estivesse se candidatando para nenhuma faculdade.

— MAS MINHA MÃE FALA SOBRE MINHA IDA PARA A UNIVERSIDADE O TEMPO TODO.

Era verdade; Nicole falava mesmo bastante sobre isso.

— Acho que não imaginei que você fosse imediatamente. Ou que estivesse se candidatando para lugares tão distantes. Você vai mesmo morar em um dormitório?

— É ESSA A IDEIA.

— E você acha que é uma boa ideia?

— O QUE HÁ DE ERRADO COM ELA?

Ele precisava mesmo enunciar todos os motivos pelos quais poderia ser um desastre? Ele deveria mesmo lembrá-la de tudo que outras pessoas faziam por ela?

— Eu só acho que é ingenuidade. A faculdade não é como o ensino médio.

— O QUE ISSO QUER DIZER?

— As pessoas vão estar ocupadas fazendo suas próprias coisas. Vão ter carro e se filiarão a fraternidades e irmandades. Acho que na faculdade as pessoas tendem a ser mais egocêntricas.

— O QUE VOCÊ ESTÁ DIZENDO?

— Você nunca esteve longe de casa. Experimentou o acampamento de verão e odiou. Passou o tempo todo na cabana dormindo. — Ela havia contado essa história uma vez durante o almoço. Fora sua única experiência com um grupo de crianças tão deficientes quanto ela. A grande surpresa foi descobrir o quão pouco Amy tinha em comum com todas elas.

— AQUILO FOI DIFERENTE. NÃO ACREDITO QUE VOCÊ ESTEJA MENCIONANDO ISSO.

— Não entendo por que você está se candidatando a todas essas faculdades de primeira linha. É só para poder sair por aí dizendo às pessoas que passou para Yale?

— NÃO. EU ME CANDIDATEI PARA QUE EU PUDESSE PASSAR PARA YALE.

— Mas por que lá? Por que não algum lugar mais perto... de modo que você possa continuar morando na casa dos seus pais?

— PORQUE ESTA É A MINHA CHANCE DE MORAR LONGE DE CASA.

— Mas e se você não conseguir? E se for um desastre?

Ela digitou por um minuto.

— SE EU CONSEGUIR ENTRAR, É UM BOM SINAL, É PORQUE ME CONSIDERAM CAPAZ, CERTO?

Ele tinha a sensação de que uma bola de tênis estava quicando em sua barriga. *NÃO!*, tinha vontade de dizer. *É um sinal de que querem parecer bons ao aceitar uma garota inteligente que não consegue nem falar.*

— Você deixou claro tudo que não consegue fazer? Que precisa de ajuda no banheiro e para comer e se vestir? — Ele sabia que era mesquinho apontar tais coisas, mas não conseguia evitar.

— SÓ PORQUE VOCÊ TEM MEDO DEMAIS PARA ASSUMIR QUALQUER RISCO, NÃO SIGNIFICA QUE O RESTANTE DE NÓS DEVA TER TAMBÉM.

— A questão aqui não sou eu, Amy. É você.

— EU ACHO QUE É VOCÊ, SIM, MATTHEW. ME DESCULPE, MAS É O QUE ACHO.

CAPÍTULO QUATORZE

Amy não esperava que Sarah fosse contar a Matthew sobre suas inscrições nas faculdades, e agora se perguntava se havia cometido um grande erro. Ajudá-lo a superar o medo de sair com uma garota era apenas uma das razões pelas quais sugerira o almoço com Sarah. A outra tinha a ver com um segredo que vinha guardando fazia quase duas semanas: ela fora aceita em Stanford e recebera uma bolsa de estudos.

— NÃO QUERO CONTAR A NINGUÉM DA ESCOLA AINDA — disse Amy à mãe depois que recebeu a notícia. — TEM MUITA GENTE QUE AINDA NÃO RECEBEU RESPOSTA.

— Eles vão descobrir mais cedo ou mais tarde, Aim. Você não precisa proteger as pessoas.

— SEI DISSO, MÃE. MAS ME DEIXE DECIDIR QUANDO VAI SER. *POR FAVOR*.

— Está bem.

— É *SÉRIO*.

A mãe agitou as mãos.

— Está bem, está bem. Vou ficar de bico fechado.

Para surpresa de Amy, foi o que ela fez.

As respostas das faculdades vinham deixando todo mundo sem rumo. Ela ouvia mais notícias ruins do que boas sobre as cartas que os estudantes estavam recebendo das faculdades. Sarah estava na lista de espera em Berkeley, mas tinha sido rejeitada em todos os outros lugares. Sanjay fora aceito em uma faculdade, mas sem nem uma bolsa de estudos mínima que fosse. Amy esperava uma recusa para que pudesse partilhá-la primeiro. "ACHO QUE A BROWN NÃO ESTÁ ACEITANDO NINGUÉM", planejava dizer. Então foi aceita pela Brown.

— Podemos contar às pessoas agora? — perguntou sua mãe.

— NÃO — disse ela.

Na semana seguinte, a Universidade da Pensilvânia e a Vassar a aceitaram em suas turmas de calouros. Sarah recebera mais duas rejeições e uma lista de espera. Sanjay não recebera nenhum desconto do Instituto de Tecnologia de Massachusetts. Chloe, com a média de 1.9, parecia estar melhor do que os outros. Planejava estudar numa faculdade comunitária, onde mudaria seus hábitos de estudo e mais tarde se candidataria a uma faculdade de direito.

A única pessoa que nunca — nem uma única vez — falava sobre os planos do ano seguinte era Matthew.

Amy sabia por quê. Se uma lata de Sprite esquecida no armário o deixava tão ansioso, como ele poderia enfrentar a perspectiva de preencher um formulário de inscrição numa faculdade? Ela gostaria de poder lhe dizer a verdade: *É claro que não falei com você sobre a faculdade. Você está trabalhando em algo mais difícil e mais importante nesse momento*. Gostaria de poder expressar como era vê-lo superar alguns de seus medos mais persistentes: *O que você está fazendo agora é muito mais difícil do que minha entrada numa faculdade. Tenha orgulho disso. Não se preocupe com o restante.*

Em vez de dizer isso, para mudar de assunto, ela digitou:

— VOCÊ NÃO ME CONTOU COMO FOI O ALMOÇO COM SARAH.

— Foi legal.

— FOI LEGAL MESMO OU UM LEGAL FALSO? — Eles tinham dez minutos antes que o primeiro sinal tocasse. Amy não queria começar a andar. Queria ter aquela conversa.

— Sei lá. Não tenho certeza se ainda gosto tanto assim dela.

— POR QUE NÃO?

— Ela mudou muito.

— SARAH FOI GROSSA COM VOCÊ? VOU FICAR MUITO PUTA SE ELA TIVER SIDO. — Foi um impulso surpreendente. Amy decididamente não queria que Matthew se apaixonasse por ela de novo, mas também não queria que Sarah tivesse lhe dado motivos para não confiar nas garotas.

— Não quero falar sobre isso. Ela disse algumas coisas de que não gostei. Só isso.

— TIPO O QUÊ?

— Tipo que acha que o pai estava certo ao excluir você da feira de ciências.

Durante um longo momento, Amy não disse nada.

— É MELHOR IRMOS — finalmente digitou.

Pelo restante da tarde, eles não voltaram a mencionar Sarah.

Naquela noite, após o jantar, Matthew enviou um e-mail:

Para: aimhigh@comcast.net

De: mstheword@gmail.com

Assunto: Sarah

Desculpe ter contado a você o que Sarah disse. Fez com que parecesse muito pior do que foi. Sarah gosta de você. Não sei explicar, acho que não consigo guardar nenhum segredo de você. Mesmo os que eu deveria.

Dez minutos depois, ele recebeu uma resposta: *Tem uma coisa que preciso te contar.*

Ele escreveu imediatamente: *Você está aí! Iupiii! Está falando comigo!*

Ao que foi respondido com:

Para: mstheword@gmail.com

De: aimhigh@comcast.net

Assunto: Re: Sarah

Ganhei uma bolsa em Stanford. Também fui aceita em seis outras faculdades, mas vou para Stanford. Estava com medo de te contar. Foi por isso que insisti para que você levasse Sarah para o almoço. Queria ter outro assunto sobre o qual conversar.

Embora Amy tivesse aguardado por meia hora, não obteve resposta.

CAPÍTULO QUINZE

LEVOU MENOS DE UM dia para que a notícia se espalhasse. A Sra. Malone, que foi professora de literatura de Amy no primeiro ano no ensino médio, soltou um grito e começou a chorar ao saber da novidade. O Sr. Hayes, o diretor, a abraçou. Chloe decorou o armário de Amy com serpentinas, e o editor do jornal da escola enviou um e-mail dizendo que queria fazer uma reportagem com ela.

Não tenho certeza sobre isso, respondeu Amy. *Muita gente está recebendo suas cartas de admissão. Não creio que a minha seja nada excepcional.*

Mas era. Naquela noite, o jornal local, o *Franklin County Bulletin*, ligou para marcar uma entrevista e perguntou se poderiam mandar um fotógrafo também.

— É claro — respondeu Nicole.

Mais tarde, naquela mesma noite, a estação de TV local também telefonou.

— Conversei por muito tempo com uma mulher chamada Ashley — contava Nicole enquanto Amy se preparava para dormir. — Ela foi tão simpática e estava tão entusiasmada por você, Amy. Eu disse que a equipe de filmagem poderia vir depois do jornal. Dessa forma você não precisa se arrumar duas vezes.

Uma equipe de filmagem para um programa de TV?

— VOCÊ ACEITOU SEM ME CONSULTAR?

— Claro que sim, meu bem. Você precisa entender. Não se trata só de você.

Amy não compreendeu.

— ENTÃO SE TRATA DE QUEM?

— Você é um exemplo, querida. Para todas as crianças deficientes que estão enfrentando dificuldade nesse momento, se perguntando se um dia vão fazer uma faculdade ou ter a chance de uma vida normal.

Amy se perguntou se aquilo era mesmo verdade ou se outras crianças com deficiência sentiam o mesmo que ela quando foi para aquele acampamento. Mas gostava da ideia de inspirar uma comunidade que não conhecia muito bem. Queria sentir um vínculo com eles. O problema era que não sentia. Não conseguia parar de pensar em Matthew e em seus outros amigos. No fato de nenhum deles saber ainda como seria o ano seguinte. De ainda estarem aguardando listas de espera e atualizações da parte de órgãos de financiamento. Exceto Matthew, pobre Matthew, que simplesmente se calara totalmente sobre o assunto.

Amy não era uma inspiração para nenhum deles; disso ela sabia.

Em vez de ficar com raiva de Amy por guardar segredos, Matthew se flagrou surpreso com a própria atitude. Estava com raiva de si mesmo. Com raiva suficiente para pedir à mãe que marcasse uma consulta com um médico.

— Para quê? — quis saber ela.

— Você sabe para quê. Um psicólogo. Para fazer o que tiver que fazer. Falar sobre os meus problemas. Tomar remédio. — Ele tinha pavor de tomar comprimidos, mas andara lendo nos livros da biblioteca mais estudos de caso nos quais a medicação se mostrava necessária quando outras terapias não funcionavam.

— Ah, Matthew, isso é maravilhoso! — Sua mãe bateu palmas. — É uma ideia maravilhosa!

No consultório da médica, ele ficou chocado ao se ver calmo e conseguindo falar sobre toda a história de forma mais racional do que jamais havia feito. O nome da mulher era Beth — tinha cabelos ruivos cacheados e parecia jovem demais para ser médica, embora tivesse lhe assegurado de que era mesmo. Matthew contou a Beth que tivera pelo menos alguns episódios de TOC nos últimos quatro anos, talvez mais. Disse que vinha fazendo terapia de exposição e prevenção de resposta havia cerca de seis semanas, e que não dera muito resultado.

— Desperdiço mais tempo agora do que jamais antes, obcecado por coisas sobre as quais eu não deveria pensar. Estou simplesmente *cansado*. Estou farto de tudo isso.

Ele descreveu algumas de suas fixações: a limpeza das mãos, as torneiras, a contagem de objetos em número par numa sala. Ele revelou a ela seu maior medo, o de machucar outras pessoas. O medo de ter feito isso no passado ou a possibilidade de ainda fazê-lo involuntariamente. Contou sobre a lata de Sprite, e sobre o medo terrível de que pudesse ter machucado Amy no hospital quando ela ainda era bebê. Cinquenta minutos depois, saiu do consultório com uma receita. Naquela noite ele tomou seu primeiro comprimido antes mesmo de ter tempo de se preocupar com o que a voz poderia dizer. Na manhã seguinte, acordou esperando sentir-se diferente.

Não foi o que aconteceu.

Era cedo e a mãe ainda não tinha saído para o trabalho. Matthew foi até a cozinha, onde ela estava lendo um artigo sobre Amy no jornal.

— Ela é incrível mesmo, não é? — comentou ela.

Ilustrando o artigo havia uma foto de Amy sentada à mesa da cozinha. Ela estava bonita — os cabelos cacheados sobre os ombros, o rosto relaxado, não exatamente sorrindo, mas com uma expressão amistosa.

— Acho que sim — concordou ele.

Leve a foto para o seu quarto, disse a voz. *Você sabe que quer fazer isso.*

— Ela foi aceita em outras faculdades, não só em Stanford — disse a mãe alegremente. — Seis, no total. Três da Ivy League. Você provavelmente já sabia disso.

Você não sabia, disse a voz. *Nunca perguntou.*

— Onde?

Sua mãe listou as universidades.

Ela é famosa, disse a voz. *Ou, se ainda não é, logo logo vai ser. Como Stephen Hawking, só que mais bonita. E uma garota.*

Eis a surpresa: se alguma coisa tinha mudado, fora que o remédio tornara a voz mais falante.

Você vai se lamentar, provocou a voz.

Lamentar pelo quê?, respondeu o cérebro de Matthew. Ele pegou o jornal da mãe e o levou para o banheiro. *Pelo que vou me lamentar?*

Talvez aquilo fosse uma mudança. Matthew nunca tinha discutido com seu cérebro.

É tão óbvio e você nem mesmo vê.

Não vejo o quê? Me diz.

Você a ama.

Não, não amo. Não acredito que você disse isso.

Tudo bem. Como quiser.

Eu não a amo. Essa é uma coisa ridícula de se dizer.

Tudo bem. Não importa. Ela praticamente já terminou com você, de qualquer forma.

Matthew leu o artigo até o fim, imaginando se seu cérebro sabia de alguma coisa que ele não sabia. Então pensou: *Ela já terminou comigo?*

CAPÍTULO DEZESSEIS

— BOM, JÁ TENHO SUA PRÓXIMA TAREFA — disse Amy enquanto Matthew a ajudava a sair do carro da mãe. — SEI QUE VOCÊ ESTÁ ESPERANDO, E ESSA É BOA, CONFIE EM MIM.

Duas semanas haviam se passado desde seu almoço com Sarah. Não houvera mais nenhuma tarefa desde então porque, agora que era meio famosa, Amy andava muito ocupada.

— Um artigo no jornal não significa que ela seja famosa — disse a mãe dele.

— Não se esqueça da TV — lembrou Matthew. — Ela também apareceu no noticiário. — Graças a Deus Amy parecia mais ela mesma e menos bonita na TV. Ele estava tentando não pensar no que a voz dissera. Na TV, sua boca ficou aberta e a cabeça oscilava quando a entrevistadora lhe fazia perguntas estúpidas como: "É empolgante ter sido aceita em tantas universidades excelentes?" e "Você acha que a universidade vai ser mais difícil ou mais fácil do que o ensino médio?" Matthew gostou da resposta de Amy para a primeira pergunta ("COMO EU SÓ POSSO IR PARA UMA FACULDADE, NÃO IMPORTA DE FATO EM QUANTAS FUI ACEITA") e adorou a resposta para a segunda ("MAIS DIFÍCIL, ESPERO. SERIA UMA FARSA SE FOSSE MAIS FÁCIL, NÃO É MESMO?). Foi um grande momento de constrangimento televisivo durante o qual a entrevistadora passou uns vinte segundos tentando concluir se Amy estava brincando. Por fim, resolveu que sim e riu.

Talvez Amy não fosse famosa se comparada às estrelas do cinema, mas na escola *deles*, ao menos nas últimas duas semanas, ela era. Os olhares que ela costumava receber ao circular pelo corredor logo se transformaram em sussurros e sorrisos e até mesmo em acenos. Jogadores imensos do time de basquete tocavam no ombro dela e diziam: "Parabéns, Aim. Muito bem!", como se fossem amigos de longa data. Um dia Matthew contou: 32 pessoas cumprimentaram Amy antes do almoço.

— Posso dar uma lista de nomes para sua mãe. Ela poderia acrescentá-los a seu banco de dados.

— HA-HA — digitou Amy. — SÓ QUE NÃO. OBRIGADA.

Nas últimas semanas, Matthew percebera uma mudança interessante. Amy havia começado a comer comida de verdade na presença dele. Alimentos macios e mais difíceis de provocar engasgo, como homus e tabule. Ela ainda fazia uma bagunça, embora, uma vez tomada a decisão de comer na presença dele, não parecesse muito preocupada com a aparência. Quando ele perguntou por que ela passou a comer comida de verdade de repente, Amy disse que ele devia ficar lisonjeado. Ela só comia na presença de pessoas com as quais se sentia à vontade. Ele ficou *mesmo* lisonjeado, até lhe ocorrer que talvez ela estivesse à vontade porque agora pensava nele como alguém mais incapacitado do que ela.

— Sua lista de amigos do tipo oi-tchau provavelmente ganhou mais uns sessenta nomes agora. Talvez mais. Sua mãe vai ficar muito feliz.

— ESSAS PESSOAS NÃO SÃO MINHAS AMIGAS. ELAS NÃO SABEM NADA DE MIM.

— É claro que não conhecem você. Não se espera que amigos do tipo oi-tchau conheçam você. Eles existem apenas para promover uma sensação de popularidade, por mais superficial que essa possa ser.

— NÃO GOSTO QUE DE REPENTE COMECEM A ME CUMPRIMENTAR QUANDO PASSARAM OS ÚLTIMOS ONZE ANOS ME IGNORANDO.

Matthew notou, pela maneira como o queixo dela se projetava, que Amy estava falando sério. Aquilo não era uma piada; a incomodava de verdade.

— Talvez seja bom aprender isso agora. Vai te poupar o trabalho de se filiar a uma fraternidade mais tarde.

— ESTOU FALANDO SÉRIO. NÃO GOSTO MESMO. PESSOAS QUE NÃO CONHEÇO LIGAM LÁ PRA CASA. MINHA MÃE PEGA O E-MAIL DELAS E ME OBRIGA A RESPONDER.

— Quem ligou para você?

— PESSOAS ESTRANHAS. UMA AGENTE LITERÁRIA DISSE QUE EU PODERIA SER COMO O GAROTO COM ESCLEROSE MÚLTIPLA NA CADEIRA DE RODAS QUE ESCREVIA POEMAS INSPIRACIONAIS. PERGUNTEI: "ELE NÃO MORREU?", E ELA DISSE: "SIM, POR ISSO TODOS O ADORAVAM. ELE ESCREVIA POESIAS À BEIRA DA MORTE".

— Como ela espera que você seja como ele, se você não está morrendo?

— FALEI ISSO PRA ELA, E ELA FICOU SURPRESA. ACHOU QUE HEMIPLEGIA SIGNIFICASSE DEGENERATIVO. EXPLIQUEI QUE NÃO, QUE HEMIPLEGIA SIGNIFICA QUE UM LADO DO MEU CORPO É MAIS AFETADO DO QUE O OUTRO. HEMIPLEGIA NÃO SIGNIFICA DEGENERATIVO. *DEGENERATIVO* SIGNIFICA DEGENERATIVO.

Matthew sentiu-se mal por ter ficado com raiva de Amy durante as últimas semanas. Aquilo parecia horrível.

— Qual é a tarefa que você tem para mim?

— VAMOS LÁ... FOI CHLOE QUEM ME DEU ESSA IDEIA. ELA DISSE QUE TEM UMA VAGA NO CINEMA ONDE ELA TRABALHA. ACHO QUE VOCÊ DEVERIA SE CANDIDATAR.

Amy levou à boca uma garfada de tabule, o qual chegou apenas pela metade ao destino. O restante se espalhou em cima do Pathway e da mesa.

— Você quer que eu me candidate a um *emprego*?

Ela assentiu. Era difícil comer e digitar ao mesmo tempo.

Isso não é uma tarefa, é um emprego, disse a voz. Matthew a repetiu em voz alta.

— VAI DAR TUDO CERTO. VOCÊ SERVE ALGUNS REFRIGERANTES, VENDE ALGUNS DOCES E SÓ. ACABOU.

— Você quer que eu trabalhe numa *lanchonete de cinema*?

— NÃO RECUSE AUTOMATICAMENTE. DIGA: "VOU PENSAR, AMY."

— Vou pensar, Amy. Então vou recusar.

— EU TINHA CERTEZA DE QUE VOCÊ IA DIZER ISSO, ENTÃO PREENCHI O FORMULÁRIO PRA VOCÊ. SEI QUE PODE PARECER QUE PASSEI DOS LIMITES, MAS ÀS VEZES OS AMIGOS PRECISAM DAR UM EMPURRÃOZINHO.

Ele não podia acreditar. *Ela preencheu um formulário de emprego para ele?*

— FOI TUDO ON-LINE. É MAIS FÁCIL DO QUE VOCÊ PENSA.

Então lhe ocorreu: talvez isso tivesse mesmo a ver com a faculdade e seu futuro. Ele contara a verdade a ela — que não havia terminado de preencher nenhum formulário a tempo —, mas às outras pessoas dissera pretender "parar um ano para trabalhar e ganhar dinheiro" antes de voltar a estudar. Era mais fácil alegar isso, principalmente quando ouvia outros dizendo o mesmo. Amy estava providenciando para que aquilo fosse mesmo verdade.

— Por que tenho que trabalhar num cinema?

— PORQUE VAI FAZER VOCÊ INTERAGIR COM ESTRANHOS. TAMBÉM VAI SUPERAR SEU MEDO DE LIDAR COM DINHEIRO E COMIDA AO MESMO TEMPO. TALVEZ ATÉ FAÇA NOVOS AMIGOS.

Matthew não tinha certeza do que aquilo significava. Amy queria que ele fizesse novos amigos? Estava cansada de ser sua única amiga? Tal possibilidade o deixou triste.

— Pode me chamar de Sr. Ilson — disse o homem na entrevista de emprego. O Sr. Ilson tinha cabelos de um ruivo intenso e não parecia muito mais velho do que Matthew. — A primeira coisa que você deve saber é que controlo este navio com muita firmeza. Algumas pessoas acham que trabalhar num cinema é um emprego fácil. Você junta um pouco de pipoca, serve alguns refrigerantes e, pronto, acabou. Isso não pode estar mais longe da verdade, OK? Sim, nós só temos três salas aqui. — Misteriosamente, ele fez aspas com os dedos quando disse a palavra *três*. — Não temos o conjunto numeroso de salas de cinemas de um shopping, mas temos momentos de grande movimento nos quais as filas da lanchonete se estendem até a porta? Certamente. Existe um pouco de estresse neste emprego? Pode apostar que sim.

Enquanto falava, o Sr. Ilson tamborilava os dedos na borda da mesa. Canto direito, canto esquerdo, meio. Ele detalhou as pressões do cargo, principalmente a limpeza das salas entre as sessões.

— Acho que as pessoas pensam que nosso chão é uma lixeira gigante. É isso que você vai aprender depois de algumas semanas. *Por favor, jogue o lixo nas lixeiras junto à saída* não significa nada para essa gente. Absolutamente nada. Daria no mesmo se o aviso fosse em chinês.

Enquanto falava, continuava a batucar.

— Na maior parte do tempo estarei de olho no que você fizer *entre* os horários de grande movimento. Se tem tempo para descansar, tem tempo para limpar, certo? Você se considera uma pessoa asseada?

Matthew se assustou. Era a primeira pergunta dirigida a ele.

— Sim — respondeu. — Eu me considero.

— Ótimo, então. Chloe disse que você é bacana, e todos nós adoramos Chloe. — Ele abriu uma pasta e examinou um calendário cheio de marcações a lápis. — Que tal se você ficar com as noites de sábado e as tardes de quarta? Seu treinamento seria na sexta-feira bem cedo.

— Tudo bem — disse Matthew.

Aparentemente era isso.

Quatro dias depois, Matthew estava usando um avental emborrachado sobre uma camisa branca abotoada e aprendia a operar a pipoqueira. Embora fossem quatro horas da tarde, estava exausto. Na noite anterior, tinha passado horas acordado, preocupado com o modo como faria um trabalho que envolvia manusear manteiga e limpar superfícies gordurosas. Tirando a fritadeira do McDonald's, existia algum outro emprego que exigia lidar com mais gordura? Por que ele não dissera: "Tudo bem, Amy, vou arrumar um emprego, mas que seja na JCPenney. Eu *não* quero trabalhar perto de sujeira de comida"? Ele não disse porque sabia qual seria a resposta dela. *É justamente esse o ponto. Se você quer melhorar, não faça a escolha fácil; opte pelo caminho difícil.*

Amy às vezes conseguia se provar tão implacavelmente *certa*. Ele odiava isso às vezes. Agora, por exemplo.

Enquanto estava parado ali, morto de cansado, uma garota chamada Hannah mostrou-lhe como abastecer o reservatório já preto de óleo queimado da pipoqueira.

— É muito fácil. Uma xícara de milho, um quarto de xícara de óleo e duas colheres de sopa deste pó amarelo.

Matthew fitou o pó amarelo vivo que ela estava medindo.

— O que *é* isso?

— Quem sabe? Pó com sabor de pipoca, acho. Deixa a pipoca amarela e cheirosa.

Ele sentiu o estômago revirar.

— Vocês adicionam *aromatizante químico sabor pipoca* à pipoca de verdade?

— Eu sei. É esquisito, né? Mas preciso admitir que fica bem gostoso. — Para demonstrar, ela comeu um pouco da sobra da noite anterior, que estava armazenada em um saco de lixo. — Sim — disse ela, despejando o conteúdo velho na máquina. — A pipoqueira é limpa todas as noites, mas o que sobrou volta para ela. Talvez isso seja um pouco nojento. Sei lá.

Um pouco?, pensou Matthew, observando.

— As pessoas gastam dinheiro com comida que estava num saco de lixo?

— Eu sei, é esquisito, né? E é *muito* dinheiro. Você viu nossos preços? É por isso que coloco manteiga extra na pipoca velha.

Quando seu turno estava na metade, Matthew recebeu uma mensagem de Amy.

Amy: Como está indo? Só estou perguntando. Não estou preocupada.

Matthew: Esquisito. Decididamente um lugar esquisito.

Amy: Vc está ocupado?

Matthew: Não muito. Já ouviu falar em aromatizante sabor pipoca? Pode procurar no Google para mim?

Amy: Não. Quero dizer, poderia, mas não vou.

Matthew: Se cai na mão, não sai mais. Amarelo permanente.

Amy: Lindo!

Matthew: Preciso ir. Clientes.

No decorrer de um turno, ele aprendeu que não havia necessidade de parecer ocupado a menos que o Sr. Ilson saísse de seu escritório. Entre os horários de pico, os empregados não faziam praticamente nada exceto conversar e mandar mensagens pelo celular. Em geral havia quatro funcionários por turno — um para vender os ingressos, outro para conferi-los na entrada, dois para atender na lanchonete. Como Matthew ainda estava em treinamento, naquele primeiro dia foram cinco pessoas. Hannah era a chefe de turno, embora fosse difícil saber como ela conseguira tal honra, dada sua atitude indiferente em relação a todos os aspectos do trabalho.

— Controle dos banheiros: significa que você deve verificar se tem papel e sabonete, então pôr suas iniciais no quadro atrás da porta. Em geral, eu não verifico; só escrevo minhas iniciais. Se não tiver papel higiênico, alguém vai nos avisar, pode acreditar.

— É ruim verificar? — perguntou Matthew, parecendo um pouco tenso. Ele conseguira enfrentar bem as primeiras três horas. Faltava só uma e meia.

— Não é ruim. Você só não precisa fazer — disse ela. — O Sr. Ilson nos faria limpar a sola do sapato dele, se pudesse.

— Provavelmente vou verificar — disse Matthew. — Se isso não for um problema.

Hannah deu de ombros.

— Tanto faz.

Quando chegou sua vez no controle dos banheiros, Matthew entrou no toalete masculino. Atrás da porta havia uma tabela para escrever as iniciais, e, debaixo dela, uma lista plastificada de itens para se verificar: papel higiênico, sabonete, toalhas de papel, lixeira. E a lista terminava com três itens:

1) Limpar pias e mictórios.

2) Verificar se o piso está molhado.

3) Esvaziar lixeiras.

Limpar pias e mictórios?

Matthew sentiu o coração disparar. Agora que lera a instrução, teria que segui-la. Mas como poderia fazer isso sem entrar em contato com o xixi de um estranho através das toalhas de papel?

Ele saiu e encontrou Hannah.

— Tem luvas para limpar o banheiro? — Tinha quase certeza de que aquela não era uma pergunta maluca. As faxineiras nos hotéis sempre usavam luvas. Uma vez ele sentira vontade de roubar uma caixa de um carrinho de limpeza.

Hannah estava sentada no chão, embaixo da pipoqueira, mandando mensagens pelo celular.

— Não acredito — disse, sem levantar os olhos. — Deixa pra lá. É sério. Escreva suas iniciais e relaxe.

Matthew sentia o sangue latejar nas têmporas. Não podia deixar para lá. Coisas ruins iriam acontecer se ele fizesse isso. Ele perderia o emprego, ou pior. Alguém da sua família teria câncer. Amy morreria. Ou então ficaria com muita, muita raiva dele. Tanta raiva que deixaria de falar com ele. Matthew teria que largar os dois empregos, o cinema e Amy, caso contrário seria demitido, e todo mundo sabia que era melhor pedir demissão a ser demitido. Se ele fosse *demitido*, isso ficaria registrado em sua carteira de trabalho e o seguiria pelo resto da vida. Ser *demitido* significava que ninguém o empregaria mais tarde, quando, já adulto, tentasse um emprego de verdade em um escritório.

Matthew sentia o pânico crescendo, o suor molhando a camisa que usava sob o avental.

— Acho que devo limpar o banheiro. Só vou limpá-lo um pouco, tudo bem?

— Tudo bem — disse Hannah. — Faça o que quiser

CAPÍTULO DEZESSETE

— ENTÃO, APRENDI VÁRIOS SEGREDOS interessantes dos bastidores dos cinemas — disse Matthew na segunda-feira de manhã enquanto ele e Amy caminhavam durante o intervalo entre a primeira e a segunda aula.

— TIPO...?

— Tipo como os combos não são nada mais baratos do que a pipoca e o refrigerante comprados separadamente. Nunca me dei conta disso. Também aprendi que, no que diz respeito à pipoca, *quente* não significa o mesmo que *fresca*. E achei isso interessante: parece que não existem leis que afirmem expressamente que a cobertura de queijo para nachos tenha que conter queijo de verdade. Eu teria pensado que sim, deveria ter um *pouco*, mas não, parece que não.

Amy parou de andar e digitou:

— O QUE ACONTECEU DE FATO?

— Foi tudo bem até o fim. Eles têm um procedimento chamado controle de banheiros que me apavorou um pouco. Algumas palavras são como gatilhos, acho. Mas fiquei bem.

— NÃO, NÃO FICOU.

— Não, não fiquei. É verdade. Mas não fui demitido!

— CONTA O QUE ACONTECEU.

— Não consegui parar de limpar o banheiro. Tinha umas manchas nos mictórios. Provavelmente manchas de ferrugem, mas pareciam passíveis de sair. Então fiquei esfregando e esfregando. Por fim, chegou a hora de fechar. O gerente veio e me pediu para parar.

— QUANTO TEMPO VOCÊ FICOU LÁ DENTRO?

— Talvez uma hora... não tenho certeza.

O sinal tocou e os corredores se esvaziaram.

— E ELE NÃO DEMITIU VOCÊ?

— Não. Ainda estou na planilha de turnos.

— ELE FALOU ALGUMA COISA?

— Simplesmente disse: "Melhor deixar que outra pessoa faça o controle dos banheiros."

Recomeçaram a andar. Quando chegaram diante da sala de francês, Amy voltou a digitar.

— ELE SABIA QUE VOCÊ FICOU LÁ POR UMA HORA?

— Acho que sim.

— PARECE ESTRANHO. QUE NINGUÉM TENHA DITO NADA E NINGUÉM TENHA INTERROMPIDO VOCÊ.

Parecera um pouco estranho para Matthew, sim, mas porque ele sempre perdia a noção do tempo no meio de uma crise. Na verdade, elas sempre lhe pareciam muito breves. Ele sempre precisava de mais tempo para realizar essas tarefas. Na noite anterior, mal pôde acreditar quando finalmente saiu do banheiro e viu que todos já tinham ido embora, exceto Hannah e o Sr. Ilson, que estavam no escritório, fechando o caixa.

"Tudo pronto, Matthew?", perguntara o Sr. Ilson, observando Hannah contar uma pilha de notas de cinco.

O saguão estava escuro; as luzes em torno da lanchonete haviam sido apagadas. Matthew ficou feliz por não poderem ver o quanto ele havia suado esfregando os mictórios. Ele assentiu.

"Até quarta, então. Você fez um bom trabalho hoje."

— O gerente disse que fiz um bom trabalho.

Amy inclinou a cabeça.

— ISSO PARECE MESMO ESTRANHO. É ÓBVIO QUE NÃO FEZ, SE PASSOU UMA HORA NO BANHEIRO. ESSA NÃO ERA SUA FUNÇÃO.

Por que ela estava *dizendo* isso? Será que não podia pegar leve? O Sr. Ilson obviamente pegara. E Hannah também não dissera nada. Ele se saíra *bem*. Passara uma noite com pessoas desconhecidas, fazendo um trabalho que envolvia comida, gordura e dinheiro entregue por desconhecidos que provavelmente não tinham lavado as mãos antes de abrir a carteira. Levando-se o cenário todo em consideração, foi tudo dentro do esperado.

Na manhã seguinte, Amy não perdeu tempo e disse a Matthew, sem rodeios, o que havia descoberto:

— CHLOE RECEBEU UMA MENSAGEM DE HANNAH. QUER SABER O QUE ELA DISSE?

— Não.

— ELA DISSE NESTAS EXATAS PALAVRAS: "SEU AMIGO TEM A MESMA COISA QUE O SR. ILSON." PARECE QUE ELE FAZ VÁRIAS COISAS, TIPO PEDIR AOS FUNCIONÁRIOS PARA CONTAR O DINHEIRO PARA NÃO TER QUE ENCOSTAR NELE. ELE ACHA QUE NINGUÉM PERCEBE, MAS ELES PERCEBEM TUDO. NÃO SE PREOCUPE, EU NÃO CONTEI A CHLOE SOBRE VOCÊ. QUANDO ELA ME MOSTROU A MENSAGEM, EU DISSE: "NÃO, MATTHEW NÃO TEM ISSO." MAS ISSO É ÓTIMO, NÃO É?

— Por que é ótimo?

— PORQUE ELE NÃO VAI TE DEMITIR! TALVEZ VOCÊ POSSA ATÉ CONVERSAR COM ELE!

— Mas todo mundo odeia o Sr. Ilson. Ele é um gerente horrível. Tem um milhão de regras, e ninguém faz nada além de zombar dele pelas costas.

— AH.

— Isso faz com que eu me sinta cem vezes pior. Tipo agora eu sei como as pessoas falam de mim pelas costas.

— NINGUÉM FALA DE VOCÊ PELAS COSTAS.

— Você e Chloe acabaram de fazer isso. Assim como Hannah e Chloe. — Ele baixou os olhos para a comida, agora totalmente sem apetite. — Acho que não posso mais voltar lá.

— É CLARO QUE PODE! — Amy aumentou o volume do Pathway para fazer parecer que estava gritando. — NÃO FAÇA ISSO!

— Acho que vou ter que pedir demissão.

— NÃO VOU DEIXAR VOCÊ FAZER ISSO.

— Você não manda em mim, Amy.

— NÃO, MAS TENHO MAIS CAPACIDADE DE JULGAMENTO DO QUE VOCÊ.

— Posso me demitir deste emprego com você também, sabe. — Só de dizer aquilo, o coração de Matthew disparou. O que faria se não tivesse a expectativa de passar seus dias com Amy? Ele não conseguia nem imaginar isso. Por que fizera uma ameaça que só servia para magoar a si mesmo?

Amy baixou o volume do Pathway.

— ESPERO QUE VOCÊ NÃO DESISTA DE TRABALHAR COMIGO — sussurrou ela. — DESCULPE, MATTHEW. NÃO VOU FICAR DANDO ORDENS A VOCÊ.

Durante o restante do dia, ela não lhe deu nenhuma tarefa e não mencionou mais nada sobre o cinema. À tarde, pouco antes de Nicole encostar o carro para buscá-la, Amy disse:

— POR FAVOR, NÃO SE DEMITA DESTE TRABALHO.

Ele não disse nada até ter guardado o andador no carro e aberto a porta para Amy:

— Provavelmente não vou — falou, e sorriu.

CAPÍTULO DEZOITO

À MEDIDA QUE O MÊS úmido e cinzento de fevereiro foi se aquecendo e se transformando em março, Amy foi notando mais mudanças em Matthew. Pequenas a princípio, mas gradualmente começaram a parecer mais significativas. Ele estava mais solto. À noite, no messenger, as conversas eram mais divertidas. Na escola, ele se mostrava menos preocupado, embora ainda parecesse visivelmente tenso. Se ambos se tocavam acidentalmente — o que acontecia o tempo todo, ao abrir portas e tirar os livros dela da mochila —, ele se encolhia e enrubescia.

— Desculpa — dizia. — Não sei por que isso aconteceu.

Quanto mais consciente disso Amy ficava, mais a situação ocorria. Em determinados dias ela ficava obcecada por alguma parte do corpo dele — a mão ou o joelho —, então ficava olhando fixamente, até que sua mão instável e incontrolável se estendia e o tocava. Ela costumava pensar que o corpo dele comunicava sentimentos cuja existência o cérebro ainda não havia reconhecido. Agora ela se perguntava se o seu estaria fazendo o mesmo, tentando dizer: *Olhe para mim. Você algum dia cogitaria ser mais do que um amigo?* Talvez seu corpo estivesse certo em fazer isso, pois como ela seria capaz de digitar tal pergunta e dizê-la alto e bom som? Além do mais, era empolgante vê-lo enrubescer e baixar os olhos, confuso. Um dia, ela tocou seu cotovelo e Matthew levou a mão ao local, como tivesse levado um choque elétrico. Para ela, era um gesto sutil que dizia: *Ele sente a mesma coisa que eu. Ele percebe essas colisões.*

Havia outras coisas que Amy notava: ele enrubescia e gaguejava com mais frequência quando ela digitava e deletava nervosamente coisas que não tinha certeza se devia dizer. Ela queria dizer alguma coisa definitiva, mas ao mesmo tempo não queria assustá-lo. Não tinha experiência, mas de uma coisa sabia: era preciso ter cautela. Não podia gritar "EU GOSTO DE VOCÊ DE VERDADE, MATTHEW!" todas as vezes que o impulso cruzava sua mente. Também não podia chamar atenção para o fato de a mão dele geralmente pousar em suas costas por mais tempo do que o estritamente necessário quando ele a ajudava a se levantar depois do almoço.

Como parte de sua descontração gradual, Matthew começou a contar mais histórias, principalmente da época anterior ao TOC. Um dia Amy perguntou se ele já tinha ido a alguma dessas festinhas com meninos e meninas nas quais aconteciam brincadeiras envolvendo beijos. Matthew enrubesceu e assentiu.

— Tenho certeza de que a coisa toda foi uma pegadinha — disse ele. Eles estavam em um encontro do anuário, embora agora já não fingissem trabalhar mais. Simplesmente ficavam sentados conversando. — Porque toda hora a garrafa apontava para mim.

Ela adorava o sorrisinho torto dele.

— E O QUE VOCÊ FAZIA A CADA VEZ?

Ele riu e cobriu o rosto com as mãos.

— Ficava lá, sentado, esperando que a pessoa me beijasse.

— ALGUÉM BEIJOU? — Ela tentou imaginar a cena e não conseguiu.

— Sim.

— E AÍ?

— E aí nada. Depois era a vez da pessoa seguinte e giravam a garrafa de novo.

— NINGUÉM RIA DE VOCÊ?

— Não.

— ENTÃO NÃO FOI UMA PEGADINHA. TODAS ELAS QUERIAM BEIJAR VOCÊ.

— Duvido. É mais provável que fosse culpa de uma dobra no tapete.

Matthew contou que chegara a beijar sete garotas numa noite, mas não tinha certeza do número exato, o que não combinava nem um pouco com o estilo dele. Mesmo em suas fases boas, quando não estava preocupado em negociar com seu cérebro, Matthew não teria perdido a conta de algo como beijos. Quando Amy observou: "VOCÊ CONTA TUDO, MATTHEW. COMO PODE NÃO TER CONTADO SEUS BEIJOS?", ele respondeu: "Não lembro. Só isso".

Ela ficou se perguntando se isso seria um bom sinal. Talvez significasse que ele tinha capacidade de se libertar de todas as suas compulsões quando a situação fosse favorável. Ele ficou lá e deixou que sete garotas o beijassem, sem ir ao banheiro, sem lavar as mãos ou esterilizar a boca entre uma e outra. Mais tarde, quando Amy insistiu, Matthew disse o nome de cinco das garotas que o beijaram naquela noite, e até admitiu uma quedinha por uma delas, Katie Morse. Isso tudo significava que ele *tinha* beijado uma garota. Algumas, na verdade. Era possível.

Amy procurou mais sinais, o que era difícil, pois ele nunca estava em seus piores momentos de crise nos dias com ela.

— Com você, meu cérebro me dá uma folga — revelou ele um dia. — Não sei por quê.

Ela teve vontade de dizer: *Talvez seu cérebro esteja tentando lhe dizer alguma coisa*, mas ficou quieta porque precisava manter a cautela.

* * *

— Finalmente — disse ele um dia ao encontrar Amy descendo do carro da mãe, em frente à escola. Devido a um fim de semana prolongado, eles já estavam havia seis dias sem se encontrar. — Pensei que esse dia nunca mais fosse chegar.

Ela sabia o que ele queria dizer, porque sentia a mesma coisa depois de algum tempo sem vê-lo. Mesmo assim, perguntou: "POR QUÊ?", e ele pareceu confuso. Depois de dizer algo tão doce — *Mal pude esperar para vê-la novamente! A vida é mais difícil quando eu não passo os intervalos das aulas com você!* —, ele se retraiu como uma tartaruga em sua carapaça.

— Por nada. Não sei por que eu disse isso.

Ultimamente momentos assim vinham acontecendo com mais frequência. Amy tinha a sensação de que alguma coisa estava mudando entre eles. Ele comentava sobre seu cabelo, falava o quanto era bonito, ou elogiava o colar que ela usava, mas logo depois ficava constrangido a ponto de tentar se explicar: "Ele deixa seu pescoço bonito."

No primeiro dia quente de março, eles lancharam em uma mesa onde alguém havia deixado um exemplar da revista *Glamour* aberto. Amy pôs o punho fechado sobre uma foto de página dupla de um editorial de moda primavera.

- QUE TAL EU FICARIA DE MINISSAIA XADREZ PREGUEADA?

Matthew olhou para a foto.

— Ah, por favor, você é muito mais bonita do que *ela.*

— NÃO, NÃO SOU.

Ele analisou a foto novamente. Não parecia haver dúvida em sua mente.

— Você é, sim. Parece que os olhos dela ficam na lateral da cabeça.

Amy não conseguia acreditar no que ele estava dizendo. Ele achava aquilo *mesmo*? Ela apontou para outra foto.

— E ELA?

Ele deu de ombros.

— Ela é OK.

— MAIS BONITA DO QUE EU? — Por que Amy estava fazendo aquilo? Ela baixou o volume do Pathway para que ninguém mais pudesse ouvir.

— Diferente. Não é o meu tipo.

— QUAL É O SEU TIPO?

— Não gosto de garotas que usam muita maquiagem. Ou que deixam a alça do sutiã aparecendo. Não consigo entender. Por que algumas garotas fazem isso?

Recentemente houvera uma mudança na política de vestuário da escola que tratava justamente dessa questão, pois o tempo mais quente significava blusas de alcinhas, tops e sutiãs visíveis por toda parte.

— VOCÊ NÃO GOSTA DE VER A LINGERIE DE UMA MULHER?

— Não na aula de cálculo. Tampouco na hora do almoço. — Ele sorriu, como se tivesse noção de que soava afetado. — A maioria dos garotos não se interessa por modelos. São as garotas que acham elas lindas. Os garotos olham para aquilo e não veem nada. Não estamos interessados nisso.

— EM QUÊ VOCÊS ESTÃO INTERESSADOS?

Matthew se inclinou sobre a mesa e sussurrou:

— Na alma delas, é claro. — Ele abriu um sorriso e Amy gargalhou. A conversa toda a deixou tão feliz que ela se esqueceu de fechar a boca, e a baba escorreu e pingou em sua blusa. Ela se encolheu ao senti-la e seu braço ruim moveu-se num espasmo.

— Opa — disse ele, limpando o queixo dela.

* * *

Naquele dia Amy levou a revista para casa. Até arrancou a página da foto e a prendeu na moldura do espelho de corpo inteiro para que pudesse avaliá-la e se comparar. Durante um longo tempo, ficou parada ali, com o andador um pouco afastado para o lado e a cabeça posicionada na mesma posição da modelo. Seu cabelo era mais bonito. Seu braço bom era bom. Todo o resto, nem tanto. Ela não conseguia estender o braço ruim, não era capaz de afrouxar o punho ou de relaxar os tendões proeminentes devido ao esforço para manter a cabeça erguida. Tampouco podia fazer aquilo que mais a ajudaria: suavizar o rosto de modo que ele ficasse brando e capaz de demonstrar as expressões que outras pessoas exibiam tão naturalmente. Seu rosto tinha apenas umas poucas opções: sobrancelhas erguidas (para surpresa e alegria); a boca moldada num *O* (para preocupação e concentração); e a boca escancarada que se aplicava a tudo o mais. Ela não contava com nenhum sorriso de aprovação, nem com uma testa suavemente franzida para reprovação; nada que fosse sutil. Em todas as fotografias, exibia uma das três expressões. A única exceção era quando ela era fotografada dormindo, quando então seu rosto se suavizava como se simplesmente não existisse paralisia cerebral. Por que isso era possível no sono mas impossível quando estava desperta? Amy não sabia dizer. Assim como não sabia dizer por que seus pais continuavam a comprar grandes lotes de suas fotos escolares, como um lembrete anual de sua incapacidade de sorrir.

Ela não era mais bonita que a modelo da foto: qualquer um podia ver isso. Mas aquela conversa abriu uma nova possibilidade: *Matthew via o mundo de maneira diferente*. Ele não gostava de garotas maquiadas porque tinha medo de tocar qualquer coisa que pudesse grudar em suas mãos. Não gostava de sutiãs aparecendo porque isso ia contra as regras. Ele não poderia ficar com uma daquelas garotas. *Mas talvez*, Amy começou a pensar, *ele pudesse ficar comigo*.

Na segunda-feira após a conversa sobre a revista, Matthew a recebeu com um trevo de quatro folhas e o pousou cuidadosamente em seu computador.

— VOCÊ ESTÁ ME DANDO ISTO? — digitou ela.

— Sim. — Quando ela lhe perguntou o porquê, ele disse: — Porque você acredita em sinais otimistas. É melhor ficar com você.

O gesto era um sinal? Ela não tinha certeza. Mas esperava que sim.

Cerca de um mês depois de começar a trabalhar no cinema, Matthew tornou a surpreendê-la.

— Posso perguntar uma coisa?

Amy o fitou, semicerrando os olhos.

— CLARO.

— Você pensa no baile de fim de ano?

— COMO ASSIM?

— Você sabe. Em ir.

O coração dela disparou. Ela não podia supor que aquele fosse o jeito dele de convidá-la. Ele poderia estar apenas querendo um conselho sobre convidar outra pessoa.

Então ela disse a verdade.

— NÃO. VOCÊ PENSA?

A expressão dele mudou.

— Não. Quero dizer, não de verdade. Foi uma bobagem.

A conversa terminou tão rapidamente quanto começou, mas Amy não conseguiu tirá-la da cabeça. Fazia semanas que vinha fazendo piadas sobre o baile com todos os seus colegas auxiliares. Este ano, o tema era "What a feeling!"

— QUE DECORAÇÃO SE FAZ PARA UM TEMA DESSES? — perguntou Amy a todos eles. — O QUE SE VESTE?

Segundo Sarah, que fora a umas dessas festas dois anos antes, o baile de fim de ano era famoso por ser uma decepção superfaturada, na qual a maioria das pessoas não se divertia nem um pouco. Também era famoso por ser incrivelmente rigoroso em relação a álcool e drogas.

No dia seguinte, durante o almoço, Amy conversou com Sarah sobre o baile.

— Como ninguém nunca conseguiu entrar com qualquer tipo de bebida alcoólica no evento, todos fazem uma grande questão de tentar — contou Sarah a ela. — As garotas enfiam garrafinhas nos sutiãs, os garotos as escondem no forro do blazer. Mas todos são sempre pegos. É uma coisa idiota.

— ENTÃO VOCÊ VAI? — perguntou Amy. Ultimamente vinha ficando mais difícil decifrar Sarah. De repente ela havia passado a usar maquiagem na escola e a se vestir com roupas novas, mais justas. Estava igualzinha a todas as outras garotas, correndo os olhos pelo refeitório à espera de algum acontecimento. Amy gostaria de poder simplesmente perguntar: *Você está a fim de alguém daqui?* Mas não podia. Depois daquela conversa sobre o antigo namorado, o de 23 anos, Sarah nunca mais mencionara sua vida amorosa.

— Duvido — disse Sarah. — Não creio que ninguém vá me convidar este ano.

Mas *havia* alguém; Amy conseguia notar.

— COM QUEM VOCÊ QUER IR?

Sarah enrubesceu.

— É bobagem. Você riria se eu dissesse.

— NÃO, NÃO RIRIA. — Amy sentiu seu lado direito ficar tenso com um medo novo. *E se for Matthew? E se Sarah tiver concluído naquele almoço que gosta dele?* — EU O CONHEÇO?

— Sim. — Sarah debruçou-se sobre a mesa. Ela sorriu, como se fosse falar, então mudou de ideia e balançou a cabeça. — Não posso explicar. Não faz nenhum *sentido*...

Amy já podia sentir seu coração se partindo.

Sarah prosseguiu:

— Ele não é alguém com quem eu teria me imaginado, mas começamos a conversar mais. Saímos uma vez, e não consigo evitar: simplesmente não paro de *pensar* nele.

Era Matthew. Tinha que ser. Se Amy gostava dele de fato, teria de deixá-lo livre para Sarah. E se ela fosse o par dele no baile de fim de ano, Matthew veria o que Amy vinha tentando fazê-lo enxergar durante o ano inteiro: que ele era maravilhoso, meigo, bonito e desejável. Com Sarah, ele *sentiria* isso. Com Amy, não tanto.

— VOCÊ DEVE CONVIDÁ-LO PARA O BAILE. ELE QUER IR. NÃO ESPERE QUE ELE A CONVIDE.

— Não faço a menor ideia do que ele diria. É sério: absolutamente nenhuma ideia. Ele pode dizer "ótimo", mas pode dizer que prefere ir com outra pessoa. Olhe só para mim... eu nunca fico assim por causa de um garoto. Eu me *odeio*. — Era verdade. Amy nunca vira Sarah daquele jeito. Suas bochechas pareciam afogueadas, como se fosse começar a rir ou chorar; ela não sabia bem qual das opções. — Eu só queria que ele não fosse tão obcecado com essas *líderes de torcida* estúpidas.

Amy ergueu o olhar. *Ela disse mesmo* líderes de torcida?

— É *SANJAY*? VOCÊ GOSTA DE SANJAY?

Havia lágrimas nos olhos de Sarah.

— É tão idiota, não é? Não consigo *evitar*. Ele me faz rir e é *tããão* bonito. As pessoas nem mesmo enxergam isso porque ele é indiano ou sei-lá-o-quê, mas me desculpe, ele é, *sim*.

— EU ENXERGO.

— Mesmo?

— É CLARO. ELE É BONITO. ELE IRIA AO BAILE COM VOCÊ. SERIA LOUCO SE NÃO FOSSE.

— Você acha isso mesmo? — Sarah sorriu enquanto uma lágrima escorria. — Eu jurei que não ia contar nada disso para você.

— POR QUE NÃO?

— Não queria que achasse que me candidatei a esse emprego para conhecer garotos.

Amy mal conseguia conter seu alívio.

— EU NÃO ACHO ISSO. — Mesmo enquanto digitava, porém, seu coração martelava com um novo pensamento. Talvez essa não fosse uma ideia tão improvável: que seus auxiliares tivessem se candidatado ao emprego em busca de algo além de amizade. Talvez Matthew *tivesse* mesmo desejado convidá-la para o baile. — TENHO UMA IDEIA — disse Amy a Sarah. — EU TE DESAFIO A CONVIDAR SANJAY. SE FIZER ISSO, TAMBÉM CONVIDO ALGUÉM.

Sarah pareceu surpresa.

— Quem?

— EU TE CONTO QUEM É SE CONVENCER SANJAY A ACEITAR SEU CONVITE.

Naquela noite, as duas ficaram acordadas até tarde, conversando na internet durante mais de uma hora sobre seus planos. ("Acho que vou convidar como se estivesse fazendo uma brincadeira", escreveu Sarah. "Ou então vou dizer a ele que você sugeriu.")

"FAÇA ISSO", digitou Amy em resposta. "DIGA A ELE QUE ACHO QUE VOCÊS FORMARIAM UM CASAL FOFO."

Amy nunca tivera uma amiga. Era maravilhoso. Ela gostava de ver Sarah tão agitada e tensa. Fazia com que se sentisse menos sozinha, sofrendo por causa de Matthew.

Três dias depois, a caminho da escola, Amy recebeu uma mensagem de Sarah:

Eu convidei! Ele aceitou. Sua vez agora.

"SEI LÁ", respondeu Amy.

Vc tem de falar tb. Vc prometeu. É só convidar.

Quinta-feira não era dia de Matthew, mas Amy o viu aquela tarde, na preparação do anuário. Ele a encontrou na saída da última aula, com a mão já estendida para pegar a mochila dela no andador e pendurá-la no próprio ombro.

— Pronta para continuar nosso trabalho inspirador sobre o *grifo*? — perguntou ele.

Em vez de andar, Amy sentou-se em um dos bancos diante da enfermaria.

— TENHO QUE TE PERGUNTAR UMA COISA.

— Tá bom. — Matthew sentou-se ao lado dela.

— VOCÊ MENCIONOU O BAILE DE FIM DE ANO NO OUTRO DIA PORQUE GOSTARIA DE IR?

— Talvez. Por quê?

— PORQUE ESTOU ME PERGUNTANDO QUEM VOCÊ IRIA CONVIDAR. EU ME PERGUNTO SE SERIA EU.

Ele corou e desviou o olhar.

— Eu estava pensando nisso, mas mudei de ideia agora.

— POR QUÊ?

— Porque, como você está sempre ressaltando, esse baile é uma piada. Eles escolheram um tema horrível. Não tem como fazer uma decoração ou se vestir para um tema desses. Não sei quem é o responsável...

— EU QUERO IR. — Ela lhe lançou um olhar furtivo e viu que agora ele estava sorrindo.

— *Quer?*

— SIM. MESMO GAROTAS INTELIGENTES COMO EU GOSTAM DE COISAS IDIOTAS COMO UM BAILE DE FIM DE ANO. EU QUERO IR.

— Então tá. Vamos. — Agora ele estava sorrindo abertamente.

— MAS SE VOCÊ PREFERIR CONVIDAR OUTRA GAROTA, TUDO BEM. NÃO QUERO QUE VOCÊ SE SINTA OBRIGADO A ME LEVAR, COMO SE FOSSE UMA DE SUAS TAREFAS.

— Tá bom.

— TÁ BOM O QUÊ? VOCÊ QUER CONVIDAR OUTRA GAROTA?

— Não. Eu queria convidar você. Agora já convidei. Mais ou menos. Exceto pelo fato de que foi você quem me convidou, mas tudo bem. Chegamos ao mesmo lugar.

— QUE LUGAR É ESSE? — Amy estava um pouco tonta e enjoada, tão tensa quanto Matthew pareceu estar durante o auge de seu ataque de pânico no ano anterior. A garganta dela estava seca, a testa úmida.

Ela não conseguia entender como ele estava tão calmo. Até se inclinou para sussurrar em seu ouvido.

— O lugar no qual nos sentamos e nos matamos de tédio falando sobre o que vestir.

Eles resolveram faltar o tempo de preparação do anuário. Estava um dia lindo e ensolarado. Já que iriam ao baile de fim de ano, disse Matthew, então deviam começar a ganhar um bronzeado. Encontraram um trecho de grama, e ele ajudou Amy a se sentar e se esticar no chão. Ela deitou-se sobre o lado ruim, de modo que ele ficasse menos óbvio.

— De uma coisa eu sei: um smoking vai me deixar desbotado. Temos que começar a pensar nas fotos. Vamos parecer fantasmas, se não tomarmos cuidado.

— ENTÃO... O QUE *VAMOS* VESTIR?

— Engraçado você perguntar — disse ele —, porque eu já sei. Meu pai deixou lá em casa um smoking com fraque que me serve perfeitamente. Mas devo avisar: eu fico estranhamente bem nele.

Amy estava começando a se sentir melhor. Então riu, uma de suas estranhas risadas que lembravam um latido.

— COMO É ESSE SEU FRAQUE?

Matthew se deitou ao lado dela e fechou os olhos.

— Você vai ter que esperar para ver.

— O QUE EU DEVO USAR SE QUISER TRANSMITIR UMA IDEIA DE REPROVAÇÃO IRÔNICA EM RELAÇÃO A ESSE EVENTO? — Essas piadinhas eram um pouco demoradas de se digitar. *Transmitir* e *reprovação* não constavam no programa de previsão de palavras.

— Você pode tentar um saco de lixo.

Ela tornou a rir.

— COM BURACOS?

— Ou não. Talvez você pudesse usar uma daquelas camisetas com estampa imitando smoking. Isso provavelmente me faria parecer um bobo, mas não ligo.

— VOCÊ QUER QUE EU USE UM VESTIDO, NÃO QUER? QUER VER COMO SÃO MINHAS PERNAS FINAS.

— Eu sei como são suas pernas finas, Aim. — Ele sabia. Estávamos em maio, e o tempo tinha esquentado o bastante para que todos começassem a ir para a escola de short.

Ela rolou, ficando de bruços a fim de lhe fazer uma pergunta séria.

— E SE FOR PRESSÃO DEMAIS E VOCÊ FICAR TODO TENSO E ESTRANHO?

Matthew abriu um olho e a fitou.

— Vou tentar não ficar.

Eles precisavam discutir isso com antecedência. Poderia ser um desastre se alguma coisa acontecesse e eles não houvessem conversado.

— E SE EU TERMINAR SENTADA SOZINHA NUM CANTO ENQUANTO VOCÊ PASSA UMA HORA NO BANHEIRO TENTANDO TOMAR BANHO NA PIA?

— Tem uns comprimidos que eu tomo. Prescritos por um médico. Demoraram a fazer efeito, mas agora vejo que me ajudam a relaxar.

Amy não conseguia acreditar no que ele estava dizendo.

— VOCÊ ESTÁ SE CONSULTANDO COM UM MÉDICO DE VERDADE?

Matthew sorriu e ficou de bruços também. Por um segundo ela pensou que ele fosse segurar sua mão. Em vez disso, ele limpou a grama grudada em seu ombro.

— Faz quase seis semanas agora. Você estava mesmo certa. Medicação ajuda.

Depois disso, uma coisa estranha aconteceu: Amy não conseguia evitar que suas expectativas crescessem. Ela se imaginou transformada e linda, como Molly Ringwald em *A garota de rosa-shocking*, com o vestido feito em casa e misteriosas botas de cadarço. Ela visualizou o cabelo em um coque com cachos soltos. Em seus devaneios, seu rosto no baile era como aquele que ela só exibia quando estava dormindo: descontraído e relaxado. Imaginou um fotógrafo pedindo que sorrisse e, pela primeira vez, ela conseguindo fazer isso.

CAPÍTULO DEZENOVE

MATTHEW TIVERA A IDEIA de convidar Amy para o baile de formatura havia poucas semanas, antes de sentir qualquer mudança com a medicação. A ideia lhe ocorreu na primeira vez que os ingressos para o baile foram mencionados nos anúncios da sala de orientação e ele viu os garotos à sua volta cutucando uns aos outros e revirando os olhos. Viu as garotas mais tímidas baixando os olhos de forma tensa. Pela primeira vez em anos, em vez de pensar em si, pensou nelas e se perguntou: *Será que todas as garotas secretamente desejam ir a esse baile?*

Naquela noite ele perguntou à mãe sobre suas lembranças do baile de formatura e ela sorriu enquanto se servia mais um pouco de vinho.

— Ah, nossa, eu *amei* meu baile de formatura. Nem acreditei quando Jacob Lister me convidou. Eu gostava dele fazia anos e nunca tinha entendido por que ele não namorava ninguém. Então no baile ele me confessou que provavelmente era gay, o que foi triste por um lado, mas também nos aproximou. E eu me diverti muito.

— Todas as garotas esperam que alguém as convide?

— Não sei se isso mudou — disse ela. — Mas, no meu tempo, com certeza. Muitas fingiam não ligar, mas teriam ido se alguém as convidasse.

Se isso é verdade, pensou Matthew, *Amy tem de ser* convidada. Mas só de cogitar a ideia seu estômago se revirava de nervosismo. Quando, alguns dias depois, ele contou seus planos à mãe, ela lhe disse que era uma boa ideia, mas que ele não devia fazer isso se fosse por pena de Amy.

— Não, não seria por isso. Acho que ela é minha melhor amiga. E isso é algo que os amigos fazem um pelo outro, não é?

Sua mãe não pareceu muito segura.

— Talvez. Não sei.

— Não foi isso que Jacob Lister fez por você?

— Suponho que sim. Apesar de que, se dependesse de mim, teríamos namorado.

Essa conversa acontecera há duas semanas. Desde a tarde que Matthew e Amy passaram deitados no gramado, ele se surpreendera com o quanto estava se divertindo com os preparativos. No dia seguinte, Amy disse que tinha começado uma dieta especial para ganhar peso e estar com peitos maiores no baile.

— NÃO SEI SE VAI FUNCIONAR, MAS NÃO CUSTA TENTAR, NÃO É?

— Não há nada de errado com seus peitos — sussurrou ele, corando. A medicação ajudava, mas não fazia milagres. Alguns assuntos ainda eram muito constrangedores para serem abordados sem rubor.

Uma semana antes do baile, Amy contou que havia comprado o vestido com o pai, não com a mãe.

— MINHA MÃE NÃO GOSTA DE FAZER COMPRAS. ALÉM DISSO, ACHO QUE ELA NÃO É MUITO A FAVOR DESSA HISTÓRIA DE BAILE.

O estômago de Matthew tornou a se contrair.

— Por que não?

Amy não parecia achar aquela questão importante.

— NENHUM MOTIVO EM ESPECIAL. É SÓ... VOCÊ SABE. ESSE BAILE É UM CLICHÊ. QUER SABER DO MEU VESTIDO?

— Quero.

— NÃO VOU TE CONTAR... OK, VOU CONTAR SÓ ISSO: NÃO É TYE-DYE. PENSEI NISSO, MAS ACHEI MELHOR NÃO.

— Saltos?

— NADA DE SALTO. SENSATAS SAPATILHAS ORTOPÉDICAS. BEGE.

— É mesmo?

— NÃO. MAS NÃO VOU CONTAR. NÃO QUERO ESTRAGAR A SURPRESA.

Falaram sobre o corsage. ("NÃO SEI SE QUERO UMA FLOR TANTO QUANTO QUERO UM BROCHE COM DIZERES ENGRAÇADOS. ESTOU PEDINDO MUITO?") Falaram sobre a flor na lapela. ("Estou pensando numa rosa amarela", disse ele. "Ou um broche que espirra água nas pessoas. Qualquer um dos dois.") A essa altura, eles haviam feito tantas piadas sobre o baile que Matthew começou a se preocupar que a noite propriamente dita pudesse arruinar os momentos felizes construídos em expectativa. Com tantos aspectos desconhecidos — dirigir, estacionar, dançar — quem sabe o que poderia acontecer?

Por insistência de Amy, eles descartaram o jantar antes do baile.

— JÁ VAI SER COMPLICADO O BASTANTE — disse ela. — NÃO VAMOS BOTAR COMIDA NA HISTÓRIA.

De fato, era complicado. Além de ser a primeira vez em dez anos que Matthew sairia de casa usando roupas desconforavelmente formais, também seria a primeira vez que ele dirigiria com outra pessoa que não sua mãe no banco do carona. Ele tinha sido aprovado no teste de direção (por uma mínima margem de dois pontos), o que significava que ele não era um *péssimo* motorista, apenas um pessimamente cauteloso. Ele se sentia mais seguro dirigindo quinze quilômetros abaixo do limite de velocidade, e reagia exageradamente a qualquer movimento em sua visão periférica. Durante a prova de habilitação, perdera pontos por desviar de pedestres que estavam a uma distância segura. Uma semana antes, advertira Amy:

— O trajeto pode ser um tanto cheio de solavancos quando estou ao volante.

— QUAL É NOSSA OPÇÃO? — disse ela. — UMA LIMUSINE POR TREZENTOS DÓLARES OU SUA MÃE NOS LEVAR? FICO COM OS SOLAVANCOS. NÃO VOU ME IMPORTAR, PROMETO.

Naquele momento, Matthew sentiu-se grato, mas agora, seguindo para a casa de Amy, ele se perguntou se não deveria ter gastado suas economias na limusine. Havia se esquecido do maior problema de dirigir à noite: faróis vindo *em sua direção*.

Ele chegou às sete na casa de Amy, onde foi recebido à porta pelo pai dela. Matthew só tinha o visto uma vez. Era um homem surpreendentemente pequeno — mais baixo do que Matthew — com uma expressão severa que Amy dizia ser pura fachada. "ELE FAZ PRATICAMENTE TUDO QUE MINHA MÃE MANDA", confessou ela certa vez. "ÀS VEZES FICO COM PENA DELE."

— Max Van Dorn — apresentou-se, estendendo a mão. — Você deve ser Matthew.

À luz fraca da varanda, sua mão parecia gordurosa, como se tivesse acabado de tirá-la de um saco de batatas fritas.

Não posso tocar nessa mão, pensou Matthew. *Se fizer isso, vou ficar me lavando a noite toda.*

— Melhor não — disse Matthew, tocando seu smoking.

— Certo, claro. Entre. — Ele deu um passo para o lado e deixou que Matthew entrasse no vestíbulo, onde ficaram muito perto um do outro. — Olha, é melhor eu dizer logo: Nicole está um tanto ansiosa em relação a esta noite. Tenho certeza de que vai dar tudo certo, mas qualquer coisa que não tenha começado como ideia dela, bem... a deixa nervosa.

Então somos dois, pensou Matthew.

— Tudo bem — respondeu ele.

— Ela fica dizendo que Amy não deveria ficar fora até tarde, que às vezes, quando está cansada, perde o controle muscular, mas eu digo: ei, é o baile de formatura, certo? Você vai estipular um horário para voltar para casa na noite do baile?

Em situações assim, a medicação não deixava Matthew menos nervoso. Ela não só o deixava nervoso como provocava efeitos colaterais, como boca seca e tremor ocular. Nesse momento, ele tentava engolir saliva, sem sucesso. Tentou imaginar o que o pai de Amy estava querendo dizer de fato. *Amy perdia o controle muscular?*

— Por mim vocês podem voltar a hora que quiserem. Não estou preocupado com toque de recolher. Eu disse a Nicole: "Esse garoto conhece Amy. Ele sabe de suas pequenas peculiaridades." Ainda assim, ela acha que você deveria ter uma lista de instruções e telefones de emergência. Eu falei para ela: "Isso é um baile escolar, querida. Não um procedimento médico."

Por que ele falou em *procedimento médico*? Uma imagem cruzou a mente de Matthew: ele operando Amy, debruçado sobre seu tórax aberto, sem saber o que fazer. Por fim, conseguiu acabar com o próprio silêncio:

— OK. Instruções são OK.

O Sr. Van Dorn riu, então se inclinou e sussurrou:

— Bem, isso é bom, porque você vai recebê-las.

Seu hálito cheirava a hortelã, como se ele estivesse tentando encobrir algum outro cheiro. Álcool, talvez. Ou a doença que havia acabado de transmitir para Matthew ao se aproximar o suficiente para respirar em cima dele todo.

— Amy está pronta? Porque provavelmente está na hora de irmos.

— Sim, sim, é claro! Apenas uns poucos ajustes finais e então só vamos precisar de uma hora para tirar algumas fotos. Depois vocês estarão livres.

Aparentemente aquilo foi uma piada também, porque eles não tiraram nenhuma foto. Quando Amy finalmente surgiu do quarto, com Nicole atrás dela, ficou claro que elas haviam discutido. O rosto de Amy estava vermelho vivo, assim como os olhos de Nicole. Ambas tinham as bochechas úmidas. Nos terríveis e constrangedores momentos que se seguiram, Matthew não conseguia pensar em outra coisa que não sair dali o mais depressa possível.

No carro, Amy ficou sentada por um minuto inteiro sem falar. Por fim, ela digitou:

— VOCÊ ESTÁ BONITO.

— Obrigado — disse ele, ligando o carro e acionando a seta, embora ainda não tivesse nem saído da entrada da garagem. Então verificou os retrovisores e olhou a rua.

— QUER DIZER ALGUMA COISA SOBRE MINHA APARÊNCIA?

— Eu já disse, não?

— NÃO.

Um carro passou por eles, interrompendo a verificação. Ele recomeçou.

— Desculpe, Aim. Você também está bonita. Queria não estar dirigindo. Preciso me concentrar.

— SERÁ QUE ESSA FOI UMA IDEIA HORRÍVEL, MATTHEW?

— Não. Como assim?

— TENHO A SENSAÇÃO DE QUE A NOITE INTEIRA PODE SER UM DESASTRE.

Por um momento ele ficou aliviado só de ouvi-la dizer aquilo. Era por isso que ele amava Amy, se é que a palavra *amor* podia ser aplicada a alguém que ele temia tocar e para quem às vezes nem gostava de olhar. Ele desligou o carro.

— Talvez você tenha razão. Quer voltar?

A folha com as instruções de Nicole estava dobrada em seu bolso. Provavelmente ele teria que passar a primeira hora da noite lendo a lista inteira. Sob tal perspectiva — mais a de dirigir o carro que agora parecia um tanque gigante —, levar Amy de volta e considerar a noite encerrada não parecia uma ideia tão ruim assim.

— DE JEITO NENHUM. PASSEI UMA HORA ESCOLHENDO BUSTIÊ PARA HOJE. EU VOU.

Ele olhou para as dobras do vestido azul-escuro, justo na cintura como se preso por uma faixa e com uma saia godê se abrindo a partir dos quadris. Era um belo vestido, nem de longe o que ele esperara. Parecia um vestido que Grace Kelly poderia ter usado, com quilômetros de saia indo até abaixo do joelho e ondulando um pouco quando ela andava. Estava linda. Linda demais para que Matthew conseguisse pensar nisso por muito tempo ou observá-la com muita atenção. Isso só o deixaria mais tenso.

— O que é um bustiê? — perguntou ele finalmente.

— UMA ESPÉCIE DE TORNIQUETE PARA O PEITO.

— Você consegue respirar usando isso?

— MAL.

Ele estava preocupado. Havia tantos jeitos de a noite dar errado. Quantos adolescentes morriam anualmente em acidentes de carro no trajeto para o baile de formatura? Ou outra coisa poderia acontecer: Amy poderia ter uma convulsão ou se engasgar com um cubo de gelo. Poderia morrer por usar um vestido que exigia o uso de uma peça tão torturante.

— Você quer tirar o sutiã? — perguntou ele.

Ela sorriu, um daqueles sorrisos de boca arreganhada.

— VOCÊ ESTÁ PERGUNTANDO ISSO MESMO?

Não, ele não podia dizer. *É claro que não é isso que estou perguntando*. Para tirá-lo, ela precisaria da ajuda dele, e suas mãos estavam trêmulas demais.

— DEIXA PRA LÁ. VAMOS LOGO. VOCÊ NÃO PRECISA FICAR NERVOSO. VAI DAR TUDO CERTO. EU PROMETO.

Ele sorriu.

— Olha, desculpa. Eu *estou* nervoso, mas principalmente por dirigir este carro idiota. Não por sua causa. Você é a menor das minhas preocupações.

— QUE BOM.

Ficaram ali sentados, calados por um momento.

— Você está nervosa? — perguntou ele por fim.

Ela não respondeu. Estava olhando pela janela do carro, para a própria casa. Matthew se perguntou se já havia estragado a noite.

— Você está linda, Amy. Tão linda que fiquei nervoso só de te ver agora há pouco. Eu nunca me saio bem em situações inesperadas.

Ela posicionou o computador diante do próprio rosto sem se virar.

— VOCÊ NÃO ESPERAVA QUE EU ESTIVESSE BONITA?

— Bem. Não assim. Não tanto.

— PARECE PATÉTICO? EU ME ESFORÇAR DESSE JEITO?

— *Não*.

— MINHA MÃE ACHA QUE ISSO TUDO FOI UM GRANDE ERRO. QUE TUDO BEM SE FORMOS AMIGOS. MAS NÃO... ISSO.

— O quê? Nós *somos* amigos. — Matthew havia preparado um pequeno discurso para esta noite: queria dizer o quanto a amizade deles significava para ele. Tinha planejado deixar para o fim da noite, mas mudou de ideia e resolveu dizer naquele momento. Ele finalmente havia saído com o carro da entrada da garagem, mas então parou no acostamento e o desligou. — Tive um sonho há mais ou menos uma semana. Quer saber como foi?

— SIM.

— No sonho, você e eu estávamos nadando em uma piscina que tinha luzes e chafarizes e era linda, exceto pelos azulejos, que eram pedaços de cerâmica quebrados. Pisar neles machucava os pés, então precisávamos continuar nadando. Quando me aproximei de você, percebi que estava sem maiô. Perguntei por que, e você disse: "Eu nunca uso maiô. Meu corpo os rejeita." Não se preocupe, não consegui ver nada do seu corpo, eu só sabia que você estava linda e que nadava perfeitamente, melhor do que eu. Eu só queria ficar seguindo você pela piscina e ganhar a mesma força. Era isso que eu ficava pensando no sonho: *fique perto dela, continue nadando, e você vai ficar mais forte.*

— VOCÊ SABE O QUE A ÁGUA SIMBOLIZA NOS SONHOS?

— O quê?

— SEXO.

— Não, isso não é verdade.

— NÃO FUI EU QUE INVENTEI ISSO. FOI FREUD.

Matthew pressionou o queixo suado contra a gravata-borboleta.

— Bem, não acho que tenha a ver com isso. Acho que o sonho teve a ver com o quanto você é forte. Você não tem medo das coisas e é sempre coerente; me ensinou muito. Você é a primeira pessoa com quem falei sobre meus problemas, e isso fez uma grande diferença. Falar sobre meus medos com você os tornou mais reais, mas ao mesmo tempo mais controláveis. — Expressar-se daquela forma equivalia a retirar um peso de seus ombros. — Quero que a gente seja amigo pelo resto da vida. Acho que você é a melhor amiga que já tive. — Ele sentia-se tonto ao se ouvir. Sabia que aquilo devia soar como uma bobagem para Amy. Ela talvez revirasse os olhos e o chamasse de brega. Conhecendo-a, ela provavelmente faria uma piada para quebrar a tensão do momento, mas ele não se importava. Tinha falado o que queria. Sua camisa estava encharcada, e ele tinha acabado.

Matthew virou-se e olhou para ela, surpreso quando viu lágrimas em seus olhos. Por um longo tempo, ela não digitou nada. Então começou, mas em seguida parou e enxugou os olhos. Ela estava chorando de felicidade? Impossível dizer.

— Amy? Você está bem?

Finalmente ela digitou:

— POR QUE VOCÊ ACHA QUE EU ESTAVA NUA NO SONHO?

Ele recostou-se quando uma sensação gélida atravessou suas roupas molhadas. Esse era o problema com o que acabara de dizer. Matthew não tinha nenhuma explicação para essa parte.

CAPÍTULO VINTE

AMY SABIA A VERDADE. O problema de sua mãe não era com o baile. Era com Matthew. Amy nunca contara à mãe sobre os problemas de Matthew, mas logo ela deduzira.

Depois daquele famigerado discurso na aula de oratória, Nicole perguntara a Amy sobre qual de seus auxiliares ela se referira. Naquele momento, Amy ficou tão preocupada com a possibilidade de Matthew nunca mais falar com ela, que acabou contando a verdade à mãe, um erro do qual se arrependia todas as vezes que Nicole erguia uma sobrancelha cética à menção do nome de Matthew.

— Não estou dizendo que ele é uma pessoa ruim — disse Nicole quando Amy contou sobre o baile. — Eu *gosto* de Matthew. Só estou dizendo que isso é responsabilidade demais para alguém que pode não ser confiável.

— ELE *É* CONFIÁVEL. É O MELHOR AUXILIAR QUE TENHO.

— Isso é diferente, Aim. Você sabe disso. É uma situação que envolve muita responsabilidade. Ele precisaria dirigir à noite. Precisaria levar e trazer você em segurança.

Durante duas semanas, Nicole sugeriu alternativas. E se seu pai dirigisse? E se fossem como parte de um grupo, com Sanjay e Sarah? Pela primeira vez na vida, Amy se manteve inflexível.

— A ESCOLHA AQUI É MINHA. EU QUERO QUE MATTHEW DIRIJA. QUERO QUE ELE SAIBA QUE CONFIO NELE.

Ao digitar essas palavras, Amy pensou na postura intransigente que a mãe já havia adotado com professores em outras ocasiões. Ela quase disse: *Aprendi isso com você, mãe. Devia estar orgulhosa de mim.* No fim, que escolha seus pais tinham? Logo ela sairia de casa, iria para a universidade e tomaria decisões sozinha diariamente. Como eles poderiam não respeitar esta?

Na noite anterior ao baile, Nicole foi até o quarto de Amy.

— Lamento que tenhamos tornado isso tão difícil uma para a outra.

À luz da lua, Amy podia ver que a mãe andara chorando. Sentiu-se mal.

— VOCÊ QUERIA QUE EU FIZESSE AMIGOS. LEMBRA DAS LISTAS?

— Lembro. — Nicole riu. — Acho que eu queria que você fizesse muitos amigos superficiais. Não queria que alguém fosse mais importante do que seu pai ou eu. — Ela recomeçou a chorar, o que fez Amy sentir-se mal novamente.

— MATTHEW NÃO É MAIS IMPORTANTE. ELE É IMPORTANTE DE UM JEITO DIFERENTE.

— Eu sei. É que é difícil quando você passa dezoito anos protegendo sua filha, que é inteligente, linda e um pouco mais frágil do que as filhas dos outros. Nenhum risco parece valer a pena. — Ela olhou pela janela, permanecendo calada por um tempo. — Nunca entendi os pais de garotos que jogam futebol americano. Como podem se sentar na arquibancada e *assistir* aos filhos serem machucados?

— ISSO NÃO É FUTEBOL, MÃE.

— Eu sei.

— NÃO É NEM MESMO ARRISCADO. É SÓ A VIDA. ESTOU VIVENDO.

— Eu sei. — Ela assoou o nariz. — E, para mim, viver parece arriscado. Não consigo evitar. Simplesmente me parece. Fico vendo todas as maneiras como Matthew poderia magoá-la, mesmo sem querer. Mesmo que seja um bom garoto com a melhor das intenções.

— ELE NÃO VAI ME MAGOAR. É O MELHOR AMIGO QUE JÁ TIVE.

— Mas é justamente esse o problema, Aim. Você quer mais do que isso, não é? Você não quer ser só amiga dele.

Como sua mãe sabia disso quando Amy tomara tanto cuidado para não demonstrar seus sentimentos? Não podia mentir agora.

— TALVEZ.

— É disso que tenho mais medo, acho. Vejo todas essas mudanças em você... olhando revistas e experimentando vestidos. Tenho medo de que ele nunca vá amar você do jeito que você quer ser amada. Quero poupá-la disso, minha querida. É um sentimento horrível. Só isso.

Só que aquilo não foi tudo. Na tarde seguinte, uma hora antes de Matthew chegar para buscar Amy, Nicole apareceu novamente à porta do quarto. Dessa vez, não estava chorando. Seus lábios estavam contraídos em uma linha fina, demonstrando determinação.

— Tem mais uma coisa — disse ela. — Seu pai e eu conversamos. Vamos deixar você ir esta noite, mas não queremos que você veja Matthew durante as férias. Você precisa se concentrar nos seus cursos de verão e se preparar para a universidade. Isso pode nem ser uma possibilidade, mas em todo caso...

Amy estava começando a entender a obsessão da mãe.

— POSSO VER MEUS OUTROS AUXILIARES?

— É claro, querida. Mas Matthew... achamos que ele tem algumas questões que precisa resolver.

Provavelmente Nicole andara conversando com a Sra. Hynes, a orientadora educacional que também supervisionava o programa de alunos auxiliares. Não se tratava apenas do TOC de Matthew. Dentre todas as "preocupações" de sua mãe, a verdadeira era que ela sabia que Matthew não ia para a faculdade.

— E SE ELE RESOLVER SUAS QUESTÕES? EU VOU PODER VÊ-LO?

— Se ele estiver melhor daqui a um ano, é claro que sim. Adoraríamos que ele viesse aqui dar um oi.

— DAQUI A UM ANO? VOCÊ ESTÁ FALANDO SÉRIO?

— Ele não está bem, Amy. Você tem tão pouca experiência com garotos que ainda não vê isso, mas seu pai e eu vemos... Não queremos que você pense que a única pessoa que vai amar você é alguém com problemas tão sérios quanto os dele. Você é esperta em relação a muitas coisas, mas não em relação a isso. Não consegue enxergar o que está óbvio para todo mundo.

— O QUE ESTÁ ÓBVIO?

Ela hesitou por um instante, então disse:

— Ele não é *bom o bastante* para você. É claro que você acha que ele é maravilhoso e que deve ser seu melhor amigo, mas ele não é, nem deve. Ele não é *digno* de você, Amy. — Seu rosto estava afogueado pela emoção. — Não é tão *inteligente* quanto você. Espere um ano e verá. Conheça alguns garotos em Stanford e entenderá.

Lá fora, ela ouvia o pai conversando com Matthew. Baixou o volume do Pathway para quase um sussurro:

— SERIA MELHOR SE EU ESTIVESSE INDO AO BAILE COM SANJAY?

Duas semanas antes, Sanjay havia saído da lista de espera no Instituto de Tecnologia de Massachusetts e fora aceito em seu programa de engenharia. Nessa semana ele dissera a Amy que criara sua primeira potencial patente como engenheiro. Estava sorrindo de orelha a orelha quando contou do que se tratava: uma artimanha para camuflar um litro de bebida em seu andador e entrar com ela no baile.

"Escondê-la é um nível de brilhantismo", disse ele. "Servi-la será um nível de genialidade totalmente diferente."

Sarah manteve-se sentada ao lado dele enquanto Sanjay explicava seu plano, sorrindo como se tudo fosse muito divertido.

Embora o relacionamento de ambos não estivesse claro, Amy temia que houvesse um desequilíbrio de sentimentos da parte de Sarah. "Não sei explicar por que gosto dele, eu simplesmente *gosto*", dissera ela a Amy. "Eu fico pensando que ele tem todo esse potencial. Se ao menos relaxasse e fosse ele mesmo..."

De sua parte, Sanjay parecia feliz por ter uma garota com quem pudesse ir ao baile e entusiasmado com o plano de ganhar popularidade com a bebida quando chegassem lá. "Vai ser *sensacional*", ele ficava dizendo. "As pessoas vão levar o copo de ponche até Amy e enfiar um canudo no buraco do parafuso. Vai levar dois segundos. Tcharam! Um coquetel! Vamos ser os primeiros a conseguir levar bebida para o baile!"

Era a primeira vez que Amy se sentava no refeitório com dois colegas auxiliares ao mesmo tempo. Tecnicamente, aquele era o dia de Sarah, não de Sanjay, então ele estava lá voluntariamente, fazendo-as rir com sua ideia. Ele continuou apresentando seus argumentos: eles não se meteriam em encrenca, afinal, que monitor perderia tempo inspecionando o andador de Amy? E, se alguém desconfiasse de alguma coisa, Amy pediria licença para ir ao banheiro e se livraria da bebida.

"Vamos entrar para a história", continuou ele até Amy não poder recusar. Era bom demais estar ali sentada, tramando com amigos. Era assim que ela queria que aquele ano fosse: depois de dezessete anos de êxitos acadêmicos, queria o caos e a confusão de pessoas de verdade em sua vida, com suas ideias idiotas e brincadeiras de veteranos.

— É claro que estaríamos mais felizes se você fosse ao baile com Sanjay — dizia Nicole agora. — Infelizmente, você não vai.

— SÓ PORQUE ELE ENTROU PARA UMA UNIVERSIDADE?

— Não, querida. Porque ele tem uma cabeça boa. Porque ele não precisa da sua ajuda nem da sua piedade.

Amy gostaria de poder contar à mãe o que a cabeça boa de Sanjay a havia convencido a fazer. *Quer saber o quanto Sanjay é digno de confiança? Pegue meu andador e se pergunte por que ele parece dois quilos mais pesado.* Mas não falou, pois desejava sua noite com Matthew mais do que desejava provar à mãe que estava errada.

Agora ela olhava para Matthew, dirigindo encurvado, com o rosto a poucos centímetros do volante. Talvez ela não devesse tê-lo obrigado a dirigir só para provar algo a seus pais. À velocidade que Matthew seguia, eles chegariam ao baile quando estivesse terminando.

— VOCÊ ESTÁ INDO MUITO BEM. É UM ÓTIMO MOTORISTA.

— Talvez seja melhor se não conversarmos. Tem uma curva se aproximando.

Ele não estava indo nada bem. Era péssimo motorista. Seu pé subia e descia arbitrariamente no acelerador em resposta ao que quer que estivesse se passando por sua mente. Amy ia ganhar uma marca no ombro de tanto que era lançada de encontro ao cinto de segurança. A confissão sobre o sonho fora fofa, mas depois de revelá-lo Matthew ficou pálido e apavorado com as implicações do que podia ter acabado de dizer.

Depois de chegarem ao Sheraton e entrarem, Amy examinou as outras garotas perambulando pelo saguão do hotel. Não reconheceu ninguém de nenhuma das turmas.

— Acho que temos que entrar na fila e tirar fotos antes — disse Matthew. — O pacote mais barato custa sessenta dólares. Eu não sabia se você ia querer, então ainda não paguei.

Atrás deles, um grupo surgiu, rindo e chamando uns aos outros. Todas as garotas se abraçaram e mexeram nos cabelos das outras. Ninguém olhou para eles. Amy se inclinou para Matthew.

— NÓS CONHECEMOS ELES? TEM DOIS BAILES DIFERENTES ACONTECENDO AQUI?

Ele olhou para o grupo para o qual ela apontava.

— Sim. Eles estão conosco. Fiz espanhol com uma das garotas.

Eles ficaram observando o grupo por um tempo. Outros chegaram. Aos olhos de Amy, aquilo era triste; todos pareciam figurantes exageradamente bem-vestidos pagos para ficar por ali, fingindo que se divertiam.

Depois de serem fotografados, Matthew disse a ela que devia ir ao banheiro ler a lista de instruções de sua mãe.

— Volto já. Você precisa de alguma coisa?

Ela fez que não com a cabeça — e se perguntou em quanto tempo o veria novamente. Então ergueu os olhos e viu Sanjay se aproximando pelo corredor, com Sarah logo atrás, tentando acompanhá-lo. Estava surpreendentemente bonito em seu smoking.

— Você está *fantástica*, Amy — disse ele. — Já ouvi as pessoas falando de você.

— O QUE ELAS ESTAVAM FALANDO?

— Só que você está *aqui*! Elas não estavam acreditando! Teve algum problema na entrada?

— NÃO. TENTEI DIZER A ELES QUE MEU ANDADOR ESTAVA CHEIO DE BEBIDA, MAS ELES NÃO ACREDITARAM EM MIM.

A expressão de Sanjay congelou.

— Você está brincando. Isso é uma piada, não é?

— SIM, É UMA PIADA.

— OK, ouça. Quero que você fique em algum lugar onde os monitores não possam perceber a quantidade de pessoas que estará indo falar com você. — Eles entraram no salão de baile, que estava barulhento, escuro e tinha um globo espelhado girando acima da pista de dança. Sanjay a acomodou perto de uma mesa com enfeite de centro de flores cor-de-rosa e canecas de vidro de lembrancinha que diziam: *WHAT A FEELING! Baile de Formatura da Coral Hills High School, Turma de 2014.* — Quero que você se esconda um pouco. Aqui, atrás desse vaso de plantas.

— MATTHEW ESTÁ NO BANHEIRO. VOCÊ PRECISA DIZER A ELE ONDE ESTOU.

— Vou dizer, não se preocupe — garantiu Sanjay, e explicou como o esquema funcionaria: ele mandaria as pessoas em grupos de três ou quatro para que sentassem com ela por alguns minutos e enchessem os copos no andador. — Não se preocupe em conversar com eles. Vou lembrá-los de tudo.

Lembrá-los de quê?, Amy se perguntava. *De que não posso falar?*

Ela observou enquanto ele prendia a engenhoca que havia projetado — com tubos transparentes e uma torneira arrancada de uma garrafa térmica de vinte litros.

— Assim temos como abrir e fechar. Estou dizendo às pessoas para servir meio copo de cada vez, no máximo.

Aparentemente ele achava que a demanda seria esmagadora, que ninguém pensaria duas vezes antes de beber alguma coisa que estivera armazenada em um andador de metal. (Sanjay havia passado uma hora depois das aulas limpando-o. Ainda assim, Amy questionava: "A BEBIDA NÃO VAI FICAR COM GOSTO DE METAL?" "Espere só para ver", disse Sanjay. "Garanto que ninguém vai se importar.")

Quando ele finalmente conectou a torneira e o tubo, Amy percebeu que Sarah havia se afastado, como se não quisesse tomar parte naquilo.

— Vamos lá — disse Sanjay, servindo o primeiro copo. — Teste alfa finalizado. Plano operacional. — Ele mal conseguia esconder a alegria.

— AONDE SARAH FOI?

— Deixe Sarah para lá. Ela está criando caso por nada.

— POR QUE ELA ESTÁ INCOMODADA?

— Já te disse. Nada. Ela acha que estou exageradamente dedicado a essa ideia. Eu falei para ela que estou fazendo isso por *você*, para que você possa se divertir e falar com essas pessoas todas.

— ESPERE AÍ, SANJ. EU NÃO QUERO REALMENTE FALAR COM ESSAS PESSOAS.

Ele lançou um olhar para Amy.

— Bem, não diga isso a Sarah. Vou começar a falar que eles podem vir.

— NÃO SE ESQUECE DE DIZER A MATTHEW ONDE ESTOU.

— Vou dizer, vou dizer. Não se preocupe.

Brian Campbell, o zagueiro da equipe de futebol, foi o primeiro a se aproximar. Eles haviam feito duas disciplinas juntos no primeiro ano do ensino médio, mas Amy nunca falara com ele. Ela riu quando seus olhares se cruzaram e ele se apoiou em um joelho diante do andador. Ela riu outra vez — estupidamente — enquanto ele se concentrava em abrir a torneira. Levou quase um minuto para que fizesse o dispositivo funcionar. Um minuto que Amy preencheu com duas risadas sem graça, um soluço e silêncio.

— Obrigado, Amy — disse quando acabou.

Roger Altiers foi o próximo. Eles haviam feito matemática no oitavo ano e três anos de francês.

— Você é a Amy, certo? — perguntou.

Ela assentiu.

— Então, Amy, e aí?

Depois disso, todos que iam até ela a cumprimentavam pelo nome, como se Sanjay tivesse lhes dito para fazer assim. Por alguns minutos, ela ficou tão desorientada que começou a ficar assustada. Queria que Matthew voltasse logo para que ele pudesse explicar por que todo mundo que nunca havia falado com ela de repente sabia seu nome, mas Amy não o via em lugar algum. Foi quando ela se deu conta do tamanho do problema no qual havia se metido. Não podia sair dali porque seu andador não era mais seu. Tinha virado a piada da noite: tire sua foto, pendure o casaco e dê uma passadinha no andador da Amy! Ela ficou observando Sanjay e notou o cuidado com que ele escolhia as pessoas para apontar em sua direção, arrastando o momento eternamente, como se estivessem começando amizades verdadeiras. Algumas vezes ela conseguia ouvir o que ele dizia, lembrando às pessoas das aulas que tinham feito juntos, de como se conheciam desde o terceiro ano.

Isso lhe causou uma tristeza ainda maior do que a que sentira ao entrar ali.

CAPÍTULO VINTE E UM

NADA ESTAVA CORRENDO DO jeito que Matthew desejara. Buscar Amy e conversar com os pais dela o deixara mais tenso do que o esperado. Tão tenso que foi só quando já estavam no saguão do hotel que ele *realmente* viu o quanto ela estava linda. Mas por que ver Amy em seu vestido lhe despertara tamanho pânico? Era o decote em U, que o permitia ver as clavículas e as sardas espalhadas pelo colo? Era a sensação de ficar parado ao seu lado, esperando que a foto fosse tirada? Era o fato de ele se permitir de fato admirar o corpo dela pela primeira vez? Ele quase não conseguia acreditar. Ela era *linda*.

O corpo de Amy sempre fora um mistério para Matthew. Ele reconhecia partes dele, claro. Ele já tinha visto Amy descalça, por exemplo, e sabia como os dedos dos pés dela eram projetados para cima e os tornozelos eram tensos. Seus pés eram a parte do corpo que ela mais desprezava, confessara Amy uma vez, pois eram o principal impedimento de uma caminhada mais adequada. A única vez em que Matthew vira os pés de Amy com atenção fora quando ela arranhara o tornozelo e ele o examinara para ver se estava tudo bem. Ao fazê-lo, ficou surpreso ao descobrir que não se importava de segurar aquele pezinho estranho. Na verdade, ele começara a esfregá-lo, se perguntando se poderia diminuir a rigidez com uma massa-

gem. Quando ele já havia feito algo assim? Agora ele pensa nesta noite, a noite do baile, e um novo medo deslizava por s espinha. Como ele esperava que a noite fosse terminar?

Tarde demais, ele se deu conta: os dois pensaram tanto logística da chegada que ignoraram o que *fariam* ali. Am tinha dito que não queria dançar. E também lhe contara s o plano idiota de Sanjay de "batizar" a bebida das pessoas

"Nós temos que beber?", perguntara ele, nervoso.

"É CLARO QUE NÃO", respondera Amy. "SOU SÓ DEPÓSITO. VAI ACABAR EM VINTE MINUTOS, EL GARANTIU. NO MÁXIMO."

Matthew não estava interessado naquilo. Tampouc va interessado em ver Sanjay ou Sarah ou qualquer u quelas pessoas de quem supostamente eram amigos, n na verdade não eram. A única coisa que ele realment era encontrar um local tranquilo para se sentar com conversar.

Com todas as piadas e preparativos para o ba algum tempo que eles não conseguiam conversar, o nificava que Matthew ainda não tinha contado a A os acontecimentos mais recentes em sua vida. Sobr mundo começara a parecer diferente com a medica como ele percebia determinadas mudanças, prin no trabalho, onde estava fazendo amizade com o equipe. *É como se eu não precisasse passar muito te da minha cabeça. Agora sou capaz de manter diálo* conseguissem um lugar para conversar, talvez ele p guntar o que havia se passado mais cedo com os p que seu pai parecera tão tenso e a mãe tão furiosa mente não estavam tão satisfeitos com o fato de A quanto Matthew pensara que estariam. Nicole m a ele e ninguém tirou fotos. Ao pensar nisso, el do bilhete de Nicole, o qual ainda estava em seu *Co*

não precisa ler agora", dissera ela ao lhe entregar o papel. "Pode deixar para mais tarde."

Matthew o enfiara no bolso antes que Amy pudesse ver o que estava escrito do lado de fora: *Instruções para Matthew.* Certamente até mesmo Nicole era capaz de enxergar como aquilo poderia ser ofensivo. A insinuação de que ele estava levando Amy ao baile como parte de seu trabalho. De que estava sendo pago para ser amigo dela e obedecer à sua mãe, que assinava os cheques e podia lhe dar "instruções". Lembrou-se de que Nicole havia avisado que ele poderia ler o papel mais tarde, mas não podia esperar mais. Queria saber o que a mãe de Amy tinha a lhe dizer:

Caro Matthew,
Por favor, entenda que não se trata de um problema pessoal com você. Trata-se de nossa responsabilidade em proteger nossa filha, que é mais inexperiente e frágil do que você provavelmente percebe. Compreendemos que você tem seus problemas e que lutou contra eles durante este ano. E ficamos decepcionados por você não ter relatado tais problemas antes de começar a trabalhar com nossa filha. Se tivéssemos conhecimento deles, teríamos feito uma escolha diferente, e não teríamos corrido o risco de deixar Amy se apegar a alguém que tem dificuldade para controlar suas ações. Por favor, entenda que não desgostamos de você como pessoa. Mas, como pais, temos de proteger Amy. É nosso dever. Sob nosso ponto de vista, é perigoso para ela apegar-se demais a você. Tenho certeza de que você compreende isso. Depois desta noite, pedimos que não veja Amy novamente.
Gratos,
Nicole e Max Van Horn

Vou lavar minhas mãos uma vez, pensou ele. *Talvez duas. ...o esta carta é cruel e injusta, vou me permitir lavá-las duas*

vezes. Não vou verificar a torneira. Não vou precisar fazer isso, pois Amy não concorda com seus pais. Se ela está aqui comigo agora, significa que não concorda com eles. Significa que ela não me considera uma pessoa perigosa.

Talvez você seja perigoso. Talvez eles tenham razão.

Pela primeira vez em semanas, a voz estava de volta.

Não. Eu não acredito nisso. O único perigo para Amy esta noite vem de Sanjay e de seu plano idiota.

Sanjay é bom. Sarah gosta de Sanjay. Todo mundo gosta de Sanjay. Você é o problema.

Matthew não conseguia sair do banheiro. Mesmo que Amy estivesse precisando dele, ainda não conseguia sair. Começou a suar. A camisa estava encharcada. Ele teria que lavar os braços se quisesse ficar limpo. Talvez as axilas também.

A porta do banheiro se abriu. Um garoto que ele não reconheceu entrou.

— Você está bem, cara?

Não, ele tentou dizer, mas a voz não saiu.

— Você parece estar passando mal.

Estou, ele não disse.

— Posso buscar água para você. Quer um copo d'água?

O garoto foi legal o bastante para ir embora, mas não voltou. Matthew sentou-se no chão do banheiro porque, de pé, começara a se sentir tonto. Agora jamais ficaria limpo. Havia germes naquele piso, germes da pia e germes das solas dos sapatos. Provavelmente estava sentado em cocô de cachorro naquele momento, carregado até ali na sola do sapato de alguém. Nicole tinha razão: ele era incapaz de controlar isso. Incapaz de controlar seu coração acelerado ou suas mãos trêmulas. Incapaz de sair daquele banheiro. Não podia encontrar Amy e lhe dizer para não se preocupar, que ficaria bem dali a algumas horas.

O que Amy diria, afinal?

Ouvir isto o surpreendeu. Ele sabia o que Amy diria. Ela dissera a mesma coisa muitas vezes. *Essa sensação vai passar. O medo é real, mas o perigo não é. Você não precisa entrar em pânico. Espere passar.* Ele quase podia ouvi-la dizendo aquelas palavras. Como se estivesse ali. Como se ele tivesse levado o Pathway consigo, embora obviamente não tivesse.

Matthew respirou fundo e deixou que seu cérebro absorvesse as palavras dela. *O medo é real,* ele fez seu cérebro repetir. *O perigo não é.*

Depois de um tempo, ele olhou ao redor. Não tinha a menor ideia de quanto tempo passara ali. Quando finalmente saiu, parecia haver o dobro de pessoas no saguão. A maioria dos garotos estava sem o paletó e alguns também haviam afrouxado a gravata. Um casal brigava perto da porta.

Matthew estava melhor agora. Calmo o suficiente para encontrar Amy e pedir desculpas por abandoná-la. No entanto, ela não estava onde ele a deixara, o que o fez ficar bem tenso. Por quanto tempo havia se afastado? Ele abriu a porta para a pista de dança, cujo interior estava escuro como breu, exceto por um globo de espelhos piscando. Então fechou a porta e voltou para o saguão, onde teve uma visão surpreendente: Sarah estava sentada no chão acarpetado, usando um vestido magenta com um corsage preso ao ombro e chorando, tal como ele a vira fazer uma vez no oitavo ano.

Matthew foi até ela e se agachou ao seu lado.

— Você está bem? — perguntou baixinho. Ela balançou a cabeça, mas não respondeu. — Tecnicamente, não creio que se deva começar a chorar *antes* de o baile terminar. Nunca se sabe. Você ainda pode se divertir.

Matthew sempre se surpreendia com a calma que o invadia após seus ataques de pânico. Com a sensatez. Era como se toda a adrenalina de seu corpo tivesse sido extenuada e agora ele pudesse estar ali em paz.

— Eu odeio o Sanjay.

— Ah, certo. Tenho que admitir que também não adoro o cara.

— Por que ele é tão obcecado em fazer essas líderes de torcida e esses jogadores de futebol prestarem atenção nele? Nós nunca mais vamos vê-los de novo, não é mesmo?

— É. Quero dizer, podemos torcer para que isto não aconteça.

— Ele acha que essa ideia que teve lhe dá poder sobre eles. Eu disse a ele que não é assim que funciona. Se você se importa com o que eles pensam, são *eles* que têm todo o poder.

— Você provavelmente está certa — concordou Matthew. Quanto mais pensava naquilo, mais certa Sarah parecia. Talvez aquelas palavras se aplicassem também ao bilhete em seu bolso. *Se você se importa com o que eles pensam, são eles que têm todo o poder*. Talvez ele pudesse simplesmente jogá-lo fora. Talvez pudesse simplesmente não se importar com o que os pais de Amy pensavam.

— Eles já acabaram com a bebida?

— Não. Parece que dois litros rendem muito mais do que se pensava. Ele está circulando por aí, oferecendo a pessoas com quem nunca falou. Elas estão recusando, mas ele fica tentando convencê-las. Enquanto isso, tem outros idiotas que já voltaram lá cinco vezes.

Matthew se perguntou se essa seria a explicação para o casal brigando no saguão, para as garotas com rímel escorrendo pelo rosto. Talvez aquelas pessoas estivessem todas bêbadas. Ele perguntou a Sarah se Amy estava bem, o que provocou uma nova onda de lágrimas.

— Eu não quero nem que ele me leve para casa. Não quero falar com ele. Não quero olhar para ele.

Ela estava chorando tanto que Matthew a abraçou.

— Podemos levar você para casa — disse ele, surpreso com a própria atitude. Como se dirigir não fosse um problema. Como se, agora que dirigira com uma garota no carro, fosse capaz de fazer o mesmo tranquilamente com duas.

CAPÍTULO VINTE E DOIS

— Quer experimentar um pouco? — perguntou Sanjay a Amy depois que umas trinta pessoas já haviam visitado seu andador. Embora ainda houvesse metade da bebida trazida, a demanda cessara. As pessoas ou estavam começando a sentir os efeitos ou não estavam interessadas em se ajoelhar diante do andador de Amy pela terceira ou quarta vez.

— POR QUE NÃO? — respondeu Amy.

Por mais desajeitada que fosse toda a logística, ela gostou de ver como um pouco de vodca havia deixado todos mais relaxados em sua presença. Ela já não era a garota deficiente ou a garota prodígio do artigo do jornal. Era alguém com quem eles podiam trocar piadas. Duas pessoas disseram o quanto estava bonita. Um garoto falou que voltaria e a chamaria para dançar mais tarde. Se a bebida era capaz de baixar as barreiras existentes entre ela e todas essas pessoas durante os últimos doze anos, por que não experimentar um pouco também?

Misturada ao ponche, o sabor a princípio era horrível, depois não tinha gosto de mais nada. Era só uma ferroada no fundo da garganta. E uma sensação quente enquanto descia. Amy sorriu daquela forma meio maluca, de boca aberta.

— BRIGADU — digitou ela, embora Sanjay não tenha parecido achar graça. — PRECISO ACHAR MATTHEW

— Sim, talvez seja melhor mesmo Na última vez em que o vi, ele estava dando em cima da minha garota.

A cabeça de Amy deu uma guinada ao som daquelas palavras, embora Sanjay não parecesse se importar. Ele ainda estava vasculhando a multidão em busca de rostos populares que ainda não abordara.

— Ai, meu Deus, ela está aqui! — disse ele, abrindo um sorriso imenso. — Cindy Weintraub está aqui! Achei que ela não viria!

Não ocorreu a Sanjay que Amy pudesse precisar de ajuda para ficar de pé. Ou para prender o tubo com a torneira a fim de que não derramasse. Pelo menos uma pessoa foi gentil o bastante para segurar as portas duplas abertas ao vê-la se aproximar. À medida que se arrastava para lá, Amy intencionalmente tentava esvaziar o andador e se livrar do que restava da bebida.

Então ela viu, pela porta aberta: Matthew sentado no chão, os braços em torno de Sarah, que estava inclinada, o rosto no peito dele. Ele parecia estar beijando o alto da cabeça dela. Beijando e falando, com o rosto encostado ao cabelo dela. Amy parou de andar. Começou a sentir um aperto no peito. Como se não conseguisse respirar. Ou se mexer.

— Você vai sair? — perguntou o garoto que segurava a porta aberta.

— NÃO! — Ela pressionou o botão no momento em que uma canção chegava ao fim, de modo que seu computador gritou.

Todos se viraram para olhá-la. Todos, menos Matthew e Sarah.

Ela cambaleou para trás, temendo cair ou algo pior. Procurou por Sanjay para ajudá-la a voltar à sua cadeira. Qualquer um. O salão começou a girar. Ela ouviu uma voz ao seu lado:

— Você está bem?

Tentou pressionar o "NÃO", mas acidentalmente pressionou "OBRIGADA". Foi pega de surpresa pelas luzes estroboscópicas da pista de dança, o que a deixou ainda mais zonza. Ficou parada por algum tempo no que devia ser um cantinho da pista e esperou a multidão que crescia ao redor se afastar.

Justamente quando temia desabar, sentiu mãos em sua cintura e braços ao redor de seu corpo.

— Está tudo bem — sussurrou uma voz. — Estou segurando você.

É Matthew, pensou ela, fechando os olhos e deixando-se cair para trás, grata.

Quando ela percebeu que não era ele? Que o pânico, a multidão e as luzes piscando a levaram a confundir um smoking alugado por outro? Ela *pensou* que fosse Matthew. Agarrou-se a ele com força, o rosto enterrado em seu ombro. Então chorou, molhando o ombro dele. Socou suas costas, grunhiu e gritou de encontro ao seu peito, e então, quando terminou, se deu conta: não era ele.

Era a voz de Sanjay ao seu ouvido:

— Está tudo bem, Aim. Está tudo bem.

Ele a acompanhou de volta à lateral do salão e a uma mesa cheia de seus novos falsos-melhores-amigos bêbados. Todos aplaudiram quando ela se sentou, como Amy tivesse apresentado um espetáculo que agora chegava ao fim.

— Fique sentada aqui — sussurrou ele ao seu ouvido. — Vou descobrir o que está acontecendo com aqueles dois.

Ele deixou um drinque diante dela, com um canudo que dava para alcançar sem ajuda.

— Você está bem? — perguntou um garoto chamado Andrew, sentado do outro lado da mesa. Amy havia passado o primeiro ano do ensino médio observando-o e, com base naquele ano de observação, presumira que ele era gay. Agora havia uma garota dormindo em seu ombro.

Amy assentiu e tentou sorrir. Seu Pathway se soltara e estava pendurado por uma tira de Velcro ao andador. Sem ele, ela não podia responder.

— Uma noite de merda, não é? — disse Andrew. — Um monte de gente está dizendo isso.

Amy olhou em volta, confusa. Achou que todas as outras pessoas estivessem se divertindo. Gostaria de perguntar o que ele quis dizer, mas outro garoto surgiu do nada e debruçou-se sobre o colo de Amy para pegar um copo na mesa.

— Que música brega — observou ele. — Perguntei ao DJ de onde ele era e eu poderia jurar que ele disse Sacolândia. — A mesa inteira riu, e o garoto percebeu, pela primeira vez, sobre quem estava debruçado. — Você ainda tem alguma coisa na sua engenhoca? — perguntou para Amy.

Não aguardou por uma resposta.

— Posso beber um pouco? Tipo, tudo? — A mesa tornou a rir enquanto ele abria a torneira e inclinava o andador para esvaziá-lo em seu copo plástico. — Não vai ser o suficiente para salvar a noite, mas obrigado assim mesmo. — Quando ele recolocou o andador no lugar, o Pathway bateu no metal e girou, impotente, em sua amarra de Velcro. Houve mais risadas quando o garoto bebeu todo o copo de um só gole e se afastou.

— Aquele cara é um animal — disse Andrew.

Amy tentou apontar para o computador pendurado usando a mão boa. Estava apavorada com a possibilidade de terem derramado vodca nele. Andrew não entendeu.

— Na maior parte do tempo, ele é um cara legal. Não tem a intenção de parecer um babaca. Só que às vezes parece.

Ela apontou novamente.

— Me... uuu — disse.

Andrew balançou a cabeça.

— Não tenho a menor ideia do que você está dizendo.

Ela viu a luz amarela da bateria piscando.

— Uuı -uah?

— Você está bem? — Ele olhou para outro casal do outro lado da mesa, o qual Amy não conhecia. — Alguém devia ir buscar aquele cara que a trouxe para cá. Acho que ela está começando a surtar.

Amy não estava surtando. Estava tentando fazer alguém resgatar seu Pathway para que pudesse usá-lo, mas ele jamais compreenderia. Nenhum deles.

— Qual é o nome dele? — quis saber a garota sentada na frente deles.

— Não sei. O cara indiano. Ou espanhol. O que quer que ele seja. — Andrew contornou a mesa para sentar-se ao lado de Amy. — Diga a ele que não sabemos o que fazer... Ela está tendo uma convulsão.

Amy tentou manter a cabeça imóvel e parecer menos agitada, mas não havia muito o que pudesse fazer. Seu braço ruim se estendeu e atingiu o garoto no peito.

— Vai! — gritou ele para a garota.

— Tudo bem — falou ela, e inclinou-se para sussurrar. — Mas qual é mesmo o nome dela?

— Não importa. Ele vai saber de quem você está falando. Vai logo.

Por fim, Sanjay voltou e a mesa esvaziou-se rapidamente.

— Eis o que descobri — disse ele. — Sarah quer ir para casa e Matthew quer levá-la. Eu disse que tudo bem, e já que ele vai fazer isso, por que eu não levo você para casa? Ele disse que é você quem sabe.

Amy sentiu o estômago revirar. Temia que a vodca estivesse prestes a voltar. No caminho para o baile, ela pressentira que eles deveriam dar meia-volta e voltar para casa, e obviamente estava certa. Matthew não estava tendo um ataque de pânico durante todo esse tempo. Era mais o oposto. Estava tendo um surto de confiança e fazendo progressos com Sarah. E agora estava procurando uma desculpa para não ter que levá-la para casa.

— DIGA A ELE QUE TUDO BEM — digitou ela depois que Sanjay recolocou o Pathway no lugar certo. — VOU PARA CASA COM VOCÊ.

Certamente Matthew iria procurá-la para se despedir, supôs Amy. Ele se sentiria mal por ir com Sarah e iria querer se desculpar, então Amy iria responder: *Não, não se sinta mal. Está tudo bem. Fico feliz por você. Vá aproveitar sua noite com a garota que ama desde o nono ano.* Em seguida ela o odiaria e odiaria o fato de sua mãe estar certa, mas um dia iria superar isso tudo.

Mas não foi o que aconteceu. Ela ficou sentada sozinha novamente por muito tempo. Quando Sanjay voltou, avisou que Matthew e Sarah já tinham ido embora.

— Talvez seja melhor irmos também — disse ele.

Eles caminharam em silêncio até o estacionamento. No carro de Sanjay, Amy perguntou se Matthew dissera mais alguma coisa antes de ir embora com Sarah.

— Olha, pra mim eles podem ir se foder. Quem sabe o que eles fizeram? Desculpe, Amy. Não devo xingar perto de você. Sabia que essa é uma das regras da sua mãe? *Por favor, abstenham-se de xingar na presença de Amy.* É engraçado. No instante em que alguém diz isso, você passa a querer xingar mais.

No carro, a caminho de casa, Amy se acalmou o suficiente para escrever.

— DESCULPE POR MINHA MÃE.

— Foda-se. Não se desculpe. Sua mãe não é um problema. O que qualquer um de nós sabe sobre ter uma filha como você? Durante anos ela não sabia se você ia viver ou morrer. Aí acaba que você é inteligente e ela tem que passar dezesseis anos provando isso para um mundo cheio de pessoas que não querem acreditar. Deve ter sido difícil para cacete. Eu não a culpo.

Amy nunca conhecera esse lado de Sanjay. Queria que os garotos e garotas na mesa tivessem sido mais simpáticos com ele. Ou que pelo menos se lembrassem do nome dele. Sanjay não era mau; apenas se importava demais com gente que jamais se impressionaria com alguém como ele. Ele ligou o rádio, batucando no volante enquanto dirigia.

— A coisa mais idiota é que eu gosto da Sarah. Gosto mesmo. Talvez esteja assustado com o quanto.

Amy quisera tanto dizer aquelas palavras naquela noite que foi em frente e disse a Sanjay:

— EU AMO MATTHEW.

Ele virou-se e a fitou.

— Cacete, é mesmo?

— ACHO QUE TALVEZ EU O TENHA AMADO O ANO INTEIRO.

— Uau. Eu não fazia a menor ideia.

Eram apenas onze e vinte quando eles chegaram em casa, o que significava que os pais de Amy ainda estariam acordados, sentados na sala. A princípio, eles pareceram confusos e em seguida — Amy notou só de dar uma olhadinha — aliviados por ter sido Sanjay a levá-la para casa. Significava que sua mãe estava certa: Matthew cumprira suas expectativas de fracasso. Amy sentiu-se grata ao menos por uma coisa: sua mãe não perguntou onde Matthew estava ou o que havia acontecido. Em vez disso, receberam Sanjay como herói e lhe ofereceram uma taça de champanhe de uma garrafa que haviam aberto para celebrar a noite.

— Ao baile de formatura! — brindou a mãe. — Que possamos deixar essa história toda descansar em paz agora.

— Bravo! Bravo! — disse Sanjay, erguendo a taça, um sorriso lento abrindo-se em seu rosto. Pela primeira vez, Amy se perguntou o quanto ele havia bebido naquela noite. Ele parecia bem no baile enquanto enchia o copo de outras pessoas, mas agora ela tentava adivinhar quanto ele mesmo tinha bebido. Não que parecesse bêbado, apenas estava mais ousado. — Amy estava linda esta noite — disse aos pais dela. — Queria que vocês tivessem visto. A bela do baile.

Nicole tomou um gole e pousou sua taça.

— É mesmo? Isso é verdade, Aim?

— NÃO EXATAMENTE.

— É verdade, *sim*. Todos foram falar com ela esta noite. Não estou brincando. Tenho fotos.

Nicole ergueu as sobrancelhas em surpresa. Amy inclinou a cabeça para Sanjay. Ele já estava erguendo o celular para mostrar as fotos.

— Olhem só — disse ele, sorrindo e assentindo. — Aqui estão Amy e Brian Campbell, zagueiro da equipe de futebol, num bom bate-papo.

Ele estendeu o telefone. Amy semicerrou os olhos e viu a prova desfocada — sim, era Brian, meio que ajoelhado ao lado dela. Sua mãe levou a mão aberta ao peito.

— Ah, Amy, veja só! Você conversou *mesmo* com ele.

Com o polegar, Sanjay deslizou para a foto seguinte.

— Amy e Andy Robbins. Vice-presidente da turma. A caminho da Northwestern.

— Eu me lembro de Andy! Você fez o ensino fundamental com ele.

Sanjay continuou. Amy com Willa Samuels; Amy com Dorie Rogers; Amy com Tyrone Michaels, o astro do basquete, que era tão alto que teve a cabeça cortada da foto.

— Eles ficaram tão felizes por Amy estar *lá*. Fizeram questão de ir até ela e parabenizá-la por Stanford e dizer o quanto tinha sido importante conhecê-la este ano.

Nicole piscou, reprimindo as lágrimas.

— Ah, Amy, isto é tão maravilhoso!

Por que isso é maravilhoso, mãe?, ela queria perguntar. *Por que é maravilhoso eu ter vindo para casa com um garoto diferente daquele com quem saí? Por que é melhor ter tido conversas sem sentido com pessoas que nunca mais vou ver do que ter tido uma despedida decente com o garoto que amo?* Ela não podia dizer nada daquilo, é claro. Nem se permitir pensar muito a respeito.

Eles continuaram conversando por algum tempo. Ninguém mencionou Matthew ou se perguntou por que ele não aparecera em nenhuma das fotos de Sanjay.

— Isso me deixa tão feliz, Sanjay. Não consigo nem expressar o quanto estávamos nervosos a noite toda.

— Aposto que sim. — Ele abriu um de seus amplos sorrisos de um milhão de dentes. — Mas estávamos todos lá, juntos. Matthew, Sarah. Todos nós. Estávamos cuidando uns dos outros. — Ao dizer isso, ele surpreendeu Amy, pois estendeu o braço e apertou a mão ruim dela. Ninguém jamais tocava aquela mão... nem mesmo Matthew, que havia superado o medo de tocar outras partes de seu corpo, como os pés e as costas. Sanjay deslizou dois dedos dentro de seu punho fechado, afrouxando-o um pouco para que pudesse esfregar as costas da mão dela com o polegar.

Nicole olhou para o gesto e sorriu.

— É melhor deixarmos vocês dois a sós — disse ela, juntando as mãos. — Max, onde estamos com a cabeça, acordados até essa hora quando ainda é a grande noite deles?

O pai olhou ao redor, um pouco confuso.

— Está tudo bem com Matthew, então?

Ele olhou para Amy ao falar, mas foi Sanjay quem respondeu:

— Ele está bem agora. Acabou de me mandar uma mensagem. Ele passou um pouco mal no início da noite. Me pediu que trouxesse Amy para casa, o que, naturalmente, fiquei feliz em fazer. Como eu disse, estávamos lá como um grupo.

Amy sabia que nada daquilo era verdade, mas não disse nada.

— Maravilhoso, então — falou Nicole, levantando-se. — Nós *agradecemos a você*, Sanjay, por toda a sua ajuda. Não me importo de admitir que estava um pouco nervosa em relação a deixar Amy sair com Matthew. Não que não confiemos nele. Mas confiamos mais em você! — Ela parecia um pouco tonta de alívio pela noite ter acabado. Antes de deixarem a sala, Sanjay se pôs de pé para que ela pudesse abraçá-lo.

Depois que os pais de Amy se foram, ela foi tomada por nova surpresa. Não estava tão triste quanto esperara. Ela *havia* sobrevivido àquilo. Matthew a deixara sozinha durante duas horas e, quando ela finalmente o vira, ele estava abraçando Sarah, mas veja... ali estava ela!

Sua mãe tinha razão — graças a Sanjay.

Mesmo que odiasse o motivo que fez todos se dirigirem a ela durante a noite, também tinha de admitir que esta noite fizera todos os seus antigos colegas de turma parecerem menos misteriosos. E agora ali estava Sanjay, sozinho ao lado dela, segurando sua mão.

— Você está cansada? — perguntou ele.

Ele ainda estava lindo, o branco da camisa contrastando com a pele morena, o preto da gravata-borboleta da mesma cor de seus olhos. Felizmente, sua mão estava suficientemente estável para digitar.

— NÃO. CANSADA NÃO.

— Quer me mostrar sua casa?

Era um pedido estranho, principalmente porque já era quase meia-noite. Ela se levantou.

— CLARO — concordou, e começou a circular pela casa. — COZINHA — digitou ela. — SALA DE JANTAR. ESCRITÓRIO. — Amy seguia lentamente pelo corredor, surpresa em descobrir que os pais já tinham se recolhido ao quarto e fechado a porta. — E O MEU QUARTO — anunciou ela quando chegaram lá.

Era um pouco constrangedor que Sanjay visse seu quarto, com suas lembranças de menininha. Paredes cor-de-rosa, uma pilha de bichos de pelúcia num canto, uma pilha de livros no outro. Ela estava prestes a explicar por que se agarrava a um e não guardava os outros na estante quando Sanjay apresentou uma surpresa que trazia às costas.

— Tcharam! — exclamou ele, oferecendo a garrafa de champanhe e duas taças.

Então entrou no quarto dela e fechou a porta. Amy sorriu quando compreendeu o que ele estava pensando.

— Não se preocupe com seus pais — disse ele. — Eles praticamente deixaram tudo escurinho para nós.

CAPÍTULO VINTE E TRÊS

LÁ PELAS ONZE E quinze, quando descobriu que Amy havia ido embora com Sanjay, Matthew começou a enviar mensagens furiosamente pelo celular. Depois de deixar Sarah em casa e ir para o seu quarto, sentou-se ao computador e escreveu um email para Amy:

Para: aimhigh@comcast.net

De: mstheword@gmail.com

Assunto: Sanjay

Tudo bem, então é isso. Foram 12 mensagens, agora parei. Vou deduzir que você está bem porque todo mundo disse que você parecia bem quando foi embora com aquele idiota do Sanjay. Espero que vocês tenham se divertido. Levei Sarah para casa e deixei que ela me contasse cada detalhe nojento a respeito dele e, acredite, eram muitos. Talvez vocês dois tenham se apaixonado e eu não deveria estar dizendo isso. Se foi o que aconteceu, lamento. Vou guardá-los todos para mim. Apenas me escreva quando receber esta mensagem para que eu saiba que você está viva; aí vou sair da sua vida para sempre. Matthew

P.S. Alguém já te disse que tecnicamente não se deve ir para casa com uma companhia diferente daquela com quem você foi ao baile? Não que a gente se importe com o que as outras pessoas pensam, mas, se nos importássemos, outras pessoas poderiam achar isso estranho, ou mesmo coisa de vadia.
P.P.S. Isso é tudo, acho. Esqueça este último P.P.S.

De manhã, ele tornou a escrever:

Para: aimhigh@comcast.net
De: mstheword@gmail.com
Assunto: Re: Sanjay

Deduzi que talvez você tenha bebido e ficado momentaneamente tão desorientada que, por engano, acabou entrando no carro errado. Obrigado por uma quase excelente noite que agora vou tentar esquecer pelo resto da vida. Eu pareço puto? Não estou puto. Só acho que Sanjay deveria ficar seriamente encrencado pelo que fez. Parece que uma garota passou a noite toda vomitando o que quer que tenha bebido de seu andador. Essa é uma história que você não deve ter ouvido. Quem sabe quantas pessoas agiram irresponsavelmente e foram para casa dirigindo bêbadas?

Sei que pareço estar puto e tentando não parecer. Mas é porque odiei tudo que aconteceu ontem à noite, Amy, e estou tentando pensar em razões para culpar a outras pessoas e não a você. Eu queria passar uma *noite legal* com *você*. Não passar a noite toda falando com outras pessoas e me perguntando onde você estava. Sei que parte disso foi culpa minha. Houve um lamentável episódio que me fez pirar um pouco no banheiro. Teve a ver com as "instruções" que recebi da sua mãe, mas passou em meia horinha. Eu me certifiquei disso. Disse a mim mesmo que Sanjay podia ficar com você por meia hora, então me dei esse tempo para fazer o que tinha que fazer no banheiro. Então parei.

Não sinto orgulho de ter passado 30 minutos no banheiro, mas *estou* orgulhoso por ter saído de lá. Eu me controlei, sequei as mãos e saí para ir te encontrar. Pensei: *A mãe de Amy não manda mais nela e não decide com quem ela vai ficar. É Amy quem decide isso. E ela escolheu ficar comigo esta noite.* Pelo menos foi o que pensei. Até ver Sarah chorando no saguão, e ela dizer que Sanjay estava fascinado por você desde que te viu na TV e no jornal. Ele acha que em breve você vai ser uma grande celebridade e quer trabalhar como seu agente, para te promover. Foi o que ela disse.

Não entendo nada disso, Amy, mas principalmente não entendo como você pôde ir embora com ele e não perceber que estava fazendo uma coisa horrível comigo e com Sarah.

Talvez ele estivesse fazendo tempestade em copo d'água, principalmente depois que Sarah o ajudou a enxergar o bilhete de Nicole sob a perspectiva correta. No carro, a caminho da casa dela, Sarah já havia parado de chorar. E o que mais queria era difamar Sanjay.

— Ele nunca quis esse emprego com Amy de verdade. Ele só precisava guardar dinheiro para a universidade, e essa era a melhor maneira de conseguir. Ele acha que Amy é uma garota rica e mimada, que debaixo dessa fachada de amiguinha dos pais há uma fúria prestes a explodir. — dissera ela.

— Explodir como? — perguntou Matthew.

— Tipo se rebelar de verdade. Veja só como Nicole controla todos os aspectos da vida de Amy. Ela até selecionou os amigos que a filha tinha permissão para fazer este ano. Todos nós tivemos de mandar um currículo e ela escolheu quem era "qualificado". Quer dizer, quão bizarro é isso?

Matthew tinha de admitir: ouvir Sarah dizer aquelas coisas o fez se sentir melhor em relação ao bilhete em seu bolso.

Para: mstheword@gmail.com

De: aimhigh@comcast.net

Assunto: Re: Sanjay

Ah, Matthew, ainda estou tão confusa em relação ao que aconteceu ontem à noite. Você não disse a Sanjay que queria levar Sarah para casa? Não foi isso que você disse a ele? Pensei que estivesse sendo uma *boa* amiga. Vi você e Sarah juntos no saguão. Você a estava abraçando e presumi que aquela fosse sua grande oportunidade. Que você a amava há anos, e eu não queria atrapalhar e impedir que você ficasse com ela. Pensei que, se eu te procurasse para me despedir, você teria que dizer: "Não, Amy, não vá", mesmo que não fosse isso que quisesse. Pensei que fosse se sentir culpado por querer ficar com Sarah.

Para: aimhigh@comcast.net

De: mstheword@gmail.com

Assunto: Re: Sanjay

O que eu quis dizer era que *você e eu* podíamos dar uma carona a ela. Sarah estava furiosa com Sanjay e não queria ir para casa com ele. Por que eu iria querer ir embora sem você????

Ela estava um pouco tonta com tudo aquilo. Com o quanto interpretara mal a situação. Não tinha certeza se devia ser sincera e dizer a ele seus planos para a noite anterior. Então resolveu: *Que seja.*

Para: mstheword@gmail.com

De: aimhigh@comcast.net

Assunto: Re: Sanjay

Eu tive que presumir que toda sua gentileza em relação a mim e seus gestos, que às vezes parecem quase românticos (ou podem parecer se você tem 17 anos e tem uma quedinha pelo seu melhor amigo), não têm nenhuma intenção romântica. Como poderiam ter, quando nenhum de nós sabe o que meu corpo faria em tal situação? Assim, se sou mesmo sua amiga e quero o que é melhor para você (não percebe?), tenho de presumir que não sou o melhor para você. Pelo menos foi o que pensei ontem à noite.

Cometi um erro, Matthew. Primeiro permitindo que Sanjay me envolvesse em seu esquema com a bebida, depois deixando que ele me levasse para casa. Queria ter mais experiência com essas coisas para compreendê-las melhor. Isso faz algum sentido?

Lamento ter ido embora. Lamento ter magoado você. E, principalmente, lamento que não tenhamos tido nossa noite juntos. Podemos tentar outra vez? Quem sabe sem o vestido e o smoking? Uma simples saída à noite?

Dois minutos depois, ele enviou a seguinte resposta:

Para: aimhigh@comcast.net

De: mstheword@gmail.com

Assunto: Re: Sanjay

Ok. Sim, podemos tentar de novo.

* * *

Duas semanas mais tarde, Amy disse aos pais que ia sair para jantar com seus colegas auxiliares como um agradecimento por toda a ajuda deles durante o ano. Ela ganhou cento e cinquenta dólares para pagar o jantar e conseguiu permissão para que Matthew a buscasse, embora a mãe tivesse erguido a sobrancelha ceticamente em relação a isso.

— Por que Sanjay não pode dar uma carona para você? — perguntou Nicole, um tom de nervosismo na voz.

— ELE NÃO TEM CARRO, MÃE! PEGOU UM EMPRESTADO NA NOITE DO BAILE.

— Sarah não pode levá-la? Ou Chloe?

— NÃO. ELAS VÃO NOS ENCONTRAR LÁ.

— Não gosto da ideia de Matthew levar você. Lembra-se do que aconteceu na última vez?

Sim, lembro, pensou Amy. *Quando saí cedo e o abandonei porque eu estava com medo.*

— É SÓ UMA CARONA, MÃE. EU VOU FICAR BEM, PROMETO.

Amy *estava* bem. Eles não iam encontrar mais ninguém. Foram para um parque perto da casa de Matthew e sentaram-se ao lado de um playground onde ele costumava brincar quando criança. Matthew havia preparado um piquenique com os alimentos macios que Amy mais gostava e duas latas de Boost, o qual ele alegara ter passado a apreciar.

— É um pouco parecido com Muscle Milk, o suplemento proteico que eu também tento beber regularmente. Tenho certeza de que você pode perceber só de olhar.

Eles comeram salada de homus e tabule, morangos e biscoitos, depois montaram uma lista do que pretendiam fazer durante o verão. Amy tinha uns seis livros que queria ler. Matthew tinha que trabalhar cinco turnos semanais.

— São todos à noite, o que deixa meus dias meio livres — disse ele. — Não sei bem o que vou fazer antes das quatro da tarde.

— VOCÊ PODIA IR LÁ PARA CASA ENQUANTO MAMÃE ESTÁ NO TRABALHO — falou Amy. — PODÍAMOS FICAR POR LÁ E NADAR.

A princípio ele achou que ela estivesse brincando, então olhou para o rosto dela.

— Está falando sério?

Ela o fitou de volta, tranquila.

— SIM.

— Mas sua mãe me escreveu um bilhete. Eles não querem que eu veja você...

— NÃO LIGO PARA O QUE MEUS PAIS FALAM. ELES NÃO FICAM EM CASA DURANTE O DIA. VOCÊ DEVE IR.

Agir pelas costas da mãe? Essa era uma das ousadias de Amy?

— Eu poderia ir. Quero dizer... claro, eu gostaria de ir.

CAPÍTULO VINTE E QUATRO

A CERIMÔNIA DE FORMATURA VEIO e se foi, um evento sem graça num dia quente e grudento. Depois, Matthew e a mãe jantaram no Outback. Ele pediu um filé-mignon e ela, um Dewar's com gelo e, quando a refeição dele chegou, pediu mais um.

— Você parece melhor ultimamente — disse a mãe. — Acha que aquelas coisas todas estão ajudando? — Ela agitou a mão, um pouco constrangida, porque se referia à medicação e à psiquiatra.

Embora Matthew estivesse se tratando fazia três meses, eles mal falavam a respeito. Ele dissera que não queria ficar analisando minuciosamente cada coisinha, ou consultando-a o tempo todo. Aparentemente ela achou que isso significava que ele não queria falar absolutamente sobre o assunto, e por isso até então Matthew não tivera a chance de dizer a ela:

— Eu *estou* melhor. Espero.

Ela sorriu e comeu uma batata frita do prato dele.

— Isso é ótimo!

No começo parecia que uma neblina havia envolvido a cabeça dele e, ao se dissipar, deixou para trás algo estranho: o silêncio. Não havia nenhuma voz em sua cabeça. Desde então ele não conseguia acreditar na quantidade de horas que lhe sobravam por dia. Horas nas quais podia fazer o que quisesse, ou pelo menos essa era a impressão que ele tinha. Ouvir música, navegar na Internet, trocar mensagens com Amy. Ele havia passado a semana anterior à formatura fazendo tudo isso e ainda tivera tempo para começar um programa de leitura. Se não ia para a faculdade, disse-lhe Amy, então ele *precisava* começar a preencher as lacunas de sua formação.

— Nós ainda nem colamos grau — observou ele.

Mas isso não tinha importância. Tudo já tinha acabado, exceto pela parte da papelada e das festas. Alguns alunos do último ano tinham deixado de ir à escola completamente. Com tempo extra e nada para fazer, Matthew começou a ler. Leu tudo de J.D. Salinger, que era surpreendentemente engraçado até ficar estranho e impenetrável.

— ELE NUNCA SE RECUPEROU DA ÉPOCA QUE PASSOU NA GUERRA — explicou Amy.

— Ou na escola — supôs Matthew.

Ele gostava dos livros e da sensação de realização que vinha quando terminava de ler um deles, principalmente no desenrolar do verão. Ele passava a maior parte das manhãs lendo enquanto esperava o momento de ir para a casa de Amy, onde nadava até a hora de ir para o trabalho.

Com esses dias soltos e desestruturados, ele tivera mais tempo para pensar no que Amy havia escrito em seu e-mail. Ele nunca tocava no assunto quando estava com ela, mas as palavras sempre pairavam no fundo de sua mente. *Se você tem 17 anos e uma quedinha pelo seu melhor amigo.* Ele se demorava nessas palavras: *quedinha* e *melhor amigo*. Ainda não podia fazer nada em relação a elas, mas tais palavras o sustentavam com uma autoconfiança inesperada. Elas o impulsionavam a fazer e a dizer coisas surpreendentes.

Agora eles flertavam. Pelo menos aquilo lhe parecia o mais próximo de um flerte que Matthew já tinha experimentado.

Nas tardes em que ia à casa de Amy para nadar, ele passava bronzeador nos ombros dela e levava presentes como Cheetos, que ela adorava e a mãe se recusava a comprar. Amy sempre batia palmas e abraçava o pacote, e ele compreendia que alguma coisa estava acontecendo.

O universo estava mudando para ambos, mas Matthew também pressentia outra coisa. Uma hesitação da parte de Amy. Uma leve relutância. Algo que ele não sabia especificar, mas que o fazia se conter.

Todos os dias Amy pensava em novas maneiras de dizer a Matthew o que desejava. Programaria seu Pathway para dizer: "EU TE AMO, MATTHEW MALONE!" ou baixaria o volume a quase um sussurro: "ACHO QUE TE AMO".

Mas isso nunca aconteceu.

Muito embora o sentimento estivesse lá, entre eles, todas as tardes.

Amy podia senti-lo na atenção que Matthew dirigia a ela. No modo como lia todos os livros que ela sugeria e lhe emprestava. No modo como ele chegava todos os dias, vinte minutos depois de sua mãe ter saído. No jeito como eles se demoravam em alguns assuntos e evitavam outros — como o baile de formatura, por exemplo. E o fim das férias.

Durante todo o mês de julho e a primeira metade de agosto, Matthew pareceu tão melhor, tão mais leve, brincando na piscina, mergulhando espalhafatosamente, sacudindo os cabelos sobre o corpo seco de Amy, estendido na espreguiçadeira.

— Você devia vir nadar comigo — disse ele certa tarde, na segunda semana de agosto, logo depois de eles terem feito uma refeição leve à mesa ao ar livre e retornado às espreguiçadeiras à beira da piscina. Nenhum dos dois queria que aquela época acabasse, embora soubessem ser algo inevitável. — Entendo seu empenho em se bronzear, mas talvez você possa fazer os dois ao mesmo tempo...

— VOCÊ ESTÁ ME CONFUNDINDO COM ALGUÉM COM QUATRO MEMBROS FUNCIONAIS.

— Ah, que nada... você não costumava nadar sempre?

— QUANDO ERA PEQUENA, ENTALADA EM BOIAS, SIM. — Ela costumava amar a água, sua leveza empolgante, a maneira como seu corpo flutuava. — O COLETE SALVA-VIDAS QUE EU PRECISARIA USAR AGORA É SIGNIFICATIVAMENTE MENOS ELEGANTE.

— Você tem um aqui?

— EU NÃO VOU VESTI-LO, MATTHEW. — Durante todo o verão, Amy não entrara na água nem uma só vez. Disse que não gostava de água, alegou que sua pele reagia às substâncias químicas da piscina. Em vez disso, ela sempre ficava deitada numa espreguiçadeira, lendo, digitando e observando Matthew. Amy nunca contara a ele a verdadeira razão para não nadar: medo de ficar na água com ele. Medo de precisar de ajuda. Medo de sentir os braços dele em torno dela. Medo do sonho dele se tornar realidade.

— Muito bem. Por que eu não seguro você, então? Posso te ajudar a flutuar pela piscina um pouco. — Ele parou ao lado dela, uma poça d'água se formando aos seus pés.

— ACHO QUE NÃO. VOCÊ SE SENTIRIA MUITO MAL SE EU ME AFOGASSE.

— Você está me subestimando. Não percebeu que venho malhando o verão inteiro? Uma vez por semana, pelo menos. — De fato, ela havia notado que Matthew estava com mais músculos. Ainda assim, Amy tinha lembranças demais de momentos humilhantes nos quais seu corpo a traíra. Um dia, na equitação terapêutica, ela chutara seu instrutor preferido, Glenn, com tanta força que ele se encolheu e desabou de joelhos. Seu corpo era uma massa de 50 quilos de músculos contraídos que não obedeciam a nenhuma ordem que ela lhes dava.

— TENHO ESSE PROBLEMINHA QUE ME FAZ CHUTAR AS PESSOAS ÀS VEZES. MINHAS PERNAS ACHAM ISSO ENGRAÇADO.

Espantosamente, Matthew estendeu as mãos.

— Eu corro o risco.

Sem mais palavras, ele se inclinou, ergueu Amy da espreguiçadeira e desceu os degraus da piscina, entrando na água com ela nos braços. Aconteceu tão de repente que o corpo dela não teve tempo de se retesar ou de se encolher. Ela enterrou a cabeça no pescoço dele e, quando Matthew entrou na piscina, carregando-a, a água batendo na cintura, ele a virou de modo que suas mãos apoiaram Amy por baixo dos braços, dando a volta pelo peito. Ela flutuou por alguns minutos de olhos fechados, a cabeça inclinada para trás. Se seu coração não estivesse batendo com tanta força, teria sido relaxante.

— Lembra do meu sonho? — sussurrou ele ao ouvido dela. — No qual você era uma excelente nadadora?

A mão de Amy se contorceu, desejando digitar uma resposta.

— No qual entrávamos na água e você ficava *bem*? Ainda penso nisso às vezes. Sei que você já falou sobre o significado de sonhar com água, e talvez você esteja certa, mas eu ainda acho que se tratava de outra coisa.

O quê?, ela queria gritar. *O que aquele sonho simbolizava?*

Matthew não respondeu à pergunta que Amy não podia fazer.

Em vez disso, eles ficaram flutuando pela piscina até o horário de Matthew ir embora, pois logo Nicole chegaria em casa.

Ambos passaram o verão inteiro valsando em torno de momentos semelhantes, nos quais chegavam perto de dizer algo, mas não diziam. Nos quais seus corpos falavam por eles.

Nos quais Matthew removia um cílio do rosto de Amy ou ajeitava uma alça retorcida de seu maiô e eles se olhavam por um instante além do tecnicamente necessário. Então o momento se evaporava. Ela nunca forçava tais momentos ou os mencionava depois que passavam. Não queria arruinar um deles acendendo um holofote em cima e dizendo: *Olhe para isto. O que está acontecendo aqui? Você também está com medo?*

CAPÍTULO VINTE E CINCO

DURANTE TODO O MÊS de agosto, Matthew tentou pensar em algum lugar especial aonde poderia levar Amy em seu último dia juntos. Restaurantes estavam excluídos. Ela ficava muito constrangida quando comia em público. Embora conversassem muito sobre filmes, ir ao cinema parecia sem sentido. Como sentar-se no escuro e ficar olhando para uma tela poderia render momentos juntos memoráveis? Ele queria que fosse inesquecível. Algo do qual ela pudesse se lembrar depois que começasse a fazer amigos superinteligentes em Stanford.

Por fim, numa tarde, ele reuniu coragem para abordar o assunto.

— Então, pensei em algo que podemos fazer no dia 26 de agosto.

— O QUE TEM NO DIA 26 DE AGOSTO?

Ele ficou surpreso por ela ter que perguntar. A data vinha o cercando como a beirada de um penhasco.

— Seu último dia aqui. Você vai embora para Stanford no dia 27.

Ela sorriu. Ou sua versão de sorriso.

— AH, CERTO.

— Então é o seguinte. Pensei em algo, mas você provavelmente vai odiar se eu contar com antecedência. Posso fazer uma surpresa?

— VOCÊ JÁ ME SURPREENDEU.

— Não, estou falando sério. Esse vai ser um passeio festivo, incomum. Não exatamente um programa totalmente inovador, mas perto disso. Não vai envolver roupas elegantes nem outras pessoas.

— BEBIDA?

— Não. A menos que você peça, e mesmo assim eu provavelmente vou negar.

— PARECE ÓTIMO.

Matthew buscou Amy o mais cedo possível, mas sem violar a regra de nunca-ser-visto-por-Nicole que ambos haviam decretado no início do verão. Àquela altura, manter seus encontros secretos já havia se tornado um jogo.

Sua mãe está no quarto?, perguntava ele pela internet à noite. *Ela sabe que você está conversando comigo?*

Corta e corta, respondeu Amy. Esse era o código que usavam para *sim, ela está por perto*. Uma vez Matthew perguntou o que aconteceria de fato se Nicole descobrisse sobre suas visitas vespertinas. Amy pensou no assunto.

— NÃO É QUE ELA NÃO GOSTE DE VOCÊ. ELA SE PREOCUPA QUE, POR EU GOSTAR DEMAIS, VÁ ME DECEPCIONAR. EU PROVAVELMENTE OUVIRIA UM LONGO SERMÃO A RESPEITO.

— Sob o meu ponto de vista, isso é o equivalente a ela não gostar de mim — disse ele, mas estava sorrindo. Amy tinha acabado de dizer que gostava demais dele.

— ELA PASSOU DEZOITO ANOS ME SUPERPROTEGENDO. ESTÁ ENRAIZADO.

— Será que ela ficaria mais tranquila se descobrisse que tenho sido absurdamente confiável? Que quebrei a regra imposta por ela e vim aqui todos os dias? — Essa era a pergunta que ele vinha querendo fazer havia algumas semanas: era pior visitar Amy escondido ou tais visitas secretas provavam alguma coisa em relação à sua sinceridade? *Viu? Eu gosto mesmo da sua filha. Venho aqui mesmo quando não estou sendo pago. Venho até quando não deveria! Sou obsessivo-compulsivo, maníaco por controle e quebro regras para vê-la. Minha pressão arterial sobe e meu coração dispara todas as vezes que faço isso, e ainda assim eu faço! Isso me deixa louco, mas mesmo assim estou aqui.*

Amy pensou por um minuto.

— MINHA MÃE NÃO ENXERGA AS COISAS SOB ESSE TIPO DE PERSPECTIVA. EU BEM QUE QUERIA QUE ELA ENXERGASSE.

A viagem de Amy para Stanford com os pais estava marcada para o último domingo de agosto, bem cedo. Eles seguiriam de carro pela costa da Califórnia e chegariam à universidade à tarde, a tempo de buscar a scooter que haviam comprado de uma empresa de equipamentos médicos.

— ADIVINHA QUAL PARTE DISSO ESTÁ ME DEIXANDO MAIS ANIMADA? — perguntou Amy.

— Seis horas no carro com sua mãe?

— MINHA SCOOTER! JÁ ESTOU PENSANDO EM NOMES PARA ELA.

— Que tal Wildfire, como na música?

— O CAVALO FUGITIVO?

— *She ran calling Wildfire*...

— POR FAVOR, NÃO CANTE. EU IMPLORO.

— Tá bom. — Ele sorriu. — Nada de cantar. Nada de beber.

Era assim que eles lidavam com a desagradável questão de reconhecer a realidade: *É, você está indo embora rumo a uma vida da qual não farei parte. Vai ser empolgante de formas que nem consigo imaginar. Agora não vamos mais falar disso.*

Mais cedo naquela manhã, Matthew preparou um cooler com as comidas mais práticas para Amy: bolo era o preferido, assim como Pop-Tart — coisas que Nicole não comprava porque continham muita gordura trans.

— Qual é mesmo o problema com as gorduras trans? — perguntou ele no carro ao abrir um pacote de Pop-Tart para ela.

— CONVULSÕES — Amy tentou digitar, mas o biscoito atrapalhou. O computador disse: — COM VULCÕES.

Mas ele sabia. Nicole havia passado a semana inteira de treinamento preparando-os para convulsões que nunca aconteceram.

— Pop-Tarts podem causar convulsões?

— NINGUÉM SABE O QUE PODE PROVOCÁ-LAS. GORDURAS TRANS SÃO UMA TEORIA — prosseguiu ela, explicando uma conexão que Matthew não compreendia.

— Qual foi a última vez que você teve uma convulsão? — quis saber ele.

Ela pensou por um momento.

— QUARTO ANO.

— Você está brincando?

— NÃO. POR QUÊ?

— Você não tem uma convulsão há quase dez anos e sua mãe age como se isso pudesse acontecer a qualquer minuto?

— É BEM FEIO QUANDO ACONTECE.

— Mas você não vê o que isso significa?

— NÃO. O QUÊ?

— Ela tem medo de coisas que não precisam ser temidas tanto assim. Talvez ela ainda veja você de uma forma mais vulnerável do que você é de verdade.

Amy inclinou a cabeça, ponderando.

— TALVEZ.

Matthew mal conseguia acreditar na ironia do argumento que acabara de apresentar: *Talvez você não precise se preocupar tanto. Vá em frente e coma Pop-Tarts.* Se ele precisava de mais alguma prova de que sua medicação estava mesmo funcionando, ali estava ela.

Alguns minutos depois, Amy olhou para ele, surpresa.

— VOCÊ VAI PEGAR A ESTRADA?

— Tenho que pegar — afirmou ele. — É só um pedacinho. Estamos quase chegando. — Matthew revelou então que a estava levando para uma praia sobre a qual ouvira o pessoal do trabalho comentar. Não era lotada e tinha um recife de pedras, o que significava que os bichos nadavam até ali, aproximando-se mais da costa do que o habitual. Às vezes dava para ver focas na água, dissera Carlton. Depois de estacionar, Matthew explicou: — Sei que você não gosta de praia, mas pensei que se houvesse focas...

— É MARAVILHOSO, MATTHEW. É PERFEITO — disse ela, e era mesmo.

Eles viram focas e, mais tarde, golfinhos saltando no horizonte, tudo tão mágico que nenhum dos dois sabia o que dizer. Matthew estendeu a mão e apertou a dela. Amy retribuiu o gesto.

Para ela poder andar até a água e molhar os pés, ele precisou segurar a mão dela o tempo todo. Parados na arrebentação, Matthew tomou as mãos dela, e nada lhe pareceu estranho. Eles riram enquanto as ondas engoliam seus tornozelos e a água escavava a areia em torno de seus pés.

A maior surpresa veio no trajeto para casa, quando ela contou que nunca havia estado numa praia.

— Está falando sério? — questionou ele. — Moramos no sul da Califórnia e você nunca foi a uma praia?

— NÃO. MINHA MÃE SEMPRE DISSE QUE NÃO ERA SEGURO.

Ele pensou no que Sanjay tinha dito a Sarah, sobre como Amy fora superprotegida a vida inteira.

— As coisas vão ser diferentes a partir de amanhã — disse ele. Não queria parecer triste com a partida dela, então manteve a voz animada. — Você vai começar a fazer muitas coisas que nunca fez. Beber café. Usar ponchos.

Ele fitou o rosto dela e concluiu: talvez fosse melhor parar de falar sobre o dia seguinte.

Quando chegaram em casa, os pais de Amy tinham saído para um evento beneficente. Havia um bilhete no balcão avisando que estariam de volta às dez, o que significava que Matthew e Amy ainda tinham mais quatro horas a sós na casa para fazer o que quisessem.

Eles tiveram muito contato físico um com o outro ao longo do dia. Desde o momento em que Matthew a carregara da areia até um ponto na praia. Como não havia jeito de usar o andador na areia, ele precisara segurar a mão dela, o que fez durante quase todo o dia. De pé, com a água até a altura da panturrilha, ele descobriu uma coisa: segurar a mão de Amy por tanto tempo facilitava outros tipos de toque. Espalhar o filtro solar em seus ombros. Limpar a areia de seu rosto. Pequenos gestos que transmitiam tamanha intimidade que, se alguém os estivesse observando, logo presumiria que eram namorados.

Dentro de casa, Amy surpreendeu Matthew mais uma vez. Com o chão todo acarpetado e a mobília estrategicamente posicionada, Amy era capaz de se locomover sem o andador e sem nenhuma ajuda, da entrada até a cozinha. Ela fazia uma pausa em cada cadeira e cambaleava um pouco entre o sofá e a bancada da cozinha, mas, tirando isso, foi uma triunfal exibição de independência na locomoção.

— Olhe só para você. — Matthew assobiou. — Parece que nem precisa mais de auxiliares.

— SE AO MENOS STANFORD CONCORDASSE EM ESPALHAR SOFÁS E POLTRONAS ENTRE OS EDIFÍCIOS.

Matthew riu.

— Você vai se sair muito bem. Vai ter sua scooter. Não vai precisar se preocupar com nada.

— AINDA ASSIM ESTOU COM MEDO.

— De quê?

Ela corou. Era impressionante, na verdade, como tinham conversado pouco sobre aquele assunto.

— DE TUDO.

— Ah, bem, *tudo* é muita coisa, eu acho.

Amy sentou-se em um banco junto à bancada da cozinha. Matthew colocou o Pathway diante dela.

— PRINCIPALMENTE DOS AMIGOS. E DE VOCÊ NÃO ME ESCREVER. — Ela não levantou os olhos enquanto digitava. — EU ME IMAGINO SENTADA NUM QUARTO ESCURO, NO DORMITÓRIO, SOZINHA, ESPERANDO VOCÊ FICAR ONLINE.

— Ah, não, Aims. Não vai ser assim. — Secretamente, ele adorou aquela imagem. Via-se numa cena semelhante, sentado em casa, no quarto. — Você vai acender as luzes e ler enquanto espera.

— HA-HA.

Ele se aproximou e sentou-se no banquinho ao lado dela. Eles nunca ficavam dentro da casa. Durante o dia, quando ele ia nadar, Carlotta, a empregada, estava sempre trabalhando dentro de casa. Agora, com a casa vazia e o relógio tiquetaqueando na parede acima do fogão, tudo parecia um pouco assustador.

— O que devemos fazer? — perguntou ele. — Sua mala já está toda arrumada? Precisa de ajuda?

— NÃO.

— Então. — Ele correu os olhos pela cozinha imaculada. Não havia sequer um saleiro fora do lugar. — Devemos fazer alguma coisa simbólica? Preparar uma cápsula do tempo e enterrá-la no quintal? Fazer uma lista das dez melhores lembranças do ensino médio?

— NÃO.

— Você está com fome?

— NÃO. QUERIA TE MOSTRAR MEU QUARTO.

Talvez Matthew nunca tivesse entrado na casa por essa simples razão: tinha medo de ficar a sós com Amy no quarto dela.

— Ótimo! — disse ele, animado até demais. — Adoraria conhecê-lo.

Deslizando do banco, ela oscilou um pouco. Ele segurou sua mão ruim e pôs a outra mão na cintura dela.

— Você indica o caminho — disse ele, tão perto que podia sentir o cheiro do mar no cabelo dela.

O quarto de Amy era diferente do que Matthew esperava. Mais cheio de babados e coisas de meninas: bichos de pelúcia, caixinhas de música, almofadas de tapeçaria. Somente os livros empilhados no chão e ao lado da mesinha de cabeceira refletiam a Amy que ele conhecia agora.

— Uau! — exclamou ele, de pé no meio do quarto. — Esses caras todos têm nome? — Apontou para uma pilha de bichos de pelúcia.

— A METADE, DIGAMOS — digitou ela. — MAS NÃO VAMOS FALAR DELES.

— Tudo bem. — Ele olhou à sua volta, procurando algo mais. Havias duas malas grandes organizadas, porém ainda abertas, junto à parede oposta. Ele reconheceu as camisetas caprichosamente dobradas por cima e, debaixo delas, shorts com elástico na cintura. De repente, ali no quarto, sentiu tudo de maneira muito intensa. Ele conhecia Amy bem demais — suas roupas, seu cheiro, as peculiaridades de seu corpo. Se a beijasse agora — como queria fazer, como estivera planejando fazer durante o dia todo — o que aconteceria amanhã? Isso não tornaria a partida dela ainda pior?

— VENHA, MATTHEW. POR FAVOR. SENTE-SE AQUI COMIGO.

A cama era grande. De dossel. Ele sentou-se ao lado dela, temendo mais uma vez estragar tudo chorando na frente dela.

Aquele momento oferecia mil possibilidades. Ele não queria arruiná-lo exatamente com esta.

— QUERO CONVERSAR SOBRE UMA COISA ANTES DE IR. UMA COISA QUE TEM A VER COMIGO E COM VOCÊ.

Matthew assentiu. Amy havia digitado tudo antecipadamente, coisa com a qual ele já estava acostumado a essa altura, embora ainda achasse perturbador. Como se durante o tempo todo ela soubesse o que iria acontecer, como se soubesse que o dia terminaria com os dois ali, em seu quarto.

— DESDE A PRIMEIRA VEZ QUE VOCÊ FALOU COMIGO, TENHO UMA FANTASIA SOBRE VOCÊ E EU COMO NAMORADOS. NO COMEÇO DESTE ANO, ISSO ERA TUDO O QUE EU QUERIA. ENTÃO PASSEI A CONHECER VOCÊ, O VERDADEIRO MATTHEW, E ALGO INTERESSANTE ACONTECEU. PARECIA QUE AGORA ERA UMA POSSIBILIDADE, E UMA BEM MAIS ASSUSTADORA. TIPO, SE ISSO ACONTECESSE, NADA SERIA O MESMO DEPOIS. OU, PELO MENOS, NÃO PARA MIM.

O Pathway fez uma pausa.

— Para mim também não — retrucou ele. Temia que seu coração estivesse batendo mais alto do que o volume do computador. Esperou que a ela continuasse, mas isso não ocorreu, então ele prosseguiu: — Você é minha única amiga, Aim. Você tem montes de pessoas que te amam. Eu tenho você. Praticamente só você.

— ISSO NÃO É VERDADE. E SEUS PAIS?

Ele contara a ela sobre a mãe deprimida e o pai distante. Dissera serem pessoas boas, que queriam que tudo desse certo, mas que não sabiam o que fazer para que isso acontecesse.

— Certo... eles estão lá, mas, quando penso no que mais importa na minha vida, é você, Aim. Você é a única pessoa em quem penso e associo a felicidade.

Ele temia estar falando demais. Como se, agora que tinha começado, não conseguisse mais parar, por mais que tentasse.

— Sei que não devo querer beijar você porque você pode surtar ou porque é errado querer isso, mas não consigo evitar, Aim. Eu quero, sim, beijar você. Quero mesmo. Fico pensando nisso e tentando parar de pensar, mas não consigo. É uma ideia tão ruim assim? Não vejo por que possa ser tão terrível. Não precisamos fazer sexo nem nada desse tipo. Quero dizer, isso é óbvio. A gente poderia ir bem devagar, e vamos ser ajudados pelo fato de estarmos separados por quase dois mil quilômetros a partir de amanhã. Assim, podíamos simplesmente ter um ótimo relacionamento a distância. Acho que isso parece OK, não é?

— NÃO — digitou ela. — EU IRIA QUERER MAIS.

— Certo. Mais, tudo bem. — Seu coração disparou. — Não me importo de formalizar, mas como? Devo te dar um bracelete ou algo assim? Ou uma foto para você colocar na sua mesa?

Matthew percebia que Amy estava lutando com as palavras. Digitava e em seguida apagava. Ele nunca a vira fazer isso tanto antes. Por fim, ela pressionou o play.

— EU IRIA QUERER TRANSAR.

O rosto dele ficou vermelho. Não podia acreditar que Amy tinha dito aquilo.

— T-tá — gaguejou ele.

— VIU, POSSO VER QUE VOCÊ ESTÁ COMEÇANDO A ENTRAR EM PÂNICO.

— Não, não estou.

— SIM, ESTÁ. SEU ROSTO ESTÁ TODO SUADO. SINTO MUITO, MATTHEW. SEI QUE EU NÃO DEVERIA PENSAR EM SEXO, MAS ÀS VEZES PENSO. NÃO CONSIGO EVITAR. VOCÊ ESTÁ BEM? PARECE ESTAR HIPERVENTILANDO.

— Não estou.

— É POR ISSO QUE EU NÃO QUERIA TE FALAR. SABIA QUE SÓ IA SERVIR PARA TE DEIXAR NERVOSO E FAZER VOCÊ COMEÇAR A PENSAR EM DST.

Ele não havia pensado em DSTs até Amy citá-las. Como poderia ter esquecido delas? Ela continuava falando alguma coisa, mas ele estava com dificuldade de ouvir porque não conseguia parar de pensar em DSTs.

— FOI POR ISSO QUE EXPERIMENTEI COM OUTRA PESSOA PRIMEIRO. UM DE NÓS TINHA QUE SABER ALGUMA COISA, CERTO?

Ela o fitou, mas ele não entendeu.

— Experimentou o quê?

— SEXO. E UMA COISA EU POSSO TE DIZER: PROVAVELMENTE É MELHOR BAIXAR SUAS EXPECTATIVAS.

Espere um minuto. O cérebro de Matthew lutava para acompanhar. Certamente Amy não estava dizendo o que ele pensava que ela estava dizendo.

— Você assistiu a um filme pornô?

Matthew tinha feito isso uma vez, o que fora mais do que suficiente, já chega, muito obrigado. Corpos colidindo, rostos contorcidos em expressões de dor. Ele imaginava o que ela estava tentando dizer. *Eu quero transar, mas não quero transar* transar *como fazem em filmes pornôs.* Tudo bem. Na verdade, ele sentia a mesma coisa. *Quero fazer sexo um dia, mas não quero ficar daquele jeito na sua frente.*

— EU TRANSEI! — O rosto de Amy não combinava com as palavras reproduzidas pelo computador. Sua boca estava escancarada, os olhos arregalados numa expressão que ela geralmente usava para algo surpreendente ou muito engraçado.

Ela achava aquilo engraçado?

O coração de Matthew começou a bater com força de encontro ao peito. Ele lutou para recuperar a voz.

— Você não saiu com ninguém além de mim o verão todo.

— Com quem ela poderia ter feito sexo? Um jardineiro?

— NÃO FOI NESTE VERÃO. FOI NO FIM DO PERÍODO LETIVO.

Sanjay, não. Ele iria vomitar se ela dissesse Sanjay. Teria que lavar as mãos, ir para casa e se enfiar debaixo do chuveiro durante uma semana, talvez um ano.

— FOI SANJAY. EU QUE PEDI. ELE FOI GENTIL, MAS NÃO FOI NENHUMA MARAVILHA. NA VERDADE, FOI HORRÍVEL. MAS PENSEI BEM NO ASSUNTO E SEI QUE NÃO SERIA ASSIM COM VOCÊ. EU DEVIA TER DADO OUVIDOS AO QUE DIZEM NOS LIVROS. QUE VOCÊ DEVE AMAR A PESSOA PRIMEIRO. COM SANJAY, FOI PURA LOGÍSTICA, E MEIO NOJENTO MAS VAI SER DIFERENTE COM A GENTE!

Matthew não disse nada.

Estava concentrado em respirar. Então se levantou e foi para o banheiro.

Algumas semanas antes, na terapia, Beth lhe pedira para listar seus medos mais irracionais. *Manchas*, disse ele. *Sangue, vinho, graxa. Coisas que não saem por mais que você esfregue.* Ele não sabia de onde vinha esse medo, exceto de anos vendo a mãe tentando tirar manchas de óleo das roupas de trabalho do pai, debruçada, esfregando dobras de tecido umas nas outras, criando um pequeno domo de espuma. Uma vez, já perto do fim do casamento deles, ele vira a mãe na lavanderia, chorando enquanto esfregava os joelhos de uma calça. Matthew desejava nunca ter visto aquilo. Queria que ela não tivesse erguido os olhos e o avistado de pé à soleira da porta. Que eles não houvessem se entreolhado por tempo suficiente para que ela dissesse: "Tentei de tudo, Matt. Não há nada que eu possa fazer.".

Talvez ela estivesse falando da mancha, ou talvez estivesse falando do casamento. Ele nunca soube. As manchas, ou máculas, eram um mosaico de erros dos quais você não conseguia se livrar. Elas mostravam ao mundo seu verdadeiro eu, mesmo as partes que você não queria que vissem.

Ele hesitou, então contou isso a Beth da melhor maneira que pôde.

"Está ótimo, Matthew. É um começo."

Não era nada ótimo. Parecia um idiota falando aquilo. Queria que Beth tivesse cabelos diferentes, para que ele pudesse se concentrar mais. Não ruivos. E não tão cacheados. Uma imagem cruzou seu cérebro enquanto estavam sentados ali: Beth nua, usando apenas suas sandálias Birkenstock e exibindo seus cabelos. Ele começou a suar.

"Tenho medo de corpos", disse. Ela anotou. "Tenho medo do que acontece quando corpos perdem o controle."

Beth assentiu. Parecia estar escrevendo um conto. Ele dissera duas coisas e ela estava escrevendo cinco.

"Isso é bastante comum, na verdade, principalmente na adolescência. Seu corpo está mudando de maneiras que você não pode controlar. Seu cérebro começa a se preocupar com tudo o mais que não consegue controlar."

Todas as vezes que Beth dizia uma coisa assim, Matthew ficava com a sensação de que ela não tinha compreendido o que ele queria dizer. O que ele estava dizendo era: tinha medo do corpo de outras pessoas. Tinha medo do que eles poderiam fazer. Ali, parado no banheiro de Amy, ele compreendeu o que não conseguia exprimir, nem mesmo para Beth: tinha medo do corpo de Amy. Era capaz de tocá-la quando se tratava de um toque clínico ou necessário. Podia até carregá-la para a piscina e ajudá-la a flutuar na água, afinal ela precisava de ajuda para nadar e ele podia oferecer esta ajuda.

Mas tocar... somente por tocar?

Como ele poderia fazer isso? O sexo produzia suor e manchas horríveis e constrangedoras. Uma vez, lavando seus lençóis, a mãe dissera para ele: "Você é pior do que o seu pai."

Ele sabia o do que ela estava falando. Havia manchas nos seus lençóis. Ele era pior do que o pai.

Por que Amy achou que Matthew era capaz de lidar com isso, quando era óbvio que não era? O que queria dele? Ela ficava dizendo que ele estava melhor, mas não estava. Talvez ele pudesse ter lidado com um beijo. Ele estava se preparando para um beijo. Tinha a mente tão focada na possibilidade de um beijo real que até se achava capaz daquilo. Podia sentir o sabor dos lábios dela. Não ficaria apavorado.

E então — antes que ao menos isso pudesse acontecer — Amy começava a falar sobre sexo? Sobre desejar e praticar, para que estivesse pronta para ele?

É claro que Matthew foi embora.

Como poderia ficar? No carro, a caminho de casa, ele repassou suas opções e concluiu que não tinha alguma. Se a beijasse, seria quase a mesma coisa que beijar Sanjay. Os germes dele ainda estariam lá. Seus vestígios. O sexo era apenas parte de todas as experiências que Amy logo teria a mais em relação a ele: novos amigos, idas a festas.

Por que ela resolvera forçar tal assunto na última noite deles juntos? O que foi que ela disse quando ele estava no banheiro? "EU QUIS ISSO O VERÃO INTEIRO! EU PRECISAVA DIZER ALGUMA COISA!"

Ela queria virar sua página, deixá-lo para trás. Queria que ele visse: *Olha, sou uma adulta agora, com experiências que você não pode nem imaginar! Logo terei centenas delas e vou me esquecer completamente de você e deste ano que passamos fingindo ser amigos.*

Matthew não telefonou para ela aquela noite nem respondeu às suas mensagens.

Como poderia?

Ela estava evoluindo sem ele. Isso ficara perfeitamente claro. No dia seguinte, ele deixou que Amy fosse embora com os pais sem nem mesmo mandar uma mensagem de adeus.

CAPÍTULO VINTE E SEIS

E-MAILS ESCRITOS MAS NUNCA enviados:

Querido Matthew,

Não foi justo da sua parte sair da minha casa sem se despedir. Na verdade, acho que foi terrivelmente cruel. Não foi fácil dizer a você o que eu disse. Eu poderia não ter falado nada, afinal, como você sabe, não falar é uma especialidade minha. Só me manifestei porque era um segredo difícil. Eu o guardei durante todo o verão, e não queria mais fazer isso. Contei a você porque nós nos *conhecemos*, Matthew, de uma forma maravilhosa, mas muito complicada às vezes. Talvez eu quisesse que algumas coisas em você fossem diferentes, do mesmo jeito talvez que você quisesse que algumas coisas em mim também fossem...

Querido Matthew...

Aquilo não foi justo. Tipo, de jeito nenhum. Fique com raiva de mim, OK, mas pelo menos tenha a decência de não se afastar e de *falar* sobre o assunto. Tenho a sensação de que às vezes você se esconde atrás do seu TOC. Você diz: "Não tenho escolha, meu cérebro me faz ficar no banheiro por uma hora", mas você *tem* escolha, sim. Estava fazendo uma escolha diferente o verão inteiro. Passando suas tardes comigo, indo para o trabalho. Contanto que ninguém o desafie ou se comporte de forma inesperada, ah, adivinhe só!, o TOC está curado! Mas se uma *pessoa* admite ter cometido um erro — você não fica nem por *trinta segundos* para conversar sobre o assunto? De repente só quer saber onde fica o banheiro mais próximo! Minhas mãos, minhas mãos. Preciso lavar minhas mãos.

Não estou querendo ser má — estou dizendo que às vezes é essa impressão que temos quando estamos perto de você. Sarah disse que você fez a mesma coisa no Taco Bell. Que ela começou a falar sobre o pai e você não gostou, então de repente teve que usar o banheiro por vinte minutos. Se você tivesse voltado para o meu quarto, como qualquer ser humano decente, para pelo menos *se despedir*, eu teria dito a você que gosto de Sanjay, sim, mas que nunca mais quero transar com ele, e isso deveria ser o bastante para que você e eu continuássemos amigos. Se você vai descartar a amizade de qualquer um que já tenha transado, seu mundo vai ficar muitíssimo restrito. Só te digo isso.

Você deveria refletir — com tempo e vontade — sobre a autoindulgência da sua doença e pensar em outra pessoa para variar. Sério.

Caro Matthew...

Duas semanas se passaram e só estou escrevendo para dizer que lamento que as coisas tenham terminado tão mal entre nós. Não era assim que eu queria que tivesse sido, de verdade.

Caro Matthew,

Vi um garoto hoje na faculdade que me lembrou você. Ele andava na ponta dos pés, batendo nas coisas e se encolhendo. Talvez ele só tenha síndrome de Tourette, e você não se comporta exatamente assim. Acho que estou me esquecendo de como você era, então preencho as lacunas observando pessoas malucas e me perguntando se é assim que você está agora.

Não leve isso a mal, é claro.

Matthew...

Faz um mês que cheguei aqui, e as coisas não estão indo muito bem. Estou mais isolada do que jamais imaginei que ficaria. Moro no único quarto capaz de acomodar minha scooter, um apartamento com acesso para deficientes ao lado da enfermaria, onde uma enfermeira fica de plantão a noite toda. Estou a três edifícios de distância dos outros calouros, perto o bastante para ouvir o barulho de suas festas, mas longe demais para ir até lá ou ser convidada para alguma delas.

Eis a verdade que não posso revelar aos meus pais, então estou escrevendo uma carta que sei que não vou enviar: estou mais solitária do que jamais estive, Matthew. Pior do que antes de eu ter os colegas auxiliares. Naquela época, pelo menos eu tinha professores e terapeutas que me conheciam bem. Agora tenho um punhado de administradores que me viram uma vez e que às vezes vêm verificar como estou. Também tenho uma representante para assuntos estudantis supostamente para ajudar com a logística caso eu queira "ir a um evento esportivo ou a um show". Ela usou estas exatas palavras: "um evento esportivo ou um show." E o que me diz de eu querer sair e *conhecer pessoas*? E a logística de acrescentar uma ou duas pessoas à minha lista de amigos, a qual, no momento, não tem nenhum nome?

Uma coisa que já aprendi em relação à universidade: temos tempo livre *demais*. Você quase nunca está em aula, principalmente se só estiver fazendo três disciplinas porque sua mãe não queria te pressionar demais. Cursar três disciplinas significa preencher apenas uma hora do meu dia às terças e quintas. Às dez para as onze, já estou livre. O restante do tempo passo perambulando pelo campus. *Se eu tivesse um cão de serviço, será que mais pessoas falariam comigo?*

Passo cerca de metade dos meus dias completamente sozinha. Claro, tenho uma auxiliar para me ajudar a me vestir e tomar o café da manhã, mas ela vai embora às oito e eu só volto a vê-la às nove da noite. São muitos os dias em que ela é a única pessoa com quem falo.

Agora que estou dizendo isto, sei que não vou enviar esta mensagem, então posso falar tudo. Nunca me senti tão sozinha. Não sei quanto disso se deve à minha situação no alojamento, quanto tem a ver com a maneira como as coisas ficaram com você ou quanto é simplesmente parte da realidade que aprendi desde que cheguei: as pessoas não gostam de conversar com uma garota que usa uma máquina para responder. Não sei por que isso nunca me ocorreu, afinal é muito óbvio. Um dispositivo gerador de voz é esquisito. É estranho e lento. Sou aquela garota com quem as pessoas conversam olhando para o relógio. Sou aquela criatura maçante no banco do parque que talvez seja louca, mas com quem você deve ser legal durante um ou dois minutos. É assim que me sinto. Alguns dias eu mesma me convenço de que *sou* aquela louca no banco do parque. Tipo, eu me evitaria se pudesse.

Outro dia fiquei depois da aula na esperança de conversar com meu professor de literatura americana. Ele é louro e inteligente, e em suas aulas fica claro que compartilha de algumas de minhas impressões sobre *Huckleberry Finn*. (Aviso de spoiler: elas são confusas!) Planejei o que eu queria dizer. Até digitei durante a aula, para que não houvesse pausas constrangedoras. Era uma piadinha sobre algo que ele dissera naquele dia. Antes de você aparecer, meus melhores amigos eram sempre professores, e eu pensei que talvez pudesse fazer isso de novo. Ficar amiga de um professor. Este parecia jovem e bastante divertido. Sei lá. Talvez eu estivesse ávida demais. Não tinha uma conversa de verdade com ninguém havia dias. Minha mão estava tendo espasmos para digitar. Fui até a frente da sala, onde alguns alunos conversavam com o professor. Esperei. Preparei minha piada. Então, antes que eu pudesse apertar o play, o professor olhou para mim e disse:

— Por que não marcamos uma hora na minha sala?

Antes que eu pudesse responder, ele me deu um horário dali a duas semanas.

Vê o que estou querendo dizer? Eu só queria fazer uma piada. Queria fazê-la na frente dos outros alunos para que eles soubessem: *Ah! Surpresa! A garota do andador é divertida!* Eu queria ser descontraída como todas as outras pessoas. Mas não. Obviamente aquele professor vai precisar de algum tempo para se preparar. Ele vai precisar contar à mulher: "Vou encontrar aquela garota hoje".

Ninguém aqui me conhece. Ninguém sabe que, em geral, não sou tão triste quanto pareço ultimamente. Ninguém sabe que fui feliz o verão inteiro. Eu não devia nem escrever estas mensagens que não envio. Isso não ajuda. Não sei o que espero conseguir com elas.

Talvez eu queira guardá-las para ter um registro deste período. Para que eu me lembre exatamente do quanto foi difícil. Para que eu não doure a pílula ou finja: *Ah... não foi tão ruim assim.* Foi, e continua sendo. Muito ruim.

Nota para meu eu futuro (e pretenso Matthew): isso é ruim.

Querido Matthew...

Tem mais uma coisa que não consegui dizer a você naquela noite no meu quarto. Aí vai: eu te amo. Estou apaixonada por você. Faz muito tempo. Pode parecer estranho eu dizer isso, levando-se em conta que não estamos nos falando. Mas concluí que é possível amar alguém por razões inteiramente altruístas, por todas as suas falhas e fraquezas, e ainda assim não ter este amor correspondido. É triste, talvez, mas não trágico, a menos que você fique buscando seus afetos esquivos para sempre.

Então não permita que eu me torne Miss Havisham, que passou vinte anos guardando o bolo de casamento que o verdadeiro amor nunca apareceu para comer. Por favor, Deus, não. Quantas garotas já vi passarem os dias chorando por causa de homens desinteressados? Tenho vontade de dizer a todas elas: *Levante a cabeça. Cuide da sua vida. Porque ele tem a dele.*

Já escrevi para você uma dezena de vezes, tentando falar a coisa certa, mas quando leio as mensagens, percebo que é isso o que estou sempre tentando dizer: eu te amei. Sempre, mesmo quando fazia piada, brincava e fingia não amar. Você é o homem da fantasia que me permiti em meus sonhos mais loucos de uma vida adulta feliz — inteligente, engraçado e com certas deficiências tão sérias quanto as minhas. Mas durante um ano tentamos deixar nossos medos de lado e confiar em nossos instintos, e nunca funcionou. Choro enquanto escrevo isto porque estou tendo que admitir que, se fosse para acontecer, a essa altura já deveria ter acontecido. E talvez eu não seja tão generosa quanto finjo ser, porque nesse caso não consigo dizer: *A amizade é suficiente* ou *Vamos ser o que você quiser que sejamos.* Não é isso o que quero.

De repente sinto medo de coisas que não costumavam me assustar. Tenho medo de ir para casa depois desse semestre horrível e solitário e de rever você, muito melhor do que antes. Tenho medo de você me dizer que começou a namorar alguém e que se apaixonou. Tenho pavor de um dia receber um convite para um casamento ao qual terei de ir e ver você se casar com outra pessoa. Certamente você pode ver o problema nisso tudo, Matthew. Não tenho as mesmas escolhas, e isso não é justo. Você ficou com raiva de mim por eu ter estado com outra pessoa, mas certamente entende: você tem a chance de melhorar. Logo *estará* melhor, então terá meio mundo para escolher.

Eu tinha uma minúscula janela de oportunidade. Durante um tempinho, enquanto me tratavam como uma celebridade — aquele artigo no jornal e a aparição na TV me deram um curto período no qual minhas conquistas apagaram momentaneamente o corpo ao qual estou presa. Não é que eu queira negar a realidade do meu corpo ou a maneira como as pessoas me veem. Esta sou eu; estas são minhas pernas tortas; estes são meus polegares que nunca se esticarão voluntariamente. Eu poderia odiar todas essas peculiaridades, mas de quê serviria? Aonde me levaria? Melhor olhar no espelho e enxergar a realidade: não receberei muitas propostas na vida. Se surgir uma que seja ao menos um pouquinho tentadora, melhor cogitá-la. O que aconteceu com Sanjay não foi muito mais do que isso. Pensei: *Eis a minha chance! Sei que não o amo. Talvez nem goste tanto assim dele, mas quantas chances eu vou ter?* Eu queria experimentar. Lamento, mas experimentei. Queria ver se meu corpo era capaz de controlar a situação. Sim, eu queria experimentar com alguém que *não* fosse você, para que soubesse o que esperar caso acontecesse com você. Achei que um de nós dois deveria descobrir isso, para que ambos não entrássemos em pânico. Foi isso o que eu quis dizer quando falei que *estava* pensando em você.

Parte de mim sempre admirou pessoas que têm uma atitude casual em relação ao próprio corpo. Garotas que conseguem cumprimentar os garotos batendo os quadris sem nem pensar duas vezes. Ou andar com a mão no bolso do namorado. Ou falar de sexo como se pudesse ser grande coisa, mas que não necessariamente precisar ser.

Sarah é assim. Ela parece um pouco mais velha do que o restante de nós porque, de certa forma, é. Não ter mãe significa que ela cuida do pai, mas também cuida de si. Ela é engraçada em relação a sexo. Sei que você não quer ouvir isso, mas preciso dizer para que você entenda o que eu estava pensando. Ela diz que gosta de transar, contanto que esteja no comando, o que significa que, em geral, ela está. Diz ao cara exatamente o que ele pode e não pode fazer. Não, nem sempre ela o ama, às vezes nem sequer gosta muito dele, mas decide que, naquele momento, ele está OK. Quando chegar à faculdade, já vai saber o que está fazendo, onde planeja encontrar alguém por quem *irá* se apaixonar. Foi o que ela disse. Era o que eu tinha em mente. (E, sim, admito: talvez eu me perguntasse se ela estava transando com você. Talvez eu quisesse magoá-la antecipadamente, no caso de ela estar.)

Não sei, Matthew. Para mim, a ideia de ganhar alguma experiência fazia sentido. Eu não queria ser tão inocente. Só isso. Agora temo que você nunca compreenda isso nem consiga me perdoar. Sei que, se eu não conseguir resolver as coisas com você, é muito improvável que eu vá encontrar alguém que me enxergue da maneira que você me enxergou, ou que não vá ser repelido pelo meu corpo. Sei que as razões que fizeram você sair correndo do meu quarto naquela noite são complicadas e não têm a ver só com seu medo do meu corpo.

Eu reconheço seu mérito por isso, Matthew.

Mais do que você provavelmente se dá conta.

Porque mesmo enquanto digo que isso não vai dar certo, parte de mim ainda espera que dê. Parte desse meu plano, na verdade, tem a ver com você, com assumir uma posição. Eu quero dizer: *Não vamos esperar eternamente que nossas vidas comecem. Vamos fazê-la começar. Vamos ser destemidos para variar e dizer: nós podemos fazer isso.* Não sei se vou ter a coragem de enviar esta mensagem. Espero que um dia eu tenha

---

Querido Matthew...

Escrevi algumas mensagens para você, mas não enviei nenhuma. Todas foram escritas em vários estágios de desespero. Na maior parte do tempo fico aliviada por não tê-las mandado, mas agora estou com um novo problema e preciso conversar com alguém. Preferiria falar com você, se pudermos encontrar o caminho de volta à nossa velha amizade e às boas conversas. Eu não sei. Podemos?

Ah, Matthew, como sinto saudade de você. O tempo todo. Constantemente.

Estou falando muito? Provavelmente sim.

Não consigo escrever para você sem pôr alguma versão da verdade em minhas palavras, então perco a coragem porque a verdade é dolorosa demais para que você a conheça agora. Ou alguma coisa assim.

EMAIL ENVIADO EM 30 DE OUTUBRO:

Para: mstheword@gmail.com

De: vandorna@stanford.eau

Assunto: Oi

Oi, Matthew, podemos conversar em algum momento? Estou com um problema e preciso da sua ajuda· Muita coisa para pôr em dia.

Bjs, Amy

CAPÍTULO VINTE E SETE

TRABALHAR NO CINEMA LA Tierra havia ensinado muito a Matthew sobre fazer parte de um grupo de desajustados. Depois de seis meses tomando medicação e cinco meses trabalhando ali, ele sentia-se parte do grupo pela primeira vez, ou algo próximo disso. Às vezes parecia que todos haviam sido tocados pelo infortúnio e estavam ali à espera de uma oportunidade. Chloe com o namorado preso, com quem ela (graças a Deus!) finalmente terminara; Hannah ajudando a mãe solteira a criar três filhos; Carlton começando seu quinto ano de faculdade comunitária. Matthew se destacava entre eles só por ser o mais quieto e o limpador mais compulsivo. A cada turno ele esfregava a máquina de queijo nacho enquanto os outros aproveitavam o intervalo para sair para fumar. Regularmente tirava o pó das caixas de doces que não vendiam muito e limpava com um jato de detergente os vidros de doces marcados pelos dedos dos clientes. Nos momentos mais calmos do dia, seus colegas se sentavam no piso atrás do balcão e perguntavam se ele dobrava as cuecas também.

— Depende, acho — dizia ele. — Às vezes.

Aos poucos eles começaram a conversar mais com Matthew. As garotas primeiro. Elas lhe contavam fofocas que corriam entre os funcionários e histórias engraçadas sobre a banda de Carlton, que se chamava Caribu e cometera o erro de usar camisas e cordões havaianos como marca registrada e agora deixava seus integrantes fadados a parecer homens de meia-idade de férias na praia em todos os shows.

Uma noite, Hannah o convidou para ficar depois do trabalho.

— Quantos acham que Matthew devia ficar chapado com a gente atrás da tela hoje à noite? — perguntou ela ao grupo.

No turno da noite, somente duas pessoas ficavam para limpar e fechar o cinema depois da última sessão. Os outros iam para casa ou, ultimamente, se reuniam em um conjunto de pufes atrás da tela, num palco onde antigamente costumavam acontecer espetáculos ao vivo. Dali era possível assistir ao filme por trás, através da tela granulada. Embora a história ficasse confusa e fosse difícil de ouvir, aparentemente isso não tinha importância. Chloe ergueu a mão, assim como Carlton e Sue, que aliás nunca deveria sair da bilheteria, mas sempre saía e se debruçava sobre o balcão recém-limpo por Matthew para pegar punhados de pipoca.

— Ah, eu acho, eu acho — disse Sue, mastigando. — Matthew chapado seria fabuloso. Nós deixamos você levar o detergente, mas nada de toalhas de papel, OK? Você só precisa ficar com a gente. Nos pufes.

Quando chegou lá, ele fingiu fumar, comprimindo os lábios e sugando o ar ruidosamente na ponta do baseado. Não queria ficar chapado — não podia, por causa dos medicamentos —, mas queria fingir e ver o que aquelas garotas fariam.

— Viu, Matthew — disse Hannah depois de dez minutos nas luzes bruxuleantes que faziam o lugar parecer a caverna do Batman. — Fique um pouco aqui atrás e você não vai mais dar a mínima para o lado que as caixas de doces estão viradas.

Depois de alguns minutos, Matthew percebeu que ela estava certa. Ele não se importava.

Eles haviam se tornado um grupo com piadas internas. Algumas noites, ficavam diante do cinema, depois do trabalho, para terminar de contar suas histórias. Uma vez Hannah perguntou se ele se importava de esperar o ônibus com ela do outro lado da rua porque ela detestava esperar sozinha; ficava apavorada. Nunca alguém admitira sentir medo e pedira sua ajuda.

— É claro — respondeu ele, e ficou lá com ela por quase 25 minutos.

Quando o ônibus finalmente chegou, ela disse enquanto embarcava:

— Ai, meu Deus! Desculpa. Demorou muito. OBRIGADA!

— Foi um prazer — gritou ele de volta. E tinha sido mesmo.

Depois de anos em isolamento, fazer parte de um grupo era um pouco inebriante.

Matthew também compreendia, com a clareza um tanto difusa que a medicação lhe trouxera, que aquelas amizades eram diferentes da que ele tinha com Amy. Até certo ponto, ele compreendia que havia cometido um erro horrível ao sair correndo do quarto dela na última noite deles juntos. Mesmo estando com raiva, deveria ter ficado e conversado. Afinal, àquela altura eles já eram amigos havia um ano. Amigos permitem que os amigos transem com outras pessoas. Amigos até permitem que os amigos falem sobre transar, coisa que ele aprendera ao ouvir Sue, que regularmente contava a Hannah sobre a "transa hilária" que tivera com alguém que havia acabado de comprar jujubas com Matthew. Ele podia não ter conseguido entrar (ou mesmo se inscrever) em nenhuma faculdade, mas aprendera muito nos últimos cinco meses — mais do que estava pronto para admitir a Amy. *Sei que você tem razão*, ele teria de dizer a ela um dia. *O que você fez não foi horrível. Eu só não gosto de pensar no assunto.*

Ele até mesmo teve uma revelação com sua terapeuta, Beth. O verdadeiro problema com seu tipo de TOC — o medo crônico de machucar outras pessoas — era que a pessoa pensava tanto em não atropelar crianças, não atingir pedestres, não envenenar estranhos com os germes nas mãos — essencialmente não matar um mundo cheio de estranhos — que acabava machucando as pessoas que mais amava. Agora Matthew via isso.

Ele tentou conversar a respeito com Hannah na noite em que ficou até tarde e fingiu ficar chapado. Sentaram-se lado a lado em dois pufes encostados. Ela fez perguntas sobre sua vida amorosa da maneira como as garotas às vezes faziam, de brincadeira.

— Não sei sobre vida amorosa — disse Matthew. — Tive uma grande amiga por muito tempo. Acho que, de certa forma, eu a via como minha namorada, só que não. Então tivemos uma briga e ela foi embora para a universidade, e aí me dei conta... sei lá. Do quanto sinto falta dela, acho.

Hannah virou-se e socou seu pufe azul para formar um travesseiro.

— Ai, meu Deus, esse é o meu sonho! Garotos que são só meus amigos de repente percebendo que me amam.

— Não sei se foi *assim*.

— O que aconteceu?

Ele pensou por um momento.

— Bem. Eu percebi que a amava.

Hannah arquejou.

— Ai, meu Deus, isso é tão fofo. — Ela virou-se para Carlton e Sue, que estavam sentados atrás deles. — Vocês aí... ouçam isso. Matthew está apaixonado. Conta pra eles... — Ela fez um gesto com a mão, mas ele não repetiu a história. Os outros estavam chapados demais para se interessar e o filme estava quase chegando ao fim, o que significava que precisariam limpar o cinema e fechar a sala dali a alguns minutos.

A partir daquela noite, Hannah começou a perguntar sobre aquela história de vez em quando. Tinha chegado a acontecer alguma coisa? Ele dissera a ela como se sentia? Todas as vezes que ela perguntava, o coração de Matthew disparava.

— Tentei contar a ela quando fomos ao baile de formatura, mas não acho que ela tenha entendido o que eu estava dizendo.

— O que aconteceu?

— Ela foi para casa com outro cara.

Os olhos de Hannah se arregalaram um pouco.

— Depois do *baile*? Está falando sério?

Ele odiava a imagem que isso fazia Hannah ter de Amy.

— Éramos todos amigos. Eu desapareci por algum tempo durante o baile. Ela pensou que eu tivesse ido embora sem ela.

— Ah, puxa. E você tinha ido?

— Não, é claro que não.

Tudo isso explicava por que Matthew ficou tão feliz quando, depois de três meses de silêncio, recebeu o seguinte e-mail:

Para: mstheword@gmail.com

De: vandorna@stanford.edu

Assunto: Oi

Oi, Matthew, podemos conversar em algum momento? Estou com um problema e preciso da sua ajuda. Muita coisa para pôr em dia.

Bjs, Amy

Fazia tanto tempo que ele esperava por notícias dela. Por mais breve que fosse a mensagem, pareceu importante. Ele gostava do fato de poder ajudá-la a resolver seu problema. Recentemente, ele vinha pensando na mesma coisa, inventando motivos para entrar em contato com ela. Mas nunca redigia suas mensagens, só as compunha na mente.

Tive uma noite horrível no trabalho. A máquina de gelo quebrou e faltaram 16 dólares no meu caixa. Caso você esteja se perguntando, a resposta é sim, sai do meu pagamento. Sei que 16 dólares não é o fim do mundo, mas ao fim de uma noite longa e sem sentido, a sensação é de que pode ser.

Ou isto:

Só queria te contar que a nova mulher do meu pai está grávida, o que (naturalmente) é muito nojento, pois significa que eles certamente transaram. Para minha mãe, significa uma desculpa para ficar ainda mais deprimida.

E a coisa alucinante que ele queria escrever:

Não sei o que estou fazendo com a minha vida. Agora leio muito porque estou cansado de ouvir sua voz na minha cabeça dizendo que não leio o suficiente. Escrevo porque ouço você dizer: "Se quer mesmo se curar, precisa manter um diário. Precisa pôr seus sentimentos no papel." Então estou fazendo isso também, só que, no minuto em que começo a escrever, me sinto um personagem. Começo a explicar as circunstâncias de um fato para o meu diário para que ele compreenda de onde estou partindo, embora o diário seja eu mesmo. Isso acontece com você?

Mas Matthew não escreveu nem enviou aquela mensagem. Em vez disso, mandou:

Para: vandorna@stanford.edu

De: mstheword@gmail.com

Assunto: Re: Oi

Que bom ter notícias suas, Aim. Claro. Me escreva. Não tenho novidades e nada na minha vida mudou muito. Exceto, é claro, que sinto muito por... bem, você sabe. Tudo.

Então ele esperou. Ficou uma hora na frente do computador. E um pouco mais. Ele precisava ir ao banheiro, mas não ousava se mexer. Por fim, foi correndo e voltou, fechando a braguilha diante do computador. Sem lavar as mãos, pois não tinha tempo. Amy estava de volta à sua vida com um problema para o qual precisava de sua ajuda, e Matthew não queria decepcioná-la novamente. Esperou quatro horas, lendo um pouco e ouvindo música. Antes de ir para o trabalho, enviou outro e-mail:

Para: vandorna@stanford.edu

De: mstheword@gmail.com

Assunto: Re: Oi

Tenho que ir trabalhar. O mundo pode acabar se as pessoas não puderem comprar seus lanches no cinema. Estarei com o celular, caso você me mande uma mensagem. Se não, voltarei para casa lá pelas dez e meia. Não me deixe sem notícias. Só quero saber se você está bem.

Ela o deixou, sim, sem notícia. No dia seguinte, ao meio-dia, Matthew ainda não recebera nada de Amy. Teria telefonado para a casa dela se houvesse alguma forma de se assegurar de que o pai atenderia — e nunca Nicole, cuja última comunicação com ele fora um pedido direto para que, quando as aulas terminassem, ele nunca mais procurasse Amy. Matthew deixou que um dia inteiro se passasse antes de tentar outro e-mail:

Para: vandorna@stanford.edu

De: mstheword@gmail.com

Assunto: Alô?

Ok, agora você já está me deixando um pouco preocupado. Você escreve do nada e então desaparece também no nada. Qual é o problema? Espero que esteja tudo bem com a faculdade. Tenho pensado muito em você, Amy. Ainda estou trabalhando no cinema e, acredite ou não, até que ficou divertido. Ou, pelo menos, não é horrível. Ei, acabou que você estava certa. Ter um emprego fez bem para mim.

Mais um dia se passou, e ele escreveu:

Para: vandorna@stanford.edu

De: mstheword@gmail.com

Assunto: Re: Alô?

Estou escrevendo para todos os endereços que tenho e mandando mensagens para seu celular antigo. Se não tiver notícias suas até esta noite, vou ligar para sua mãe. E você sabe o quanto sua mãe quer ouvir falar de mim.

Algum tempo depois, ele escreveu:

Para: vandorna@stanford.edu

De: mstheword@gmail.com

Assunto: Re: Alô?

Tá bom, Amy, agora estou surtando. Alguns minutos depois de eu escrever essa última mensagem, sua mãe me ligou para dizer que você ABANDONOU a universidade! Depois de dois meses? Nem preciso dizer que ela está surtando. Só pode estar, para ter ficado no telefone comigo pelo tempo que ficou. (Mais de uma hora! Ela chorou duas vezes, e nas duas vezes eu disse: "Não se preocupe, Nicole. Vamos encontrá-la." Era como se fôssemos velhos amigos, Aim. Você teria ficado tão orgulhosa de nós.) Mas não é isso que interessa aqui, claro. A questão aqui é *você* e *o que está acontecendo?* Não acho que tenha alguma coisa a ver comigo. Gostaria de imaginar que tenho tamanho impacto na sua vida, mas não acredito que isso seja verdade. Ainda assim — se isso representar uma pequena parte do que está acontecendo —, por favor, sabia que penso naquela noite e em você todo santo dia, e todo santo dia escrevo essas mensagens na minha cabeça, nas quais tento explicar a você o quanto lamento e o quanto sinto falta da sua amizade.

Só que eu nunca envio estas mensagens.

Estes últimos meses têm sido confusos e difíceis e eu fico tentando descobrir por quê, então me lembro — ah, certo. É porque não posso ficar on-line à noite e trocar mensagens com Amy. Eu daria qualquer coisa para ter notícias suas. E-mail. Carta. Código Morse. Mesmo que você só queira gritar comigo, tudo bem. Eu só quero saber o que está acontecendo.

Para: aimhigh@comcast.net

De: mstheword@gmail.com

Assunto: Fw: Alô?

Aim? Só tentando esta conta. Copiando uma mensagem que enviei para sua conta de e-mail da faculdade.

Para: modhis@mit.edu, heffernans@berkeley.edu
chloe.tripp@yahoo.com
De: mstheword@gmail.com
Assunto: Amy

Oi, pessoal. Espero que vocês todos estejam bem e que a faculdade esteja sendo boa. Difícil acreditar que já se passaram cinco meses desde a formatura, não é? Estou escrevendo para pedir um favor a vocês. Recentemente estive em contato com a mãe dela, e aparentemente Amy está tendo dificuldades em seu primeiro semestre. Há dois dias ela abandonou a faculdade e Nicole está tentando descobrir onde ela está. Ela recebeu um e-mail de Amy no qual ela apenas disse que não está em perigo, mas não quis contar onde está ou o que está acontecendo.

Eu disse a Nicole que escreveria a vocês para saber se tiveram notícias de Amy por esses dias. Se não tiveram, tudo bem, mas só me avisem. E, se tiveram notícias dela, eu adoraria saber quando e como ela estava. Obrigado.

Para: mstheword@gmail.com
De: heffernans@berkely.edu
Assunto: Re: Amy

Oi, Matthew. Obrigada por entrar em contato. Tenho que te responder mais tarde porque estou indo para uma aula de laboratório neste momento. Mas hoje à noite te escrevo. Sarah.

Para: mstheword@gmail.com
De: modhis@mit.edu
Assunto: Re: Amy

Nenhuma notícia. Sinto muito. Espero que dê tudo certo.
Sanjay

Naquela noite, no trabalho, Chloe, que havia se demitido um mês antes para se concentrar em suas aulas na faculdade comunitária, apareceu durante um intervalo entre a exibição dos filmes.

— Posso falar com você um segundo? — perguntou ela, então olhou para Sue, que fitava os dois. — *Em particular.*

Foram até a sala de descanso que Matthew tentava manter o mais arrumada possível, embora na maior parte do tempo isso fosse uma batalha perdida. A maioria dos empregados não ligava para os armários destinados a eles e amontoava suas coisas pela sala. Nesse dia havia uma sacola de compras no meio da mesa com um Tupperware aberto e os restos do jantar de alguém ainda presos a um garfo.

— Deixa eu só te dizer isso antes que você comece a limpar — disse Chloe.

Matthew se deteve. Ele estava inclinado sobre o Tupperware, prestes a levá-lo para a pia. Olhou para Chloe.

— Vi Amy há duas semanas. Você se lembra de Marcus, o cara com quem estou saindo?

Matthew assentiu. Ele se lembrava principalmente do alívio coletivo que todos sentiram quando ela terminou com Gary, o namorado presidiário. Chloe prosseguiu:

— Marcus me convidou para ir a São Francisco ver uma banda que ele adora, e perguntei se podíamos dar uma passada em Stanford, no caminho, para dar um olá pra Amy... Eu tinha uma sensação de que devia ir até lá vê-la... não sei por quê.

Matthew engoliu em seco. Ele tivera essa sensação todos os dias, mas se obrigara a ignorar o pressentimento.

— Preciso te dizer: assim que a vi, quase não reconheci. Ela parecia muito doente, com olheiras profundas. O rosto estava muito magro, mas as mãos e as pernas pareciam inchadas. Não sei se era por causa da scooter. Como se talvez não andar fosse ruim para ela. Marcus disse que conhecia uma pessoa com problemas glandulares que ficava igualzinha.

Será que Amy tinha algum problema glandular? Não que Matthew se lembrasse.

— Mas essa nem foi a pior parte. Quando fui abraçá-la para me despedir, ela começou a chorar e não conseguia parar. Nunca vi um colapso nervoso, mas juro que era o que parecia. Não tem outro jeito de descrever aquilo. Ela chorava tanto que não conseguia digitar nada. Ficou assim por uns dez minutos, mas pareceu muito mais. E eu nunca soube o motivo porque ela estava chorando demais para escrever. Eu disse que voltaria no dia seguinte, e ela finalmente digitou: "SÓ NÃO DIGA NADA PARA MINHA MÃE. PROMETA QUE NÃO VAI CONTAR A ELA." No dia seguinte, só chegamos lá às três da tarde. Eu disse que a levaríamos para almoçar, então me senti mal por estarmos tão atrasados, mas mandei algumas mensagens antes para ela. Amy não me respondeu e, quando chegamos lá, tinha ido embora. Nenhum bilhete, nada. O quarto dela estava trancado e não conseguimos encontrá-la em lugar nenhum. Fomos embora, e eu ainda não tive notícias dela. Estou péssima com essa coisa toda. Ainda não telefonei para a mãe dela porque estou achando que ela estava tentando me dizer alguma coisa importante, mas não conseguiu pôr para fora. Em vez disso, só me implorou para não contar a Nicole. O que me faz pensar que não devo contar à mãe dela, certo?

Matthew não podia ficar ali mais. Havia uma fila se formando e ele ouviu Hannah perguntar a Carlton:

— Cadê o Matthew? Por favor, não diga que ele está no banheiro.

Ele agradeceu a Chloe por aparecer por lá e passou o restante do turno tentando decidir o que fazer. Naquela noite, mandou um e-mail para Sarah:

Para: heffernans@berkeley.edu

De: msthe word@gmail.com

Assunto: Re: Amy

Desculpe por escrever de novo assim tão depressa, mas acontece que Chloe viu Amy antes de ela deixar a universidade, e ela não aparentava estar nada bem. Parece que não podia dizer muita coisa e não conseguia parar de chorar. Acho que estou escrevendo para você porque tenho que perguntar a alguém: Em algum momento Amy te pareceu deprimida? Ou mesmo suicida? Fico pensando que não, é impossível, mas sei que ela era diferente com cada um de nós. Talvez ela tenha conversado com você sobre isso... Desculpe se estou sendo insistente, mas doze horas se passaram. Estou começando a entrar em pânico e a essa altura você já deve ter saído do tal laboratório.

Alguns minutos depois, ele recebeu uma mensagem de texto:

Ela não está morta. Não posso te dizer onde ela está ou o que está acontecendo, mas posso afirmar que ela não morreu. Você pode dizer isso aos pais dela também. Sarah

Ele respondeu:

Obrigado por me escrever. Se eu prometer não contar nada à mãe dela, você pode só me dizer: Ela entrou em contato com você em Berkeley? Ela está com você agora?

Meia hora depois, ele recebeu o seguinte:

Ela não está comigo, mas, sim, eu a ajudei a ir embora. Uma situação horrível, em todos os aspectos. Estou chocada que os pais dela tenham deixado aquilo prosseguir pelo tempo que deixaram. Ela prometeu que vai entrar em contato com eles no início de novembro. Você deve esperar até lá. Ela vai entrar em contato com você também.

Matthew olhou a data: 27 de outubro.

Matthew: Por que ela vai esperar quatro dias?
Sarah: Ela tem seus motivos. Não pergunte.
Matthew: Ela está recebendo e-mails?
Sarah: Não sei. Acho que sim. Não se preocupe. Ela está bem agora. Ou, pelo menos, melhor. Ficar na universidade era o problema. A coisa foi feia neste semestre, mas isso é só parte do problema. É por isso que ela está sendo misteriosa. Não posso dizer mais do que isso. Desculpa.

Naquela noite, depois do trabalho, ele foi para casa e escreveu um longo e-mail:

Para: aimhigh@comcast.net

De: mstheword@gmail.com

Assunto· o despertar

Então, Amy,

Não sei se você está lendo esses e-mails, mas vou escrever de qualquer jeito porque há algumas coisas que preciso dizer. Sinto muito pelo que aconteceu no fim do verão: isso é o principal.

Passei muito tempo tentando entender o que houve entre nós. Você sempre disse que não leio o suficiente, que todos os meus problemas se resolveriam se eu lesse mais romances. Então tenho tentado fazer isso; tenho lido alguns dos livros que você sugeriu, e preciso ser sincero. Em geral vou até a metade de *A casa da alegria* ou *Anna Karenina* e penso: *Meu Deus, acabo mesmo de ler duzentas páginas sobre uma festa em um jardim?* Então pego um *Nada de novo no front* e penso: *Jesus, essa guerra vai acabar um dia?* Não que eu não goste dos livros; gosto. Você tem razão — são livros ótimos —, mas tenho a sensação de que são todos sobre pessoas horrivelmente aprisionadas por suas circunstâncias. São complicados de se ler, não são? Você também não sente isso? Talvez isso me traga ao verdadeiro ponto. Você se lembra da conversa que tivemos sobre *O despertar*, que você estava lendo na praia durante o verão? Você acabou largando o livro debaixo do banco do meu carro. Eu o encontrei há algumas semanas e comecei a ler. Quando você me falou dele, pensei que fosse mais uma daquelas configurações que você tanto ama, em que os personagens estão aprisionados por uma sociedade que os força a não fazer nada durante praticamente a obra inteira. (Desculpa, Aim, mas boa parte das suas histórias favoritas são assim. O enredo se arrasta por centenas de páginas e finalmente a terra se abre quando alguém tira uma luva ou deixa cair uma xícara de chá.) Eu esperava que essa história fosse assim, mas não é. Ou, sim, é, mas mesmo assim me vi arrebatado por este universo e até me apaixonei um pouco por Edna, e pelo oceano e aquelas noites mágicas na praia, onde ela finalmente se afirma. Eu não li até agora porque sempre supus que se tratasse apenas de sexo. Agora preciso dizer: não acho que seja de fato sobre sexo. É sobre ela reivindicar uma vida para si, e infelizmente a única coisa que ela pode fazer para que isso aconteça é transando com alguém que não seja seu marido.

Então, sim, Amy, eu vejo por que você ama este livro e por que você queria que eu o lesse, mas também quero dizer: por favor, não esqueça que Edna está sendo um tanto infantil também — pisoteando o vestido de casamento e estilhaçando o vaso de cristal. Ela se casou para escapar dos pais, então passa o restante do livro tentando escapar do marido. Tá, penso, mas será que ela não devia ter imaginado o que estava por vir? Cheguei ao fim, quando ela só vê como todos tentaram "possuí-la de corpo e alma". Mas isso seria mesmo o fim do mundo, Amy? Ser possuída dessa forma? O que estou tentando dizer é: não acho que você tenha que cortar todos os seus relacionamentos para fugir das expectativas que as pessoas têm de você. Você pode simplesmente *não fazer* o que elas esperam, certo?

Não sei se você abandonou a universidade porque seus pais te pressionaram demais para que você fosse para a universidade mais competitiva e exigente possível, ou se é alguma coisa totalmente diferente.

Meu palpite é que este livro não explica tudo. Eu fico repassando sem parar o que você disse naquela noite depois que chegamos da praia. Entendo o que você estava tentando dizer, mas também não posso deixar de falar que não acredito que exista isso de sexo casual para pessoas como você e eu. Como poderia existir? Não temos uma relação casual com nossos corpos. Eles são coisas imprevisíveis e humilhantes que falharam tanto com a gente que fica difícil não odiá-los, e impossível imaginar estar nus com outra pessoa e relaxados ao mesmo tempo. Sei lá. Talvez não seja só isso. Talvez isso tudo seja culpa minha, por coisas que ainda nem sequer imaginei. Portanto, estou lendo seus livros, e (sim, é verdade) mandando um e-mail para Sanjay, que, me desculpe, é um imbecil. Talvez eu não devesse dizer isso, então, se isso te ofende, considere um erro de digitação. Faça de conta que eu quis dizer *infantil*.

Mas ele não é digno de você, Aim. Nem um pouco.

Não desapareça para sempre, Amy. Não morra afirmando algo que ninguém compreende ainda. Deixe que a gente te encontre e, quando encontrarmos, nos diga o que você está tentando expressar.

Li aquela cena final com Edna entrando no oceano negro para fazer sua última afirmação para o mundo e pensei no sonho que tive com você, nós dois nadando juntos, fortes e completos. Por favor, mande uma resposta. Não sei onde você está e preciso de notícias. (Também li aquele final e me perguntei se tudo isso é uma espécie de nota suicida elaborada que você quis deixar. Por favor, Amy, não permita que seja isso. Por favor. Eu te imploro.)

Com amor, Matthew, que lamenta estar cerca de três meses atrasado ao dizer tudo isso.

Em vez de ter notícias de Amy, ele recebeu o seguinte:

Para: mstheword@gmail.com

De: hannah302@hotmail.com

Assunto: Oi

Oi, Matthew. Eu só queria te escrever uma mensagem rápida para me desculpar pelo que aconteceu depois do trabalho na semana passada. Não tive a intenção de te assustar com aquele ataque no pufe. Juro que não sou uma stalker louca. Só estou cansada de relações estúpidas com imbecis que não valem todo meu esforço. Acho que andei pensando: *É, Matthew pode ser uma pessoa muito estranha, mas de um jeito fofo e generoso, e, talvez, depois de todos os imbecis com*

quem já saí, ele seja a pessoa que eu deveria conhecer melhor.
Não sei o que você está pensando, ou se eu te assustei, mas queria que soubesse que gosto de você. Só isso. Tudo bem se você não sentir o mesmo. Ou talvez não esteja tudo bem, mas OK. Só isso. Talvez você ainda esteja pensando na sua antiga amiga, sei lá.
Hannah

Três dias antes — na noite antes de receber aquele primeiro e-mail de Amy — Matthew ficou até tarde no trabalho e acabou sentando-se ao lado de Hannah outra vez nos pufes. Havia uma garota nova chamada Reenie com eles, que perguntou depois que todos estavam lá fazia alguns minutos: "Então é agora que todo mundo joga verdade ou consequência?"

Matthew entrou em pânico por um segundo e quis dizer: *Não. Não* mesmo. Então pensou em Amy e em como as antigas tarefas passadas por ela eram um pouco como um jogo de verdade ou consequência. Aí teve a sensação de que Amy o estava observando e que ficaria chateada se ele dissesse não. Ele tinha muito essa sensação de estar sendo vigiado por ela. E embora estivesse convivendo com outras pessoas, era como se ela estivesse lá, vendo tudo que ele fazia.

Obviamente, eles jogaram. Aquele grupo tinha nascido para jogar verdade ou consequência. Na vez de Hannah, Sue disse: "Tá bem, Han, você tem que dizer a alguém alguma coisa que sempre quis mas nunca teve coragem."

Imediatamente, Hannah olhou para Matthew e ele ficou tenso. *Ela vai dizer que sou esquisito e obcecado por limpeza,* pensou ele. Mas não. Ela não falou nada. Em vez disso, inclinou-se para a frente, apoiando-se nas mãos, e o beijou.

A princípio, ele achou que ela tivesse se enganado. Como se tivesse caído com os lábios acidentalmente sobre os dele. Então ele entendeu: era um beijo. Fazia cinco anos que ele não beijava, e Matthew desejou ter tido mais tempo para se preparar. Queria ter relaxado o maxilar e aquecido os lábios, talvez. Ele manteve os olhos abertos por tempo demais e não fez nada com as mãos. Não foi um beijo maravilhoso, mas nem tampouco foi horrível. E depois ele não sentiu nenhum ímpeto de ir correndo para o banheiro lavar coisa alguma. Isso era bom. Na verdade, ele não pensou muito a respeito depois. De fato, seu único pensamento enquanto voltava para casa dirigindo foi: *Se Amy estivesse aqui, teria ficado orgulhosa.*

Mas Amy não estava lá, é claro; esse era o problema. Ele respondeu a Hannah:

Para: hannah302@hotmail.com

De: mstheword@gmail.com

Assunto: Re: Oi

Não posso escrever muito agora. Uma amiga está em crise. Aquela de quem te falei. Mas obrigada por sua mensagem. Você não me assustou. Converso com você na sexta.

CAPÍTULO VINTE E OITO

SE SUA MÃE QUERIA números, eis o que Amy podia lhe dar. Um.

Em três meses, desde que começara a universidade, Amy fizera exatamente um amigo. Difícil saber quem era de fato culpado por isso: a universidade, por decidir que Amy deveria morar em um apartamento perto da enfermaria? Ou seus pais, que concordaram tão facilmente com isso sem nem consultá-la? Amy não soube qual apartamento lhe fora destinado até eles chegarem ao campus para o primeiro dia de orientação, no escritório do administrador do alojamento estudantil, que falou rapidamente com os pais dela, destacando todas as vantagens do apartamento sem nem dar a Amy tempo de fazer uma só pergunta.

Fora do escritório, sozinha com os pais, Amy disparou todas as perguntas que não pôde fazer na sala do administrador.

— E QUANTO A MORAR NO DORMITÓRIO? E A COLEGA DE QUARTO QUE EU DEVERIA TER? COMO VOU FAZER AMIGOS?

Nicole os conduziu para um banco e sentou-se.

— A universidade examinou seus registros médicos e achou que um quarto comum não seria uma boa ideia, Aim.

— ENTÃO TENHO DE MORAR NA ENFERMARIA?

— É claro que não. Você não vai ficar *na* enfermaria. Vai ficar *ao lado dela*.

— NÃO QUERO MORAR LÁ. TODOS VÃO ACHAR QUE SOU DOENTE.

— Não, querida, não é assim — disse Nicole. — Você vai ficar em um apartamento mais confortável, com uma geladeira só sua. Vai ter um sistema de alarme e uma enfermeira ao lado, 24 horas por dia, para quaisquer emergências. É mais seguro assim, só isso.

— EU NÃO PRECISO DE ENFERMEIRA! NÃO PRECISO DE NADA DISSO.

Ela viu a mãe trocar um olhar com o pai. Algo do tipo *Você precisa se manifestar aqui.*

— É o seguinte, Aim — disse o pai, colocando a mão em seu ombro. — Sabemos que você preferiria ficar em um dormitório, mas a universidade tem algumas preocupações razoáveis com sua segurança. Tivemos uma boa conversa com as pessoas responsáveis pela organização dos alojamentos. Expusemos a elas suas necessidades em relação a cuidados pessoais, além de algumas de nossas preocupações com segurança, e elas foram bastante claras ao dizer que um dormitório não iria funcionar. A universidade não tem como oferecer o monitoramento que você precisaria.

— EU NÃO PRECISO DE MONITORAMENTO! PRECISO DE AJUDA DE MANHÃ E À NOITE PARA ME VESTIR! SÓ ISSO! NÃO PRECISO DE UMA ENFERMEIRA!

O pai se afastou. Ele nunca conseguia resistir por muito tempo quando Amy protestava. Nicole continuou:

— A enfermeira não vai fazer nada. Você nem precisa vê-la. Eles nos asseguraram de que o apartamento é totalmente independente.

Aos poucos foi ficando claro para Amy: tudo aquilo tinha sido decidido fazia algum tempo. Embora lhe tivessem dado um quarto no dormitório no pacote que havia chegado semanas antes, ela não o possuía mais.

— VOCÊS DECIDIRAM TUDO ISSO SEM ME *FALAR*?

— Pensamos que seria melhor se você estivesse aqui e pudesse ver o lugar. Eles nos mandaram fotos, e o apartamento é lindo.

No pacote original de boas-vindas, o quarto destinado a Amy ficava no grupo dos calouros. Depois de abri-lo, ela passou horas no Google Maps estudando o exterior do edifício onde dormiria, bem como seus arredores. Memorizou os caminhos que pareciam largos o bastante para que sua scooter passasse. Imaginou-se deslizando por eles com um colega ao lado. Mas agora estava claro: podia protestar o quanto quisesse, mas não iria morar em um dormitório este ano.

Aquilo era um castigo por causa do verão que passara encontrando Matthew às escondidas? Eles nunca foram flagrados, mas Amy sempre se perguntava se Nicole tinha desconfiado de alguma coisa. No início do verão, a mãe ficara sabendo da história da vodca no baile através da mãe de um colega, a qual lhe dissera lamentar muito a maneira como Amy fora usada pelos outros garotos no baile. Quando Nicole a confrontou, Amy tentou discutir.

— NINGUÉM ESTAVA ME USANDO! EU CONCORDEI COM A COISA TODA! PODE TER SIDO UM ERRO IDIOTA, MAS FOI O *MEU* ERRO IDIOTA.

Nicole recusava-se a enxergar dessa maneira.

— Isso nunca teria acontecido se não tivéssemos contratado aqueles alunos como auxiliares. Eles presumiram que você estava desesperada para ter amigos e que faria qualquer coisa que lhe pedissem. E, no fim, estavam certos, infelizmente.

A surpresa depois disso tudo foi a ausência de um castigo. Amy ficou à espera de algo. Achou que a mãe fosse insistir para inscrevê-la em mais um curso on-line de verão que contaria como crédito na universidade. Algo rigoroso e ridículo, como estatística ou literatura francesa medieval. Mas não. Aparentemente ela resolvera aguardar até esse momento para perpetrar sua vingança.

Nicole sentou-se no banco, ficando de frente para a scooter de Amy, e expôs todas as outras decisões que haviam tomado sem consultá-la, inclusive esta: a partir de agora, os auxiliares só poderiam ser profissionais.

— E QUANTO A DINHEIRO PARA PEQUENAS DESPESAS? — sugeriu Amy. — SE ALGUÉM TIVER UM HORÁRIO SEMELHANTE AO MEU, TALVEZ EU POSSA CONTRATÁ-LO PARA UMA AJUDINHA, COMO FAZER ANOTAÇÕES NAS AULAS E COMPRAR MEU ALMOÇO... — Certamente não era uma ideia tão maluca assim. Um pouco de flexibilidade naqueles primeiros meses, quando provavelmente se sentiria mais sozinha?

— Absolutamente não — disse Nicole. — Tentamos isso uma vez e aprendemos a lição.

O que Amy poderia dizer diante disso? *Não, vocês estão errados? Matthew e os outros são amigos maravilhosos?* Ela também havia cometido erros. O pior de todos com Matthew, com quem se equivocara absurdamente em sua última noite juntos. Ele tinha ido embora de sua casa sem sequer se despedir. Não enviara nem uma mensagem, nem entrara em contato com ela desde então.

— OK, MÃE — disse Amy, e dirigiu sua scooter para o apartamento onde iria morar sozinha, nos fundos de um edifício que consistia principalmente em escritórios administrativos. Na manhã seguinte, e em todas as outras que se seguiram, Amy deixava seu quarto em sua scooter e tinha que cumprimentar secretárias de terninhos executivos chegando para o trabalho. Como não tinha nenhum veterano ou residente por perto, Amy passou a semana de orientação sentada sozinha, à margem de todas as atividades, observando enquanto seus colegas completavam gincanas e atiravam balões de água uns nos outros. As poucas pessoas que se dirigiram a ela evidentemente não tinham ouvido falar que precisavam aguardar por uma resposta, porque em três ocasiões diferentes Amy digitou uma réplica a perguntas somente para, ao erguer os olhos, perceber que a pessoa já havia se afastado.

Durante aqueles quatro dias de orientação — os quatro dias mais longos de sua vida —, somente os auxiliares pessoais, que vinham pela manhã e à noite para ajudá-la a se vestir e a se despir, a ouviram falar. Afora isso, seu glorioso Pathway, com sua voz humanoide e capacidades incríveis, passou despercebido por todos os seus colegas de turma. Amy tentou mudar a situação quando as aulas começaram. Ela pré-programou uma apresentação engraçada de si. Estudou a ementa de suas disciplinas de modo que pudesse fazer perguntas sobre leitura extraclasse. Estava preparada para todas as possibilidades, exceto para aquela que aconteceu: três aulas no estilo palestra com professores que nunca faziam chamada e reservavam apenas cinco minutos no final da aula para perguntas e comentários. Amy levantava a mão, mas nunca era selecionada. Em seu segundo fim de semana na universidade, ela nem se deu ao trabalho de sair do quarto. Ficou comendo iogurte e bolinho de arroz e ouvindo a batida dançante da música lá fora.

No fim de setembro, Amy tinha a sensação de que havia se tornado uma reclusa profissional. Ela ia às aulas e se obrigava a comer no refeitório ao menos uma vez por dia. Afora isso, ficava no quarto, passando o tempo em várias salas de bate-papo e fóruns de discussão. Em determinada tarde, justamente quando começava a se perguntar se não estaria ficando doida, chegou uma mensagem em sua caixa de entrada. Era de um garoto chamado Brooks, o qual ela já havia notado em sala de aula, principalmente porque ele falava muito e tinha mãos pálidas com dedos longos e finos de um pianista.

> Brooks: Olá, Amy. Queria saber se você gostaria de conversar em particular um dia. Acho que temos um gosto literário parecido.

Ela visualizou as mãos dele na sala de aula, esculpindo imagens no ar enquanto falava. Às vezes mexia as mãos juntando as pontinhas dos dedos, como o maestro de uma orquestra invisível. Uma vez ela até chegou a pensar: *Ele parece mais esquisito do que eu.*

> Amy: Claro.
> Brooks: Você parece conhecer bastante de Shakespeare.
> Amy: As peças, sim. Os sonetos, nem tanto. Como poeta, eu diria que Shakespeare foi um maravilhoso dramaturgo.
> Brooks: Sim, concordo.

Amy não pôde evitar. O alívio por conversar novamente com outro ser humano foi tão grande que ela riu alto, sozinha em seu apartamento.

> Amy: De quais outros autores você gosta?
> Brooks: Difícil dizer. Quanto mais leio as obras de alguns, menos tendo a gostar deles. Começo a encontrar seus atalhos, os pontos semelhantes que usam repetidamente. Como Shakespeare, por exemplo. Quantas vezes ele vai escrever sobre a maneira como as palavras falham em descrever nossas emoções mais profundas? Já entendemos isso.

Amy: Talvez as palavras lhe tenham falhado.

Brooks: Exatamente.

Nem sempre ficava claro se Brooks entendia as piadas dela. Provavelmente não, a julgar pela seriedade com que tratava suas paixões literárias. Shakespeare era legalzinho, mas o verdadeiro amor dele era reservado aos primeiros escritores de horror, como H.P. Lovecraft, de quem falava muito.

Durante algumas semanas, as conversas iam e vinham. Amy gostava delas o bastante para imaginar que havia encontrado seu primeiro amigo no campus, e um dia ela convidou Brooks para almoçar depois da aula. "Não sei", escreveu ele como resposta. Ela esperou que ele explicasse. "Não é você. Ou sua scooter. Não é esse o problema."

Embora ela estivesse sozinha no quarto, seu rosto esquentou, vermelho de vergonha. Estava óbvio que esse era o problema. "Por que não, então?", digitou ela.

"Sou eu. Sou socialmente inábil pessoalmente. Raríssimas vezes saio para comer com alguém. Sinto repulsa ao ver outras pessoas mastigando. Você devia ver alguns dos caras no meu andar. Eles comem feito bichos."

Ela escreveu outra carta para Matthew — uma das muitas que redigira mas não enviara ao longo dos últimos dois meses. Então foi para a cama e chorou, como fazia tantas noites desde que chegara.

Embora Brooks nunca falasse com ela, nem mesmo uma vez, durante a aula, ela prosseguia com suas conversas pela internet porque ele era interessante à própria e estranha maneira. Ele tinha a síndrome de Asperger, concluiu ela, ou alguma coisa que o deixava alheio às coisas ofensivas que dizia às vezes. Se ele não entendia, como poderia culpá-lo?, concluiu Amy. As discussões sobre livros e bate-papos noturnos a sustentaram até o final de setembro e outubro adentro, quando uma estranha sensação a invadiu. Foi como uma gripe que vinha em ondas e então ia embora. *Estou doente*, pensava ela, grata por ter um pretexto para ficar cada vez mais reclusa. Mas, depois que se acomodava na cama, o mal-estar passava. *Espere. Não, não estou doente.*

Numa noite chuvosa de sábado, ambos estavam on-line e Brooks passou vinte minutos contando a trama de sua história favorita de Lovecraft, *O forasteiro*. Era sobre um narrador que vivia sozinho nas catacumbas do porão de um castelo, cercado por livros. Um dia ele resolve que chegou a hora de se aventurar no mundo. Leva um dia inteiro se arrastando até encontrar uma saída do calabouço e, quando finalmente emerge dali, descobre que o mundo que ele só conhecia através dos livros está sob o domínio do terror por causa de um monstro à solta. Ele quer ajudar, porque muito embora só esteja nele há alguns minutos, ele já ama este mundo. Mesmo com todos gritando de medo e correndo para dentro do castelo em torno dele, ele adora as cores, os edifícios, tudo. Quando por fim vê o monstro, percebe que os outros têm razão. A criatura é aterrorizante, uma coisa hedionda coberta por escamas e verrugas, com dentes que se projetam em todas as direções, mas ele está determinado a manter a coragem e salvar o mundo que ele só conhecera e amara através dos livros. Assim, ele se dispõe a matar o monstro e, ao golpeá-lo, sua mão bate em um espelho.

Enquanto Brooks contava essa história com uma frase por vez, cada uma postada como uma nova mensagem, fazendo com que parecesse um monólogo interrompido de segundos em segundos por seu nome de usuário, Amy torcia para que aquele não fosse o fim da história. Era ele o monstro que todos temiam! Trancado em um calabouço sem espelhos por anos a fim de salvar seu coração amante dos livros da verdade sobre si!

Por favor, não, pensou ela. *Permita que ele reconheça a semelhança com a minha história.* Certamente isto devia ter ocorrido a Brooks: ela era tão isolada quanto o tal "forasteiro".

Desde que chegara a Stanford, também sentia-se monstruosamente solitária.

Por muito tempo, ela não conseguiu pensar em nada para dizer.

Brooks: Amy? Você ainda está aí?

Amy: Sim, estou aqui. Preciso perguntar... eu sou como esse monstro?

Brooks: Não. Meu Deus. Não acredito que você disse isso.

Amy: Você conta uma história inteira sobre alguém que vive em isolamento e que entra no mundo somente para descobrir a extensão da sua esquisitice. Você tem de admitir: há semelhanças.

Brooks: Ah. Acho que sim.

Amy: Tive uma vida isolada por muito tempo. Meus amigos eram todos professores e livros. Não acho que eu tenha me dado conta disso até o ano passado, quando fiz amigos de verdade pela primeira vez. Gostei tanto da experiência que achava que faria tudo por aquelas pessoas. E *fiz* mesmo tudo. Foi maravilhoso.

Brooks: E o que aconteceu?

Amy: Não sei. Não durou. Descobri a extensão da minha própria esquisitice, acho.

Brooks: Você devia mesmo ler essa história.

Ela nunca tinha lhe feito essa pergunta, mas agora precisava fazer:

Amy: Por que você quis ser meu amigo?

Brooks: Eu te disse: gostei de seus comentários no fórum de discussão. Além disso, sou de Orange

County, então li aquele artigo no jornal sobre você.
Achei que seria legal te conhecer.

Amy não devia ter perguntado. Aquilo só serviu para fazê-la sentir-se pior — ele era um garoto obcecado pela ideia de esquisitice que ela representava. Mesmo que ele não conseguisse expressar isso, ela entendia. Em vez de digitar mais, Amy se afastou do computador e sentiu uma onda de náusea percorrer o corpo. Estava verdadeiramente sozinha. Pior do que sozinha, porque vinha partilhando tempo demais com um garoto que era casual e irrefletidamente cruel.

A náusea continuou pelo restante da noite.

Durante três dias consecutivos, Amy ficou doente. Na quarta manhã, ainda de camisola, atravessou o corredor até a enfermaria.

— ACHO QUE ESTOU MORRENDO — disse à enfermeira. A sala parecia distorcida, as paredes oscilavam. Ela se perguntou se a enfermeira iria gritar e sair correndo, fugindo dela.

Amy passou o dia inteiro na enfermaria, no soro, a fim de se reidratar. Ouviu a enfermeira dizer *desidratada* tantas vezes que a palavra perdeu o significado. Imaginou que a enfermeira estivesse dizendo *de-si-das-trada.* Ela queria perguntar sobre isso, mas a enfermeira nunca ficava ao lado da maca por tempo suficiente para que ela terminasse de digitar a estranha palavra. No fim do dia, justamente quando Amy estava começando a se sentir melhor, a enfermeira reapareceu acompanhada por um médico, um senhor de cabelos brancos e óculos empoleirados na ponta do nariz.

— Talvez já tenha percebido isso, Srta. Van Dorn — disse ele. — Mas parece que há algo além de um mal-estar acontecendo aqui.

Foi estranho como Amy olhou para ele e soube imediatamente.

Estranho que já não tivesse lhe ocorrido isso.

Uma garota mais burra já saberia há muito tempo. Teria se dado conta de que tinha se arriscado há muito tempo, numa noite em que estava tentando provar algo a si mesma.

Depois que Amy se recuperou o suficiente para voltar ao seu quarto, passou apenas um dia se martirizando em relação ao que faria. Na manhã seguinte, chamou um táxi e pediu que a levasse à clínica de Planejamento Familiar mais próxima, em East Palo Alto. Lá, sentou-se em uma sala de espera juntamente a uma dezena de outras mulheres, muitas aparentemente mais jovens do que ela.

Quando o nome de Amy foi chamado, ela seguiu a enfermeira até uma sala de exames e disse logo de cara:

— NÃO CONSIGO FALAR. EU USO ISTO. LEVA ALGUM TEMPO. — Estava cansada de ver as pessoas se afastando rápido demais.

— Tudo bem — disse a enfermeira, vestindo luvas de borracha. — Você precisa de ajuda para tirar a roupa?

Ela ficou agradecida pela pergunta direta da mulher cansada.

— SIM — digitou. — PRECISO.

Enquanto a enfermeira silenciosamente a ajudava a se despir, Amy teve a sensação reconfortante de que a mulher já tinha visto coisas muito piores do que uma garota aleijada que engravidara acidentalmente.

Depois que a médica confirmou a notícia, Amy assentiu e digitou:

— É TARDE DEMAIS PARA UM ABORTO. DE QUALQUER FORMA, EU NÃO QUERO FAZER UM. QUERO INFORMAÇÕES SOBRE TER ESSE BEBÊ E ENTREGÁ-LO PARA ADOÇÃO.

A médica era uma mulher com cabelos louros bagunçados presos no alto da cabeça.

— Muito bem. — Ela assentiu. — Em minha experiência, não vejo motivos para uma jovem com PC interromper a gravidez. Você pode ter alguns problemas de equilíbrio e precisar usar esta scooter o tempo todo. Sua gravidez seria considerada de risco, o que envolveria mais exames pré-natais e mais check-ups. — Ela falou mais um pouco sobre monitoramento sanguíneo e das proteínas na urina.

Amy teve vontade de rir bem ali no consultório. Aquela médica não estava lhe dizendo não! Não estava listando todas as razões para Amy não prosseguir com aquilo — sua deficiência, seus estudos, seu futuro. Estava levando sua vontade em consideração. Ela pegou panfletos sobre adoção e os entregou a Amy.

Ao longo das semanas seguintes, enquanto enfrentava cada um dos pequenos percalços médicos que uma grávida pode encarar — anemia, articulações inchadas, confusão mental, hemorroidas —, Amy se perguntava por que seu primeiro impulso não fora abortar. Ela poderia fazê-lo, a enfermeira disse. No segundo trimestre era mais difícil, um procedimento mais invasivo, mas era possível.

— NÃO — dissera à enfermeira. — EU NÃO QUERO.

Mas agora precisa admitir: ela também não queria um bebê e nem tampouco se sentir mal o tempo todo.

Então o que ela queria *de fato*?

Deitada na cama, as lágrimas escorriam para o travesseiro, e Amy pensava nas mensagens não enviadas para Matthew. Se aquela "amizade" com Brooks tinha lhe ensinado alguma coisa, era isso: ela queria ver Matthew. Queria conversar com ele. Embora ele não tivesse nenhuma participação naquilo, ela queria partilhar com ele porque Matthew compreenderia esse seu primeiro instinto — de honrar a existência daquele bebê improvável. E pensar que aquele semestre inteiro havia sido um desperdício, exceto por isso.

Duas semanas depois, Amy quase conseguiu sobreviver a uma visita de um fim de semana inteiro da mãe sem brigar. Quase. Foi falado que ela parecia "cansada" e "esgotada"; houve até uma menção ao fato de estar engordando, mas Amy ignorou tudo. Estava determinada a manter a gravidez em segredo, mas queria que a mãe enxergasse outra verdade: que Amy não falava regularmente com ninguém além de seus auxiliares profissionais. Que passava noventa por cento do tempo sozinha. Que estava isolada de um modo que ninguém deveria ficar.

No domingo à noite, durante o jantar, Amy expôs a questão do modo mais simples possível:

— EU NÃO CONVERSO COM NINGUÉM NAS AULAS. OUTROS CALOUROS COMEM COM AMIGOS DO DORMITÓRIO. ELES VÃO PARA O CENTRO DA CIDADE JUNTOS. EU NÃO FAÇO NADA DISSO. NÃO CONVERSO NEM COM AS ENFERMEIRAS AÍ DO LADO. NÃO FALO COM NINGUÉM. SE VOCÊ PERGUNTAR POR AÍ, NÃO VAI ENCONTRAR MUITA GENTE QUE CONHECE MEU JEITO, PORQUE EU QUASE NUNCA FALO AQUI. — Foi difícil dizer tudo aquilo, mas importante. Ela digitou com antecedência para não correr o risco de perder a coragem ou de pular alguma parte. — NINGUÉM ME CONHECE AQUI. DE JEITO NENHUM.

Nicole suspirou e pousou o garfo.

— Amy, isso não é verdade.

— É, *SIM*. VOCÊ PRECISA SABER COMO É VIVER AQUI. EU NÃO ESTOU FELIZ. JÁ FAZ MESES.

— Eu *sei* que você tem amigos.

Por que sua mãe insistia em acreditar nisso?

— *NÃO* TENHO.

— E aquele garoto, Brooks? Ele não escreve para você?

Amy gelou por dentro. Como ela sabia?

— VOCÊ CONHECE BROOKS?

— Seu pai conhece o pai dele. Fizeram parte de um mesmo Conselho. Ele é legal, não é? Sei que é muito inteligente. Foi orador da turma. Seu pai escreveu para o pai dele e pediu que o filho entrasse em contato com você.

Amy tinha certeza de que, se não continuasse engolindo, iria vomitar todo o jantar na mesa do restaurante. Nem mesmo Brooks, seu cruel "amigo", não era seu de fato. Toda aquela vida era um plano de Nicole.

— Você sempre faz isso, Aim. Você *superdramatiza* tudo. Sei que se sente solitária, mas você tem amigos, *sim*. No início é complicado para todo mundo mesmo.

Amy falou muito pouco durante o restante da visita da mãe. Depois que Nicole foi embora, ela ficou enjoada demais para sair da cama. Durante cinco dias, não foi às aulas nem saiu do quarto. Chloe foi visitá-la, e Amy não conseguiu dizer à amiga o que queria de fato: *Me leve com você. Não me deixe aqui. Tenho medo de morrer.*

Na noite depois que Chloe foi embora, depois de Amy se humilhar soluçando incontrolavelmente por quase vinte minutos, ela mandou uma mensagem para Matthew pela primeira vez em quase dois meses. Quando não recebeu uma resposta imediata, entrou em pânico e escreveu para Sarah, em Berkeley. "Preciso de ajuda", pediu. "De uma amiga. Por favor, venha."

Algumas horas depois, Sarah estava lá.

— Isso não está legal — disse Sarah, olhando o quarto cheio de roupas sujas e latas vazias de energético. — Quer que eu te leve para casa? — A viagem de carro levava seis horas, mas era domingo. — Posso fazer isso.

— PARA CASA, NÃO. PARA OUTRO LUGAR.

Enquanto limpava o quarto, Sarah fez outras sugestões.

— Que tal outro parente? Ou a casa do meu pai?

Amy se animou com aquela possibilidade.

— A CASA DO SEU PAI? ESTÁ FALANDO SÉRIO? EU POSSO IR PARA LÁ?

— Vou ligar para ele e perguntar. Acho que vai concordar. Mas o que devo dizer quando ele perguntar por que você não vai para a casa dos seus pais?

Amy pensou na velha rixa entre sua mãe e o professor Heffernan por causa da feira de ciências do sétimo ano. Na determinação da mãe e na insistência serena do professor: *A senhora presta um desserviço às verdadeiras habilidades de Amy ao insistir que ela se destaque em tudo.*

— DIGA A ELE QUE TIVE UMA BRIGA COM MINHA MÃE.

Sarah sorriu e deu de ombros.

— Tá bem — concordou.

Ao ver Sarah jogar roupas em uma bolsa e livros numa caixa, Amy sentiu-se melhor do que vinha se sentindo havia semanas. O ambiente começou a desanuviar. Era como se ela pudesse respirar novamente. Ela estaria perto de um adulto que havia enfrentado sua mãe. Estaria mais perto de Matthew. Iria telefonar para ele e encontrá-lo novamente.

No caminho, já no carro, elas conversaram sobre música e sobre a vida de Sarah, principalmente. Qualquer coisa para evitar o tema da fuga de Amy. Ela não explicara o motivo porque ainda não podia.

Quando chegaram à casa de Sarah — uma pequena construção de um só andar numa rua sem saída —, seu pai estava parado na entrada de carros, os braços erguidos como se um time invisível tivesse acabado de marcar um ponto.

— Vocês chegaram! — disse ele. Parecia muito mais velho, porém mais feliz do que da última vez que Amy o vira, provavelmente há uns cinco anos.

— Obrigada, pai — disse Sarah ao saltar do carro. — Ela só precisa ficar uma semana mais ou menos. Depois disso, pode ir para casa.

— Tudo bem, Tudo bem, estou feliz por tê-la aqui! — falou ele.

Amy não tinha contado a Sarah sobre a gravidez. Quem saberia o que Sarah estava pensando (assim como seu pai)? Mas por ora Amy sentia-se grata por terem feito tão poucas perguntas.

Dentro da casa, havia um mix esquisito de comidas na bancada da cozinha: um pacote de pastilhas de chocolate com menta, um pão de abóbora, algumas tangerinas desidratadas.

— O que é isto, pai... o jantar? — perguntou Sarah, carregando as coisas de Amy.

Eles riram de forma surpreendentemente tranquila. Sarah se desculpou com Amy antes de ir embora:

— Queria ficar mais, mas tenho aula de manhã. — Ela abraçou Amy, então parou na cozinha, sussurrando com o pai por alguns minutos.

Amy não disse nada sobre o bebê porque ainda não tinha contado a ninguém. Temia que, ao fazê-lo, os argumentos contra sua decisão começassem a se acumular. Ela era jovem demais, sua saúde era frágil demais. Era um risco grande demais. Não havia revelado a ninguém porque não queria que ninguém a convencesse a desistir.

Para sua surpresa, durante todo aquele tempo, ninguém desconfiou — nem mesmo sua mãe. A barriga estava crescendo, os peitos estavam maiores, e mesmo assim ninguém cogitava tal possibilidade. No entanto, alguns minutos depois da partida de Sarah, o professor Heffernan apontou para os tornozelos inchados de Amy.

— A julgar por este inchaço, eu diria que você ou está grávida ou tem uma rara doença tropical. — Ele ergueu as sobrancelhas. — Beribéri, talvez?

Amy se surpreendeu ao rir. Fazia dois meses que vinha chorando o tempo todo, e agora se sentia bem.

— NÃO — digitou ela. — NÃO É BERIBÉRI.

— Ah — replicou ele. — Então talvez gravidez?

Se ela contasse a verdade, talvez ele a obrigasse a retornar para a casa dos pais. Mas que escolha tinha? Precisava encontrar um médico logo.

— SIM, VOU TER O BEBÊ, MAS NÃO VOU FICAR COM ELE. POUCO CONVENCIONAL, EU SEI.

— Sim. — Ele assentiu. — Muito pouco convencional.

O professor Heffernan ficou calado durante um bom tempo. Então tornou a balançar a cabeça afirmativamente, as sobrancelhas erguidas.

— Alguns diriam corajosa.

CAPÍTULO VINTE E NOVE

Dois dias depois de escrever seu último e longo e-mail para Amy, Matthew finalmente recebeu uma resposta:

aimhigh: Recebi sua mensagem, Matthew. Obrigada. Adorei.

Ele riu alto de alívio e bateu palmas.

mstheword: Você está viva! Iupiii!
aimhigh: Sim. Estou viva.
mstheword: Está bem? Chloe disse que te viu há cerca de uma semana e ficou um pouco preocupada. Disse que você parecia perturbada.
aimhigh: Pode-se dizer que sim. Ela disse mais alguma coisa?
mstheword: Só que você parecia diferente. Como se estivesse doente.
aimhigh: Disse que eu parecia grávida?
mstheword: Não.

Cursor piscando. Nenhuma resposta.

mstheword: Você está?

aimhigh: Sim. Talvez eu não devesse dizer isso assim, desse jeito. Essa é a grande novidade. A outra grande novidade é que estou em casa. Bem, mais ou menos. Perto, pelo menos.

mstheword: Onde?

aimhigh: Não posso te dizer. Meus pais não sabem. Não conte para eles.

mstheword: Por que não?

aimhigh: Quero fazer isso do meu jeito. Eles não vão me deixar. Acredite em mim.

mstheword: Tá. Mas o que isso significa?

aimhigh: Vou ter o bebê e entregá-lo para a adoção. Minha mãe vai ter um ataque. Ela vai dizer que a gravidez traz risco de convulsão.

Ele não digitou nada por uns minutos. Amy tentou calcular quanto tempo levaria para jogar "risco de convulsão" no Google antes de responder.

mstheword: Existe um risco?

aimhigh: De leve. Mas existe risco de convulsão em tudo. Não jogue no Google. Apenas acredite em mim.

Matthew parou de digitar *convulsão* na barra de buscas, o que estava demorando um pouco porque ele não tinha certeza da grafia. Depois disso, ficaram trocando mensagens por quase uma hora. Amy contou os acontecimentos do semestre. ("Quase nada. Um amigo estranho de quem eu não gostava muito.") Ele lhe contou os seus. ("Você tinha razão, acho. Trabalhar faz bem para mim. Me tira do meu mundinho. Mas ainda preciso estudar, eu sei. Gosto do trabalho no cinema, mas provavelmente não quero viver disso.") E como Matthew não queria que Amy pensasse que ele estava assustado demais com isso, perguntou sobre o andamento da gravidez.

aimhigh: Bem, na maior parte do tempo. Fiquei muito enjoada no início, mas depois melhorei e me senti ótima. Agora tem uma coisa estranha acontecendo.
mstheword: O que está acontecendo?
aimhigh: Eu me sinto mal, o que não deveria acontecer. O esperado é que você sinta mais energia no segundo trimestre.
mstheword: Mal como?
aimhigh: Uma dor de cabeça esquisita. Visão borrada. Muita dor nos ombros e nos braços mesmo não fazendo nada.

Ao ler aquilo, os batimentos cardíacos de Matthew dobraram de velocidade.

mstheword: Você tem um médico aqui, certo?
aimhigh: Sim.
mstheword: Porque está parecendo que você devia ir ao médico.
aimhigh: Não se preocupe. Eis uma coisa que aprendi sobre gravidez: tudo parece uma crise e tudo acaba sendo azia.
mstheword: Mas você vai se for preciso. Me diga que tem alguém para levá-la ao hospital.

Engraçado, pensou Matthew. Ali estava ele de novo, com Amy de volta à sua vida, e ali estava ele de novo, precisando ser tranquilizado. Eles conversaram um pouco mais, até ele precisar sair para uma sessão com Beth. Antes de desconectar, Matthew pediu a Amy que lhe dissesse onde estava. Não podia contar, respondera ela. Ainda não. Ele perguntou o que tinha acontecido na faculdade, mas ela também não podia lhe contar. "É complicado", falou ela. Tudo era complicado.

Na sessão, ele disse a Beth:

— É ótimo. É maravilhoso. Estou tão feliz por estar falando com ela, mas também estou ansioso outra vez, de um jeito que eu não me sentia havia meses.

— Isso não é necessariamente ruim — disse Beth. — Às vezes esta tensão é sinal apenas de que você está experimentando vários sentimentos ao mesmo tempo. — Isso certamente era verdade. — Sentir muita coisa nos confunde, mas não é ruim.

Mas sentir o quê?, ele queria perguntar. *O que estou sentindo?* Em vez disso, foi para casa, ficou online novamente, e fez mais perguntas a Amy. Ela havia feito ultrassom? Sabia o sexo do bebê?

aimhigh: Sim, é uma menina. Ela está bem até agora.

mstheword: Sanjay sabe?

aimhigh: Sim, agora ele sabe.

mstheword: O que foi que ele disse?

aimhigh: Que apoiava o direito da mulher de escolher. Ou de não escolher. Disse que assinaria os papéis, mas que não tinha dinheiro para pegar um avião e vir aqui para isso. Pediu desculpas, mas disse que mal está se sustentando.

mstheword: Idiota.

aimhigh: Achei a mesma coisa por um tempo, mas depois pensei: não quero mesmo que ele faça parte disso.

Matthew hesitou antes de fazer a pergunta seguinte:

mstheword: Você quer que eu faça parte disso?
aimhigh: Eu não sabia que estava grávida no verão. Só sabia que me sentia ótima. Viva e feliz por sua causa.

Matthew ficou grato por estar sozinho no quarto, assim Amy não pôde ver que ele estava chorando.

mstheword: Eu me senti do mesmo jeito.
aimhigh: Quando penso no bebê, penso em você. Você não é o pai, eu sei. Mas num certo sentido, é.

Ele não conseguiu responder.

aimhigh: Não precisa ser nada oficial. Eu só queria dizer isso. Você quer fazer parte disso?

Finalmente seu corpo se acalmou o suficiente para que ele digitasse:

mstheword: Quero ver você. Não quero fazer parte a menos que possa estar aí e ajudar você.

Ela demorou um pouco para se manifestar.

mstheword: Por favor, Aim.
aimhigh: Eu estou horrível.
mstheword: Preciso estar no trabalho às quatro. Só vou ficar uma hora. Vou ficar de olhos fechados o tempo todo, prometo.

aimhigh: Tá. Quero dizer, é uma péssima ideia. Eu estou horrível mesmo. Mas tá bem.

Ela disse a ele onde estava.

Acabou não sendo uma péssima ideia. Eles passaram ótimos momentos juntos.

Matthew estava muito bem e foi gentil o bastante para mencionar apenas as características de Amy que haviam melhorado com a gravidez.

— Seu cabelo nunca esteve tão bonito — observou ele. O que era verdade: gloriosamente farto e cacheado sem estar indisciplinado. O peito dela também estava enorme. — Você está exuberante! — disse ele, um pouco ofegante, o que a fez rir.

Depois de dizer essas duas coisas, ele abandonou o assunto e felizmente não falou nada sobre o rosto ou as mãos inchadas de Amy. Nem tampouco sobre as manchas vermelhas de eczema nas pernas ou a penugem loura que lhe cobria os braços.

Ela tentou explicar aquela sensação.

— É MUITO ESQUISITO. É COMO SE MEU CORPO NÃO FOSSE MEU.

Ele assentiu.

— E não é mesmo, acho, né? Você está cultivando outra pessoa aí dentro.

Era assim que Amy enxergava aquela situação também. Isso a ajudava a digerir a ideia sem se apegar demais ao bebê propriamente dito. Uma sutil distinção. *Este não é o meu bebê; é uma pessoa que estou criando e que espero um dia tornar a encontrar*. Matthew entendeu isso.

— SIM — disse ela. — ISSO MESMO.

Eles mantiveram um tom leve durante a visita. Ele levou o avental do trabalho para mostrar a ela o quanto era feio.

— Eu tento mantê-lo limpo. — Ele suspirou. — Mas é difícil tirar mancha de manteiga de verdade.

Ele sorriu ao dizer isso e ela pensou casualmente: *Queria que ele não fosse tão bonito*. Ainda estava bronzeado e saudável por pedalar até o trabalho. Aquilo a deixava tensa.

— APOSTO QUE TODO MUNDO GOSTA DE VOCÊ LÁ.

— Se por "gostar" você quer dizer "rir de", então sim, você está certa. Sou tipo a piada do grupo. O cara que limpa demais. Às vezes, quando não estou vendo, eles enfiam um rolo de papel-toalha e um frasco de limpa-vidros na minha mochila. Ha-ha.

— VOCÊ SAI COM ELES? SÃO AMIGOS DESSE TIPO?

Ela o viu baixar os olhos, nervoso, incerto de como responder.

— Sair? Não. Quero dizer, somos amigos, mas não, eu não vou a lugar nenhum com eles. Não mudei *tanto* assim.

Ele só ficou por uns 45 minutos, o que já era de bom tamanho, considerando o quanto Amy vinha se sentindo cansada esses dias. Por mais feliz que estivesse por vê-lo, ela mal conseguia manter os olhos abertos.

Então, pouco antes de Matthew ir embora, algo estranho ocorreu com os olhos dela. Já tinha acontecido duas vezes. A visão ficou embaçada. A imagem de Matthew se quebrou em duas, depois em quatro, e aí começou a se movimentar em direção a ela. A visão não voltou ao normal quando Amy piscou, só fez ficar mais turva, o mundo virando um borrão colorido. Quando Matthew se inclinou para lhe dar um beijo no rosto, Amy já não conseguia enxergá-lo mais.

Ela não disse nada porque não queria estragar aquele momento legal pelo qual haviam acabado de passar. Ela esperou que ele saísse e de repente sentiu uma dor lancinante, que começou na parte posterior do pescoço e depois percorreu todo o corpo.

CAPÍTULO TRINTA

MATTHEW TRABALHOU ATÉ TARDE naquela noite com Sue e Carlton, que conheciam o bastante da história para perguntar o que estava acontecendo com a amiga desaparecida.

— Nós a encontramos! Eu a vi... agora mesmo. — Ele estava suando por causa do trajeto de bicicleta, mas tão feliz que ria. — Ela está bem! Está tudo bem. Só não gostou muito da universidade. — Ele estava feliz porque aquele grupo sabia um pouco a respeito de Amy, mas não ia contar a eles todos os segredos dela.

Sue ergueu os olhos da prancheta de inventário.

— Então imagino que... Não vai rolar nada entre você e Hannah?

O sorriso de Matthew desapareceu rapidamente.

Lembrou-se do e-mail de Hannah, recebido em plena crise com Amy, o qual ele havia praticamente ignorado. Tudo acontecera tão depressa com Amy que ele não pensara muito a respeito até então. Felizmente Hannah não estava trabalhando nesse dia, assim Matthew não tinha de se preocupar em vê-la. Ele acabou se distraindo no trabalho mais do que o normal, principalmente quando um casal apareceu com um bebê recém-nascido dormindo em um bebê-conforto.

— Vamos deixar a sessão se ele chorar — disse o pai. — Mas precisávamos sair de casa.

Em vez de limpar depois disso, Matthew enviou a Amy uma mensagem com uma ideia:

> **Você tem um acompanhante para o parto? Não estou dizendo que deva ser eu, mas sei que vc precisa ter um.**

Às dez e meia, estava surpreso. Ainda não tinha recebido resposta. Tentou novamente.

> **Se quiser, pode ser eu. Sem problemas. Estranhamente, isso não me deixa nervoso. Sei lá por quê.**

Não deixava. Ele se imaginou num contexto prático. Pegando cubos de gelo e toalhas. Gravando CDs com as músicas favoritas de Amy, que em sua maioria não eram muito boas. Eles poderiam rir disso nos intervalos entre as contrações. É claro que haveria sujeira, mas ele se prepararia para isso. Luvas de borracha não seriam estranhas numa sala de parto, ele tinha certeza.

Ficaria tudo bem. Melhor do que bem. Isso os deixaria mais unidos do que qualquer uma das dificuldades que haviam enfrentado até então. Ambos poderiam esquecer o baile de formatura e o comportamento horroroso de Matthew na última noite no verão. Tudo isso poderia ser ignorado agora que eles tinham um desafio de verdade para enfrentar. E isso o deixava com uma disposição surpreendentemente otimista — assoviando enquanto pegava o troco na caixa registradora, fechando-a com o quadril.

Eu sou capaz de fazer isso, pensava ele toda vez que cumpria alguma tarefa. *Sem problema.*

Posso ajudar Amy com o que ela precisar. Já fiz isso antes.

Era como se a voz estivesse de volta. Só que dessa vez ela sussurrava coisas positivas.

Então, no fim da noite, Matthew verificou o celular. Nenhuma mensagem. Nenhum recado. Nada.

Tem alguma coisa errada, disse a voz. *Alguma coisa está horrivelmente errada.*

No fim, a voz estava certa. Amy estava hospitalizada fazia dezesseis horas quando Matthew ligou para o professor Heffernan na manhã seguinte, descobrindo finalmente o que estava acontecendo. Amy havia desmaiado no dia anterior, cerca de uma hora depois que ele saíra. Quando a levaram para a emergência, sua pressão arterial estava nas alturas e havia proteína em sua urina.

— Eram sinais de pré-eclâmpsia, então eles a internaram imediatamente — explicou o professor Heffernan ao telefone. — Isso pode acontecer de repente, assim, sem muito aviso. A pressão está boa um dia e no seguinte dispara.

No processo de internação, o professor Heffernan teve de ligar para os pais de Amy e lhes contar o que estava acontecendo.

— O que eles disseram? — quis saber Matthew.

— Bem, estão felizes por ela estar viva. Em geral, um esbarrão na morte faz os pais perdoarem outras transgressões.

Mas aquela tinha sido bem grave. Mesmo desconsiderando o sexo e o bebê resultante, havia a questão de Amy ter abandonado a universidade sem falar com os pais. E de ter ficado na casa de um antigo professor que sua mãe detestava.

Ao fim da manhã, Matthew encontrou o professor Heffernan no saguão do hospital. Juntos eles foram até o andar em que Amy estava e viram os pais dela no corredor, conversando com um médico. Nicole estava ouvindo, a testa franzida, assentindo. Matthew sentiu uma pontada de pânico. *Ela vai me responsabilizar por tudo isso. Vai dizer que é tudo culpa minha.*

Nicole não desviou os olhos do rosto do médico, mas o pai de Amy, sim. Quando viu Matthew, ele sorriu. "Entre", articulou ele, e apontou a porta.

Embora Matthew odiasse admitir, ele mal conseguia acreditar no quanto Amy estava horrível — inchada, coberta de manchas e fantasmagoricamente pálida. Então ela escancarou a boca quando o viu e Matthew foi tomado alívio. Aquele era o sorriso dela. E ao sorrir daquele jeito, ela parecia a antiga Amy. Ela ergueu uma das mãos.

— Ooo-i-i-e — disse.

— Oi, Aim. — Ele olhou em volta à procura do Pathway, que estava em cima da mesa. — Posso te dar isto? — Ele o colocou na cama, ao lado da mão dela, e esperou um minuto.

Ela não fez menção de digitar.

— Então... falei com o professor Heffernan lá no saguão. Ele me contou o que estava acontecendo. Parece que foi assustador, mas você está bem agora?

Ela fechou os olhos e assentiu.

Matthew não sabia o que mais dizer.

— Ele também falou que me deu um B+ *condicional* na aula dele. Parece que ainda devo um relatório de uma experiência de laboratório.

Amy sorriu, mas não riu.

— Vi sua mãe e seu pai. Eles estão conversando com o médico. O professor Heffernan disse que os médicos ainda não sabem o que está acontecendo...

— EU SEI.

— Você sabe?

Ela assentiu.

— O que é?

Ele percebeu então que os olhos dela não estavam fechados pela exaustão. Amy virou a cabeça para o outro lado. Estava tentando não chorar. Sua mão empurrou o computador pela cama, derrubando-o no chão. Matthew compreendeu. Ela não queria conversar ou responder a perguntas.

— Estou aqui, Aim. Só isso — disse ele, puxando uma cadeira da parede oposta até o lado da cama. — Só vou ficar aqui, se isso não for um problema para você.

Ele se sentou e apertou a mão boa dela.

— Tudo bem?

Sua mão parecia diferente. Retesada e inchada. Ela não conseguia apertar a mão dele de volta. Foi quando Matthew percebeu que todo o lado esquerdo dela estava inchado. A perna, a mão, até mesmo o rosto e o pescoço desse lado.

À tarde, ele já havia recolhido detalhes suficientes para saber por que Amy não queria falar sobre o assunto. A pré-eclâmpsia era essencialmente uma reação negativa da mulher grávida ao bebê que estava carregando. Por ora, eles a manteriam no hospital. Se fosse mesmo pré-eclâmpsia, fariam todo o possível para baixar a pressão arterial dela, mas essa seria uma solução temporária, porque a única cura para a pré-eclâmpsia seria dar à luz o bebê. Com 27 semanas, isso significaria um bebê prematuro — com menos de um quilo e meio, provavelmente — que quase certamente apresentaria complicações. Embora o médico não houvesse dito isso, todos viam a ironia cruel: antecipar o parto para salvar a vida de Amy poderia deixar o bebê tão incapacitado quanto a mãe cuja vida estava sendo salva. Qual vida valia mais? Qual risco valia a pena correr?

Um dia depois, havia decisões a serem tomadas. Sanjay ligou uma vez e conversou com Nicole por tempo suficiente para deixar claro: ele não queria participar da decisão.

— TUDO BEM — disse Amy. — TORNA TUDO MAIS FÁCIL.

— E faz dele um imbecil — disse Matthew.

— TALVEZ. ALGUMAS PESSOAS NÃO CONSEGUEM LIDAR COM UMA COISA DESSAS.

Matthew gostou do que estava implícito naquelas palavras: ele *conseguia* lidar com aquela situação. Ele *estava* lidando.

E estava mesmo. Durante o dia inteiro ele mesmo se surpreendeu com alguma coisa nova que estava fazendo sem nenhum problema. Ajudar a enfermeira segurando a bolsa de urina enquanto Amy era transferida para a maca; nenhum problema, aparentemente. Ele lavou as mãos depois, mas só uma vez.

Sempre que possível, Matthew segurava a mão de Amy. Às vezes isso significava ficar sentado por uma hora sem falar absolutamente nada. Às vezes significava segurar a mão ruim para que a boa ficasse livre para digitar.

Uma tarde, Amy dormiu tão profundamente que ele pegou o Pathway dela, pensando em verificar suas mensagens. Mudou o aparelho para o modo sem fio, e o desktop apareceu na tela com uma pasta que lhe chamou a atenção: *Mensagens para Matthew — não enviadas*. Ele a abriu e leu tudo o que ela não contara sobre seu período na universidade.

Naquela noite, Matthew foi para casa e tentou escrever uma resposta:

Aims,

Provavelmente eu não devia te dizer isso, mas li os arquivos na pasta "Mensagens para Matthew" no seu computador. Queria que não tivéssemos desperdiçado tanto tempo ficando com raiva um do outro. Queria que fosse mais fácil dizer certas coisas. Como agora, por exemplo. Quero dizer que não considero completamente minha culpa essa história toda de não nos falarmos por três meses. Você poderia ter enviado algumas daquelas mensagens que escreveu. Teria sido um bom começo. Se eu às vezes me escondo atrás do meu TOC, talvez você faça o mesmo. De repente você se transforma na Srta. Não Consigo Falar! Ninguém Ouve Meu Dispositivo de Voz! O que me faz ter vontade de dizer: é claro que não! Ninguém ouve ninguém. Você pode até não ser capaz de verbalizar, mas expressa suas ideias melhor do que qualquer outra pessoa que conheço.

O que quero dizer é: você sabe muito bem o que deseja dizer.

Muitas pessoas não sabem. Você pode nem se dar conta disso. Muitos de nós ainda estamos tentando descobrir o que desejamos dizer.

Ele parou de escrever nesse ponto porque, por algum motivo, pôr tudo aquilo em palavras o fez começar a chorar.

— QUERIA PODER REGISTRAR VOCÊ COMO O PAI DO BEBÊ — escreveu Amy no dia seguinte quando estavam a sós.

Ele sabia que o foco daquelas visitas era fazer todo o possível para manter Amy calma e sua pressão arterial baixa.

— Eu também — respondeu ele baixinho.

— UM BEBÊ FRÁGIL PRECISA DOS PAIS CERTOS.

— É verdade. — Ele queria poder dizer: *Vou fazer isso com você. Se tivermos de fazer, vamos fazer.*

— ESCOLHI UM CASAL. O NOME DELES É SUE E JIM MALLON. TEM UMA CAIXA NA CASA DO PROF. H COM UMA FICHA DELES. VOCÊ PODERIA LER E ME DIZER O QUE ACHA?

Até ali eles não tinham conversado sobre Nicole ou sobre como ela estava lidando com a situação toda. Ela não era particularmente simpática com Matthew, mas nem tampouco era abertamente hostil.

— Você quer que sua mãe converse com eles? — perguntou ele.

Amy foi muito clara:

— NÃO. QUERO QUE VOCÊ CONVERSE.

Matthew compreendia que ela só estava pedindo a ele para fazer isso porque queria que as coisas dessem certo. Se os pais dela conversassem com o casal, talvez isso não acontecesse.

Naquela tarde, Matthew foi para casa com o Professor H e encontrou a ficha dos possíveis adotantes em uma das caixas de Amy. A mulher tinha cabelos louros como Amy, era web designer, e também havia se formado em composição musical. O homem era um advogado ambientalista. Nas fotografias, eles pareciam naturais e felizes. Na maior parte delas, pareciam estar conversando ou partilhando uma piada. Tinham uma bela casa com um quintal cercado, e os avós moravam nas redondezas. Matthew leu tudo até recostar-se, surpreso. Ambos os pais haviam escrito longas cartas para a mãe biológica potencial. A de Sue era mais longa do que a de Jim e, no meio do texto, ele encontrou o seguinte: "Meu marido sofreu de um distúrbio brando de ansiedade na faculdade, o que o dificultava a fazer amigos. Ele está muito melhor agora, mas nossa jornada nos uniu de um modo que com certeza irá nos tornar pais melhores. Aprendemos que ninguém é perfeito."

Certamente Amy não poderia ter previsto a situação em que Matthew se encontrava agora, mas talvez fosse exatamente isso que a tivesse atraído a eles para começo de conversa.

— VOCÊ VAI SABER SE ELES ESTIVEREM HESITANTES — dissera Amy. — VAI SENTIR. ACHO QUE SIMPLESMENTE PRECISAMOS CONFIAR EM NOSSOS INSTINTOS.

Ele telefonou para o casal e explicou toda a situação.

Sue ouvia enquanto Matthew explicava a condição de Amy e esclarecia que a pré-eclâmpsia não tinha relação com a paralisia cerebral.

— Eles a estabilizaram por ora, mas não vai durar muito... talvez uma semana, na melhor das hipóteses. É tempo suficiente para ela receber injeções de esteroides a fim de fortalecer os pulmões da bebê, mas ela vai ser prematura. Vai pesar cerca de um quilo e meio, se tivermos sorte. Provavelmente vai ter complicações como resultado disso tudo. Não há como supor a gravidade delas. Amy escolheu vocês como primeira opção de pais e agora quer saber se vocês ainda estão interessados, apesar da situação.

Não fora um discurso fácil de se fazer, mas ele compreendia por que Amy não podia fazê-lo ela própria. Como ela poderia perguntar: *Se minha bebê nascer igual a mim, vocês ainda vão querê-la?*

Sue respondeu sem hesitar:

— É claro que ainda estamos interessados. Discutimos todas essas possibilidade e a resposta é sim. Sim, ainda estamos interessados.

CAPÍTULO TRINTA E UM

O MEDICAMENTO QUE DERAM A Amy a deixava confusa e tornava difícil distinguir a noite do dia. Ela não tinha a menor ideia de há quanto tempo estava no hospital. Quando abria os olhos, via Matthew com a mesma frequência com que via sua mãe, o que era um alívio. Não tinha forças para lutar contra a mãe. Sua mão boa estava inchada demais para digitar o que queria dizer: *Não quero ser amiga de alguém como Brooks. Não ligo se ele é inteligente e se você e papai resolveram que eu devia ser. Eu sei o que quero, e é Matthew.*

Ela estava ali havia pelo menos dois dias, talvez mais, e não conseguira dizer nada daquilo. Em vez disso, entrava e saía de uma sonolência povoada por sonhos, ouvindo a voz da mãe, que a transportava de volta no tempo, a lembranças de hospitais e consultórios médicos. A horas de fisioterapia, rolando bolinhas entre suas pernas estiradas e soprando penas sobre a mesa da sala de jantar. Todas essas coisas difíceis, algumas impossíveis. (Ela não conseguia soprar, embora tivessem continuado a tentar durante anos.) Lembrava-se de quando tinha 6 anos, sentada no colo da mãe com os braços presos atrás das costas, a dor tão intensa que ela mal conseguia respirar. Lembrava-se do dia em que deu os primeiros passos sem o andador. Tinha 8 anos na época, e a casa havia sido mobiliada tendo essa meta em mente, todas as cadeiras e sofás posicionados a um passo e meio de distância, de modo que ela pudesse cambalear, como uma criança aprendendo a andar, de um ponto de apoio a outro. Tinha acontecido pouco antes do jantar. Em geral Amy não sentia fome à noite, mas dessa vez estava faminta e havia homus e tzatziki na cozinha, seus favoritos. A mãe devia ter notado a fome em seu rosto e reconheceu a oportunidade. Ela pôs a comida na mesa e disse: "Venha até a mesa, Amy. Se quer comer, venha até a mesa".

Eram seis passos entre ela e a mesa. Amy nunca tinha conseguido mais de três sem cair. Então ela lançou-se para a frente e virou em direção à mesa. Deu três, depois quatro e então cinco passos sem cair. No último, virou rápido demais e caiu, escapando por um triz de bater a cabeça na borda da mesa.

— Pronto — disse Nicole, levantando-a. — Está vendo? Você conseguiu. Andou cinco passos sozinha.

Como Amy poderia odiar alguém que passara a vida inteira assegurando-se de que ela tivesse uma vida? Mas como poderia deixar de querer uma pessoa como Matthew, que a amava de forma diferente, de um jeito mais sutil do que a mãe jamais a amara? Ela se perguntava se haveria uma forma de dizer isso sem palavras.

Ela parou, pensou e começou a ter esperanças: talvez já tivesse dito. Ter o bebê era a primeira decisão verdadeiramente independente que Amy já tomara. Talvez eles a analisassem e enxergassem como ela estava se afastando. Talvez compreendessem o que ela estava dizendo em um sussurro tão suave que somente as pessoas que a conheciam muito bem poderiam ouvir: *este corpo, com todas as suas necessidades e sua longa lista de problemas, é meu.*

Matthew ainda estava surpreso com a mudança na dinâmica da situação. Nada fora discutido, pelo menos não com ele.

Quando Sue e Jim chegaram de Menlo Park para conhecer a família e aguardar o nascimento, não importava mais quem era o pai; Matthew tinha se tornado parceiro de Amy em toda a negociação. Enquanto ele guiava o casal até o quarto e os apresentava a Amy, Nicole mantinha-se em segundo plano, e Max logo atrás dela.

— Amy, esta é Sue. E Jim, esta é Amy.

Os dois deram um passo à frente e apertaram a mão de Amy. Em seguida Matthew apresentou os pais dela, quase como um adendo:

— E os avós, é claro. Nicole e Max.

Amy fizera aquilo acontecer ao colocá-lo no comando? Ele não sabia.

Aquela primeira visita só durou dez minutos. O sulfato de magnésio que Amy estava tomando para baixar sua pressão arterial a deixava tão exausta que muitas vezes ela caía no sono no meio de uma visita.

Depois que eles saíram, Matthew continuou falando. Enquanto a cabeça de Amy se movimentasse em resposta a uma piada, ele saberia que ela estava ouvindo. Ele inclinou-se sobre o travesseiro e perguntou o que ela achava.

— Boo... — disse ela.

Como a digitação agora estava limitada por causa do inchaço nas mãos, Matthew tinha começado a compreender melhor quando Amy falava. Ele sorriu.

— Gostei deles também.

Durante cinco dias, eles se alternaram na vigília à cabeceira — os pais, ele, o professor Heffernan e uma variedade aleatória de outras pessoas. Chloe foi visitá-la, assim como alguns antigos professores. Matthew telefonou para o trabalho alegando estar doente, mas manteve as sessões com Beth. Precisava daquela âncora para dar sentido a tudo que estava acontecendo com eles.

Na sessão com Beth, ele surpreendeu a si. Quando chegou ao consultório dela, não falou sobre Amy ou sobre o bebê a quem estava ajudando a proporcionar uma vida. Falou sobre o que aconteceu com Hannah. Falou sobre aquela noite atrás da tela, quando ela se inclinou e o beijou. Durante muito tempo, ele não se permitira se lembrar daquele momento, e agora não conseguia esquecê-lo. Aquilo foi ficando cada vez maior em sua mente, e pior. E se as coisas ruins que estavam acontecendo agora fossem a prova de que a voz estivera certa o tempo todo? *Está vendo? Eu avisei. Se não tomar cuidado, Amy pode ficar doente e quase perder o bebê. Se não tomar cuidado, qualquer coisa pode acontecer.* Racionalmente, é claro, isso não fazia sentido. A voz não se importava com garotas tentando beijá-lo.

Mas ele não conseguia fazer seu cérebro compreender a diferença. Ter medo de beijar parecia uma coisa tão grave e apavorante quanto ter medo de germes e da morte.

— Bem — disse Beth quando ele tentou explicar isso —, ambos significam a morte de alguma coisa. A pessoa que você era, o garoto com medo de beijar uma garota, morre no instante em que você faz isso.

Ele quase lembrou a ela de que *havia* beijado garotas em outras ocasiões, quando estava bem, mas aquela não era a questão. Beth estava certa. Alguma coisa morria, de fato, quando você mudava. Amy não era a mesma pessoa de antes. Nem tampouco ele. Talvez a coisa da qual tinha medo já tivesse acontecido.

CAPÍTULO TRINTA E DOIS

CERTA MANHÃ, MATTHEW CHEGOU ao hospital e ficou sabendo que a pressão de Amy havia disparado e que o parto precisava ser realizado imediatamente. Jim e Sue estavam no quarto, conversando com os médicos. Nicole encontrava-se do outro lado. Matthew não tinha certeza se teria tempo para falar com Amy antes de ela ir para o centro cirúrgico. Então ouviu alguém chamar seu nome.

— Matthew, precisamos que você troque de roupa. — Era Max, o pai de Amy.

— Como? — perguntou ele.

Ele viu Nicole no canto, perto da janela, o rosto vermelho, chorando. Ela e Amy tinham brigado, peló visto. A briga que ele vinha esperando e que não havia acontecido até então.

— Amy quer que você entre com ela — disse Max. — Eles vão pendurar um lençol para que você não precise ver o procedimento. Ela vai ficar acordada. Você vai se sentar perto da cabeça dela e lhe fazer companhia.

Matthew não estava conseguindo digerir aquilo. Amy resolvera isso? E dissera à mãe?

— Você precisa usar uma roupa esterilizada. Vá, rápido, eles vão levá-la para o centro cirúrgico logo.

Tudo aconteceu tão depressa que Matthew ficou preocupado se seu cérebro daria conta de acompanhar a coisa toda. Talvez não. Talvez entrasse na sala de cirurgia num estado de choque e vazio, a mente de volta ao banheiro, batucando padrões para manter Amy viva e o bebê saudável. O que era mais importante? Em um túnel negro e angustiante de incerteza — um bebê com cinquenta por cento de chance de sobrevivência —, era melhor ficar com Amy ou seguir os velhos instintos de seu corpo de barganhar com um destino que na verdade nunca podia ser apaziguado? Eis a verdadeira lição que ele finalmente estava aprendendo. A voz em sua cabeça nunca ficava feliz, mesmo quando ele seguia seus caprichos servilmente. Ela nunca ficava feliz do jeito que Amy demonstrou estar assim que ele finalmente voltou para o quarto usando sua roupa de hospital. Ela exibiu um de seus sorrisos de boca escancarada.

— Sou eu quem vai te operar — disse Matthew, curvando-se para sussurrar ao ouvido dela. — Isso deve fazer você se sentir melhor. Não é preciso nenhum diploma de médico. Só uma destas roupas. Eu nunca tinha me dado conta disso, mas a enfermeira confirmou que é isso mesmo.

As drogas para a anestesia peridural já deviam estar come çando a fazer efeito no sistema nervoso dela, porque Amy riu num tom vibrante inédito para Matthew.

— O que foi isso? — Ele sorriu. — Um esquilo? Tem um esquilo no quarto?

Ela fechou a boca e ele notou os olhos dela ficando sérios. Uma enfermeira abriu uma cortina azul do mesmo tecido da roupa de Matthew e a colocou na altura do peito de Amy, deixando-os estranhamente a sós na sala cheia de gente.

— Então, talvez sua mãe esteja mudando — sussurrou ele. — Eu não quero me precipitar, mas estou um pouco surpreso que seja eu sentado aqui, não ela.

Amy olhou para ele e Matthew compreendeu: *Minha decisão. Não dela.*

— Certo, certo. Entendi. Provavelmente ela se incomoda com sangue e salas de cirurgia. Olhe só para mim: não tenho nenhum problema com isso.

Ele viu o rosto dela mudar: *Pare de fazer piada.*

— Tá bom, vou ficar quieto.

Mas o problema não era aquele. Ele se abaixou para perto, tocando a testa coberta pela toca na dela.

— Ela vai ficar bem — sussurrou. — Ou talvez não bem. Mas não pior do que a gente. Ela vai sobreviver. Você sobreviveu, Aim.

Matthew não sabia como sabia daquilo, mas sabia.

E estava certo.

A menininha nasceu doze minutos depois, com um quilo e cem gramas.

Os pais lhe deram o nome de Taylor, para o qual Matthew e Amy reviraram os olhos em segredo, mas de qual nome eles teriam gostado?, Matthew se perguntava.

— Talvez eles sejam fãs de Taylor Swift — disse ele a Amy mais tarde, já no quarto, folheando um exemplar velho da revista *Family Circle.* — Não tem nada de errado com isso. Se eu tivesse nascido menina, ia me chamar Tennille, por causa da dupla Captain and Tennille. Mas aí eles acabaram descobrindo que o nome dela tecnicamente era Toni Tennille, e não gostaram muito, então largaram a ideia pra lá.

Durante três dias após o parto, Amy teve febre e precisou ficar no hospital, transpirando os quase quinze quilos de água que retivera ao final da gravidez. Suas camisolas de hospital estavam quase sempre úmidas ou encharcadas, dependendo do tempo que as enfermeiras levavam entre uma troca de roupa e outra. Eles tinham ido ver o bebê — Matthew muitas vezes, Amy apenas uma. Agora estavam indo juntos, e Sue a ergueu da almofada e a segurou no colo. Como Amy ainda estava com febre, não podia ir além da janela de vidro do corredor.

— TUDO BEM — disse ela quando voltaram para o quarto. — EU NÃO DEVERIA MESMO SEGURÁ-LA. PROVAVELMENTE A MACHUCARIA.

— Não machucaria, não. Quando a tiram de lá, eles a embrulham nuns dois quilos de cobertores.

Até ali, Matthew estava espantado com o que *era* permitido se fazer com um bebê tão pequeno e frágil — brinquedos em sua incubadora, cartões desenhados com lápis de cera. (*Lápis de cera*, pensou Matthew. *Será que não descamaria e iria parar em seus pulmões minúsculos?*) O mais surpreendente de tudo era a estranha tendência de Jim e Sue a fotografar Taylor ao lado de objetos comuns para mostrar o quanto ela era minúscula. O pé era menor do que a primeira falange do polegar do pai, o corpo menor do que uma régua.

Na visita mais recente de Matthew à janela (ele nunca entrava; se Amy não podia, ele também não ia segurá-la), Jim lhe mostrou a nova "descoberta": sua aliança de casamento servia no pulso de Taylor.

Matthew sorriu e fez um sinal positivo com o polegar porque não lhe ocorreu outra coisa a se fazer, mas ficou incomodado intimamente. Não era um pouco cruel encontrar maneiras de se apontar o quanto ela era pequena?

Quando se aproximava do quarto de Amy, Matthew viu Nicole do lado de fora, sentada em uma cadeira de plástico, os olhos fechados.

— Não estou dormindo — disse ela quando ele tentou passar sem fazer barulho. — Pode sentar aqui, se quiser. Estão dando um banho de esponja em Amy, então é melhor você esperar.

Ele sentou-se. Não ficava a sós com ela desde que Amy fora encontrada. Agora era a chance de ela jogar todos os defeitos de Matthew na cara dele e dizer por que ele não servia para Amy. Em vez disso, ela ficou em silêncio durante muito tempo. Por fim, suspirou e disse:

— Já viu o bebê hoje?

Ele assentiu, surpreso. Nicole não visitava o bebê como todos os outros faziam. "Já vi esse filme", dissera ela no primeiro dia. O que significava: *Muito semelhante ao nascimento de Amy. Não preciso reviver isso.*

— Eles estão fazendo essa coisa estranha — começou Matthew, arrependendo-se imediatamente do que estava prestes a dizer. Só serviria para provar a imprudência daquele plano todo. Eles haviam escolhido pais ruins, ou pelo menos com um senso de humor demente — Jim colocou a aliança de casamento no *pulso* dela.

— Isso não me surpreende. — suspirou Nicole. — É o que você *faz* quando o seu bebê não pesa nem um quilo e meio. Você não o vê só com esse tamanho. Vê seu espírito, e ela parece muito maior do que isso. É preciso tirar fotos para que se lembre: não, ela era mesmo essa coisinha minúscula que podia dormir na palma da sua mão. — Nicole virou-se e olhou para ele. — Eles tiraram uma foto dessas? Com ela dormindo na mão deles?

Matthew não soube dizer, mas provavelmente sim.

Nicole balançou a cabeça.

— Você não cansa de se surpreender com o jeito como alguma coisa com pouco mais de um quilo pode mudar o mundo inteiro. — Seus olhos estavam fechados novamente. Ela não estava falando de Taylor, ele sabia. — Mas muda. E, em algum canto da sua mente, ela sempre terá esse tamaninho.

— Mas você conseguiu — sussurrou ele. — Ela cresceu.

Nicole abriu os olhos de repente, e o momento passou.

— Creio que você tem razão. No entanto, parece que nunca acaba. Quem dera se acabasse. Durante 16 anos, dormi com um monitor ao lado da cama. Quando ela foi para a universidade, comprei uma máquina para imitar o som da respiração dela. Não conseguia dormir sem ela. Nem um instante.

Talvez fosse assim que a paternidade funcionasse. Em poucos dias eles teriam de se afastar de Taylor. Matthew tentou imaginar sua rotina sem acompanhar as mudanças na vidinha frágil dela, sem saber seu peso ou seu nível de bilirrubina. E pensou no quanto ficaria se perguntando aquelas coisas sem parar, e no quanto ia querer telefonar para eles a fim de saber.

CAPÍTULO TRINTA E TRÊS

DENTRO DO QUARTO DE Amy, mãos suaves erguiam suas pobres pernas tomadas por cãibras e as limpavam. Durante quatro dias Amy havia ricocheteado entre todas as emoções imagináveis. Num minuto soluçava de autopiedade; no seguinte, mostrava-se chorosa de gratidão a Matthew por sua estabilidade inabalável.

— É COMO SE VOCÊ ESTIVESSE CURADO — disse ela a ele. — VOCÊ ESTÁ CURADO?

Amy não via nenhum sinal dos antigos espasmos nervosos nos dedos dele. Os lábios não articulavam mais declamações silenciosas. Durante quatro dias ele não fizera nenhuma lista de lugares em que precisava bater. Em vez disso, arrumava a garrafa de água para ela, o botão de chamar a enfermeira, o controle remoto da TV e seu Pathway.

— Está tudo aí? — perguntava ele todas as vezes em que saía do quarto. Por Matthew, Amy tentava manter uma expressão animada. Não soluçava diante dele, nem digitava o que de fato sentia: "SOU UM FRACASSO! MEU CORPO FALHOU COMIGO! ELE SEMPRE FALHA!" Ela desconfiava que Matthew soubesse que ela praticamente só chorava quando ele não estava no quarto.

Uma vez ele trouxera uma caixa nova de Kleenex sem dizer nada; em outra ocasião, uma foto do baile de formatura, a qual Amy nunca tinha visto. Eles pareciam ter doze anos. O sorriso dele estava imenso, o dela era praticamente uma boca tão aberta que dava para ver as obturações.

— BELO FRAQUE — comentou ela.

— Eu te *disse* que era bom.

Ele parecia um garçom. Ela parecia estar desabando no peito dele. *Estranho*, pensou Amy mais tarde, *ele ter trazido uma lembrança de um momento ruim para suavizar esse outro.* Tantas coisas sobre aquele baile de formatura pareciam distantes e pequenas agora. Exceto por Taylor, é claro, nada daquela noite importava. Por mais que tivesse sido algo significativo na cabeça de ambos, eles resistiram ao golpe da decepção. Talvez fosse por isso que ele tivesse levado a foto. *Veja só, nós sobrevivemos a isso também.*

E sobreviveram mesmo.

Ela desejara tanto chocar o mundo ao surgir com um bebê perfeito que não apenas o gerara como também abrira mão dele. Amy já havia até formulado uma frase caso telefonassem para fazer uma reportagem: "Tenho sido a beneficiária da generosidade de outras pessoas. Eu queria retribuir." Caso alguém insistisse e lhe perguntasse por que não revelara seus planos a ninguém, ela pretendia dizer: "Eu queria um pouco de tempo a sós com o bebê. Sabia que não poderia ficar com ela depois que nascesse. Então escolhi fazer assim."

Soava bem, e talvez fosse mesmo verdade, mas ninguém queria saber de matéria nenhuma ou estava telefonando em busca de um depoimento. Era um gesto simbólico fracassado, o tipo mais constrangedor de todos.

A enfermeira limpou suas axilas, descendo pela parte interna do braço até chegar à palma da mão. A água estava fria o bastante para fazer formigar todos os lugares por onde passava. Amy fechou os olhos, e lágrimas escorreram. *Será que um dia vou parar de chorar?*, perguntava-se ela.

A enfermeira, uma mulher negra de meia-idade alta e bonita, com os cabelos presos em um rabo de cavalo apertado, disse, do nada:

— Eu também fiz isso. Dei um bebê. Você acha que nunca vai se recuperar, mas se recupera. Isso passa. Você vai ver.

Amy tinha notado uma coisa. Durante aquele tempo todo no hospital, as pessoas falavam muito pouco sobre sua deficiência. Ninguém se maravilhava com seu Pathway ou fazia perguntas bobas sobre ele ter opiniões próprias. Era como se ela tivesse abandonado esse assunto de vez. O principal de sua vida. A dissertação escolar que não precisava de pesquisa. Agora ela seguia adiante. Novos problemas, novos desafios. Um mundo novo.

Um bebê de pouco mais de um quilo tinha chegado e mudado o mundo.

CAPÍTULO TRINTA E QUATRO

AMY PRECISOU FICAR NO hospital por mais três dias para finalizar a última rodada de antibióticos intravenosos. Os medicamentos a deixavam grogue, mas também perturbavam seu sono à noite, o que significava que ela passava o dia cansada demais para digitar muito ou responder às perguntas dos visitantes. Matthew trazia livros para ler em voz alta, o que parecia ajudar. Primeiro, ele levou seu exemplar de *O despertar*, o que produziu um sorriso e depois um coaxar entusiasmado, tal como uma risada, quando ele começou a ler. Conforme avançava pelas páginas, Amy suspirava e erguia a mão, como se pensando no que poderia dizer.

— "O começo das coisas, de um mundo, especialmente" — leu ele — "é necessariamente vago, emaranhado, caótico e excessivamente perturbador. Como poucos de nós conseguem emergir de tal começo! Como tantas almas perecem no tumulto!"

Quando ele terminou aquele (não era um livro longo), Amy perguntou se ele poderia ir até a casa dela com Nicole para procurar um de seus livros favoritos.

Atrás dela, Nicole suspirou.

— Ah, Amy, por favor, não.

— MAMÃE ZOMBA DELE. ACHA QUE JÁ O LI VEZES DEMAIS.

— Eu pego, Aim — disse Matthew. — Não me importo. Qual é o livro?

— DIGA QUE ME... — A mão dela escorregou e empurrou o Pathway acidentalmente. Ele caiu ruidosamente. Matthew abaixou-se para pegá-lo. Tentava ficar atento para não concluir as frases de Amy ou parecer impaciente quando ela demorava demais a digitar o que queria. Mas agora ela estava tão fraca que ele se perguntava se ela gostaria de ajuda. Nicole deve ter pensado a mesma coisa.

— *Diga que me ama, Junie Moon* — disse Nicole.

Matthew riu inadvertidamente.

— Esse é o título?

Nicole assentiu, e de repente Matthew não conseguia superar a surpresa diante do que estava presenciando. Mãe e filha se fitando, piscando para afugentar as lágrimas.

— É uma história de amor — disse Nicole. — Entre três pessoas que se conheceram em um hospital. Todas deficientes. A mulher foi queimada por ácido no rosto e nas mãos. Um dos homens está paralítico; o outro... — Ela olhou para Amy. — Qual é mesmo o problema de Arthur? — Ela assentiu, embora Amy não houvesse indicado nada. — Isso mesmo: ele tem uma doença degenerativa. Mas eles têm astral alto e uma postura corajosa, e resolvem sair do hospital e ir morar juntos em uma casinha. — Ela olhou para Amy e lembrou-se de algo mais. — Ah, e eles têm um cachorro.

Por que as lágrimas?, perguntava-se Matthew, considerando aquela a conversa mais agradável que ele já tivera com Amy e Nicole juntas. Como se alguma coisa tivesse mudado entre todos eles. Nicole havia parado de se preocupar se Matthew não era bom o bastante.

No dia seguinte ele começou a ler o livro. Todas as vezes que parava, Amy erguia a mão e a girava no ar para que ele prosseguisse. Mantendo a cabeça no travesseiro e os olhos fechados, ela poderia muito bem estar dormindo, não fossem aqueles protestos quando ele parava de ler. Por fim, já chegando no finalzinho, ele compreendeu a razão das lágrimas no dia anterior. O trio de desajustados havia feito uma viagem juntos na qual dois deles, Arthur e Junie Moon, se entreolharam e perceberam, depois de um ano vivendo lado a lado, que se amavam. À medida que lia, a voz de Matthew ia ficando mais embargada: "Arthur pensou: quem dera eu a tivesse amado desde o começo. Agora tantos dias estão perdidos." A voz de Matthew vacilou, mas ele prosseguiu. "Olhando para Junie Moon do outro lado da sala, Arthur foi tomado por uma timidez tão apaixonada que precisou virar a cabeça para não fitá-la. Acalme seu coração primeiro, pensou, ou ele pode ter um ataque e morrer. Em seguida lhe ocorreu: se eu tocá-la, ambos morreremos."

Era o fim de um capítulo, então ele parou de ler. Mas, em vez de erguer a mão em protesto, Amy a estendeu e segurou a dele. Ficaram sentados assim por um tempo, as mãos entrelaçadas sobre o livro. Se ele falasse, sabia que a voz iria traí-lo. Iria falhar, e ele começaria a chorar. Sendo assim, eles continuaram daquele jeito enquanto a luz que entrava pela janela se esvaía do céu.

Mais tarde, naquela noite, quando os pais de Amy estavam no refeitório do hospital jantando, ela o surpreendeu. Matthew pensou que ela estivesse dormindo, então ficou lendo um livro. Não notou que ela estava digitando até o Pathway começar a falar.

— QUERIA QUE VOCÊ FOSSE MEU NAMORADO — propôs ela.

Ele ergueu as sobrancelhas, surpreso. Queria dizer: *Mas eu já não sou... bem, mais do que isso?* O nome dele não estava na certidão de nascimento de Taylor, mas, em todos os outros aspectos, ele era o pai.

— Amy... — começou ele, mas foi interrompido quando ela falou novamente.

— EU QUERIA PODER SENTIR SEU CORPO EM CIMA DO MEU. — A mão dela não estava se mexendo, nem tampouco seus olhos estavam abertos, o que dava a estranha sensação de que o computador estava falando sozinho. Mas naturalmente aquilo não era possível.

Ela provavelmente digitara tudo mais cedo e ficara aguardando pelo momento certo. Ele se levantou e parou ao lado da cama. Segurou a mão ruim dela para que a boa ficasse livre para digitar.

— Não tenho muita certeza se entendo o que você quer dizer.

— EU ACABEI DE DIZER.

— Eu sei, mas... — Ele virou-se e olhou para a porta. — Agora? Você quer que eu faça isso agora?

— SIM.

— Seus pais vão voltar a qualquer minuto. Eles só foram jantar.

— PEDI A ELES QUE DEMORASSEM. UMA HORA. — Ela abriu os olhos. — EU QUERIA FICAR A SÓS COM VOCÊ.

O coração dele começou a martelar.

— Talvez seja melhor eu me sentar aqui. — Ele apontou para a cama, ao lado das pernas dela. — Estou um pouco tonto.

Amy conseguia controlar bem as pernas quando estava deitada. Não tinha os espasmos de costume. Ele lembrou-se da ocasião em que segurara o pé dela para examinar um arranhão e ganhara um chute involuntário no ombro. Mas Matthew não estava preocupado com isso nesse momento, embora talvez isso fosse um mau sinal. O corpo dela não estava forte o bastante para suas antigas batalhas espasmódicas. Ele não a vira andar desde o parto. Imaginou se ainda conseguiria.

— Amy, você sabe que eu... — Ele inclinou-se, aproximando-se para sussurrar. — Eu me *sinto* seu namorado. Na verdade, me sinto *mais* do que isso.

Ele esperou um longo tempo. Finalmente, ela digitou:

— QUE BOM.

— Mas eis a parte importante, Amy. Eu tenho a sensação de que quero estar sempre aqui, com você. Ajudando. Como se este devesse ser meu trabalho ou algo assim. Este é o meu lugar. — Ele não pôde evitar. Começou a chorar enquanto falava. — Não sei se vou ser bom em muitas coisas, mas sou bom nisso. Sou bom quando estou com você.

— VOCÊ É.

— E você é boa comigo.

— SOU.

Enquanto falava, ele se inclinou, aproximando-se do rosto dela. Baixou a cabeça, descansando a testa em seu ombro. Ela digitou enquanto ele acalmava sua respiração.

— TUDO ISSO E NÓS NUNCA NEM NOS BEIJAMOS.

Ele não levantou a cabeça.

— Eu sei — falou Matthew, a cabeça ainda enterrada no ombro de Amy. — Tenho um pouco de medo. Mas se é isso que você quer, então vou fazer. Você quer?

— NÃO TANTO QUANTO QUERO SENTIR VOCÊ EM CIMA DE MIM.

Ele ergueu a cabeça e olhou para ela, surpreso.

— *Mesmo?*

— SIM. MESMO.

— Não podemos... quero dizer, eu não posso tirar a roupa.

— NÃO. EU QUERO SÓ SENTIR SEU PESO. QUERO SENTIR VOCÊ EM CIMA DE MIM. NÃO SEI POR QUÊ, MAS QUERO. — Ela começou a chorar.

— Está tudo bem, Aim. Eu compreendo. Eu também quero isso. — Ele abaixou-se para poder tirar os sapatos rapidamente, sem fazer barulho.

— Não quero causar nenhum problema com seus tubos — disse ele.

— VOCÊ NÃO VAI.

— Nem com a campainha de chamar as enfermeiras. Vamos tomar cuidado para não deitar acidentalmente em cima *dela*.

— NÓS NÃO VAMOS FAZER ISSO.

Agora estavam sorrindo um para o outro — os rostos molhados de lágrimas. Ele tirou o casaco de moletom.

— Está pronta?

Ela assentiu e riu. Sua risada engraçada, que parecia um latido. Ele se debruçou, pôs as mãos junto de cada um dos ombros dela e a olhou intensamente nos olhos.

— Você tem *mesmo certeza* disso?

Amy tornou a assentir, dessa vez sem rir. Extremamente séria.

Foi estranho, então. A maneira como o coração e o cérebro de Matthew dispararam ao mesmo tempo que ele erguia as pernas para cima da cama e baixava o corpo sobre o dela delicadamente. Ele se perguntou se teria sido assim com Sanjay. Se ela estava tentando apagar uma lembrança criando outra. Perguntou-se o que faria se alguma coisa quebrasse ou desmoronasse debaixo de si — a cama, ou Amy. Ele se sustentou um pouco no alto até que ela sussurrou em seu ouvido.

— Eu be...

Ele compreendeu e relaxou o corpo, baixando-o até os cotovelos.

— Tem certeza de que está tudo bem? — Ele não conseguia ouvir a respiração dela.

Então prendeu a própria respiração, como se isso pudesse ajudar de alguma forma.

Então Amy o surpreendeu: ele sentiu a mão boa dela lhe agarrar a camisa, nas costas, e puxá-lo para baixo. Ele relaxou o corpo completamente e enterrou o rosto no pescoço dela. O cheiro dela era surpreendentemente bom. Fresco como menta.

— Você tem um cheiro muito bom — sussurrou ele.

— Jack avou me abê... — sussurrou ela.

Ele entendeu: *Jackie lavou meu cabelo.* Jackie era a enfermeira preferida deles. Aquela que também tinha dado um bebê para adoção. Aquela que dissera o que eles mais queriam ouvir: *É mais difícil no começo. Depois fica mais fácil.*

— Pa focê.

Amy devia estar planejando aquilo havia algum tempo, porque para lavar seu cabelo era necessário uma verdadeira superprodução. Ficar deitados daquele jeito significava que não podiam olhar um para o outro. E isso dava a Matthew a coragem para dizer coisas que estivera tímido demais para dizer até então.

— Obrigado por dividir tudo isso comigo. — Ele levantou a cabeça outra vez a fim de olhar para ela. — Obrigado por me permitir estar aqui.

Amy desviou o olhar, de modo que foi impossível dizer o que ela estava pensando. Já não era muito fácil, com sua gama limitada de expressões, mas se ele olhasse nos olhos dela, em geral, conseguia entender. Talvez suas palavras tivessem soado muito egoístas. Como se ele só estivesse pensando em como aquilo o afetava. Não estava. Ele queria que ela soubesse que ele não estava ali para ser legal ou porque sentia pena. Queria que ela soubesse que era muito mais do que isso. Não havia palavras, de fato, capazes de explicar.

A mão dela apertou sua camisa e o empurrou com mais força.

— Você quer que eu faça mais alguma coisa? — O que mais ele poderia fazer? Ela estava conectada a um monte de aparelhos. Tinha acabado de ter um bebê.

Então pensou em uma coisa. Saiu de cima dela e levantou o lençol. Ela usava uma camisola de hospital e uma calcinha esquisita — de tela branca com um absorvente, porque, mesmo que você não tivesse um bebê de parto normal, ainda sangrava muito, ele aprendera.

— Que tal eu me enfiar aqui embaixo com você?

Amy assentiu. Ele foi menos hesitante dessa vez. Deitou ao lado dela de modo que pudesse tocar seu rosto e acariciar seus cabelos. Já tinha feito todas aquelas coisas antes, mas nunca todas de uma só vez, assim. Deitados lado a lado no travesseiro, com sorrisos bobos no rosto, ele não entendia por que não tinha feito aquilo antes. A coisa mais simples de todas... Ele deslizou no travesseiro e a beijou.

CAPÍTULO TRINTA E CINCO

NAQUELA NOITE, MATTHEW FOI para casa e preparou o jantar para um estranho par: sua mãe e o professor Heffernan.

Como está por aí?, Sarah mandou uma mensagem para ele. *Bancando o cupido?*

Tinha sido ideia de Amy. Depois que pararam de rir, concordaram que não era uma ideia assim tão ruim. O professor Heffernan era muito gentil, mas socialmente desajeitado de um jeito que o eliminava da lista de muitas mulheres. Mas sua mãe não fazia listas. Ela não namorava havia anos. Em vez disso, assistia à TV e dizia a Matthew que estava bem.

Talvez estivesse. A primeira vez que a vira chorar em meses fora três noites antes do nascimento de Taylor, quando ninguém sabia o que iria acontecer e todos estavam muito preocupados.

— Estou tão orgulhosa de você — disse ela enquanto assoava o nariz. — Estou muito orgulhosa de você, só isso.

O jantar transcorreu surpreendentemente bem. Conforme Matthew contou a Amy no dia seguinte:

— Talvez o professor H. tenha falado um pouco demais sobre o seu fascínio pela fotossíntese, mas ei, ele é professor de ciências, certo?

Amy sorriu, embora não tenha respondido.

— Depois eles assistiram à TV, o que pode parecer um pouco deprimente, mas não acho que tenha sido. Ela falou o tempo todo, explicando a ele as tramas de suas séries preferidas. — Matthew não ficara com eles nessa parte. Em vez disso, sentou-se na cozinha, surpreso com o quanto sua mãe fazia o professor Heffernan rir.

Agora ele olhava para Amy, cuja cabeça estava virada para o outro lado.

— Está tudo bem? — perguntou Matthew.

— SEM FEBRE — digitou ela. — SIGNIFICA QUE PODEREI IR EMBORA. HOJE OU AMANHÃ.

Ele sentou-se na cama. Sabia que a notícia era uma faca de dois gumes e que estava acontecendo mais cedo do que eles esperavam. Deixar o hospital significava deixar Taylor. Também significava que Amy precisaria ir para outro lugar. Já não fazia sentido ficar na casa do professor Heffernan. Ela teria de ir para casa, e — nem era preciso dizer — não era isso que Amy desejava.

Já fazia alguns dias que Matthew vinha pensando num plano, embora não tivesse preparado nenhum discurso para acompanhá-lo.

— Ouça, Aim — disse ele. O coração começou a martelar no peito. — Estive pensando. Carlton, esse cara com quem trabalho no cinema, tem o próprio apartamento. Tá, ele tem 26 anos, o que torna um pouco patético o fato de ele ainda trabalhar num cinema, mas ele é músico, então tudo bem. Mas acho que, se ele consegue se virar com esse emprego no cinema, talvez a gente também consiga. Talvez, se eu pegasse alguns turnos extras, pudéssemos bancar um apartamento. Sei que parece loucura, mas talvez não seja uma ideia tão maluca assim. É isso que as pessoas fazem, certo? — Ele estava falando rápido demais. Sem dar chance a ela de dizer qualquer coisa. — Se elas não querem morar com os pais, por qualquer que seja o motivo, elas saem de casa. Moram com amigos ou com o namorado. Certo?

— NÃO — disse Amy finalmente, interrompendo-o.

Matthew parou de falar e esperou que ela completasse com mais alguma coisa. Como ela não disse mais nada, ele se levantou.

— Bem, que legal, Aim. Simplesmente não. É isso?

— NÃO SEJA IDIOTA.

Idiota? Ela o chamou disso mesmo? Ele ergueu uma das mãos e dirigiu-se para a porta.

— Tá, até mais tarde.

— NÃO VÁ EMBORA.

Ele parou à porta e deu meia-volta, agora furioso.

— Eu faço uma oferta legal. Que não é uma oferta fácil, que a maioria das pessoas esperaria, e você não diz nem obrigada. E me chama de idiota.

— EU VOU VOLTAR PARA A UNIVERSIDADE.

O quê? Durante duas semanas ela não fizera outra coisa senão lhe contar histórias horríveis da universidade.

— Não, Amy. Não faça isso. É uma péssima ideia...

— NÃO STANFORD. A UNIVERSIDADE DA CALIFÓRNIA EM BERKELEY. SARAH ESTÁ ME AJUDANDO A PROVIDENCIAR TUDO.

Ele sentou-se numa cadeira do outro lado do quarto. Mais um segredo que ela não lhe contara.

— VOCÊ SABIA QUE A UCB FOI O PRIMEIRO CAMPUS NOS ESTADOS UNIDOS ACESSÍVEL A PESSOAS COM NECESSIDADES ESPECIAIS? O PRIMEIRO COM UM PROGRAMA DE ESTUDOS SOBRE DEFICIÊNCIAS. O MOVIMENTO ADA COMEÇOU LÁ. É BOM. É O MEU LUGAR.

Ele levou um minuto para lembrar-se do que era o movimento ADA — Lei dos americanos portadores de deficiência.

No verão anterior, Amy tinha lido um livro sobre a história do movimento. Quando Matthew lhe perguntou a respeito, ela tocou a capa e disse: "MEU PESSOAL", o que o silenciou na ocasião. O que poderia dizer? Em cinco minutos ela o fizera sentir-se pequeno e ridículo. Incubando seu planozinho de uma vida doméstica e pobre. Pensando que prepararia os jantares para eles enquanto ambos esperavam novas fotos de Taylor pelo correio. Supondo que Amy iria se contentar com a vidinha sem graça que parecia atraente para ele.

— Tá bom. Ótimo. Parece legal.

— SEI QUE VOCÊ ESTÁ COM RAIVA.

— Não estou com raiva. Estou feliz por você.

— NÃO ESTÁ, NÃO.

— Tem razão, não estou. Olhe o que você está dizendo. Seria idiotice limitar-se a minhas perspectivas patéticas. Meu trabalho é pôr manteiga em pipoca. Você é melhor do que isso.

— SOU. E VOCÊ TAMBÉM.

De repente ele se deu conta da situação real. Era enfurecedora. Bastante enfurecedora.

— Você sabe o que parece? Sou um ótimo amigo para ajudá-la a atravessar esta crisezinha. Que em parte se tratava de botar Taylor no mundo e, principalmente, desse confronto que você precisava ter com sua mãe. Porque ela na verdade não a deixou ir para a universidade do jeito que você queria, então você teve que fazer essa grande afirmação, certo? O bebê é sua afirmação, não é? — A voz dele estava trêmula. Ele pensou no rostinho de Taylor no berço e odiou o que estava dizendo.

— NÃO...

— Só que você ficou triste e sozinha e precisou de mim para poder se sentir melhor em relação a si mesma porque tudo isso fez com que você se sentisse muito mal, certo? Você precisou de mim para ficar mais confortável com a ideia de voltar e tentar uma universidade diferente. Estou certo, não estou? Você vem planejando isso há algum tempo, só que não disse dada.

— SIM... MAS...

— E você não me disse nada porque sou tão patético que não consigo lidar com a ideia de ir para a universidade. A única coisa que consigo fazer é me controlar e trabalhar em turnos de quatro horas vendendo doce para gente gorda.

— NÃO É ISSO O QUE EU PENSO.

— Sim, é sim. Fale a verdade. — Agora ele estava quase berrando. Andando de um lado a outro ao redor da cama.

— TUDO BEM. É. UM POUCO.

— Bem, vá se ferrar, Amy! — gritou ele. — Você nem sequer se perguntou por que não saí daqui às quatro da tarde desde que você foi internada? Não tem curiosidade de saber por que não viu mais meu avental de poliéster engordurado? Eu tive que me demitir! Eu tinha que estar aqui! Não tive escolha! Então é isso. Não sou nem seu amigo fracassado com um emprego de derrotado. Sou apenas seu amigo fracassado.

Ele não deixou o hospital imediatamente. Não conseguiu. Em vez disso, foi para o banheiro ao lado da UTI neonatal. Lavou as mãos e o rosto e se paramentou com tudo que precisava vestir: protetores de sapatos, máscara facial, touca e avental. Então seguiu para o berço e pediu para segurar Taylor.

Ele ainda não havia se permitido segurá-la. Até então só tinha ficado em frente ao berçário enquanto observava outras pessoas pegando a neném no colo. Estava esperando a febre de Amy passar para que pudessem estar juntos na primeira vez que os dois a segurassem. Agora nada disso tinha importância. Ele mostrou à enfermeira a identificação que recebera logo após o nascimento de Taylor. A enfermeira assentiu e disse:

— Ela está bem ali. Agora é um bom momento porque está na hora da mamadeira...

Até ali, Sue e Jim tinham dado todas as mamadeiras, mas, surpreendentemente, eles não estavam por perto naquele momento.

— Por que você não se acomoda na cadeira de balanço e eu a levo para você?

Só levou alguns minutos; de repente, Taylor estava ali, em seus braços. Ela parecia uma trouxinha de mantas sem peso, quase nada, só um rostinho minúsculo espiando em meio às cobertas, os olhos arregalados apontados diretamente para ele. Matthew não entrou em pânico, nem esperou a voz dentro de sua cabeça. Só retribuiu o olhar e gravou na memória o rosto que, ele sabia, provavelmente só voltaria a ver em fotografias.

CAPÍTULO TRINTA E SEIS

MATTHEW ESTAVA CERTO EM relação a muitas coisas, exceto esta: Amy havia, *sim*, pensado em ficar ali com ele. Tinha até pensado nessa coisa de morar juntos. Eles podiam dar conta, ela sabia. Se haviam conseguido passar pelo desastre do baile de formatura e pelo nascimento de Taylor, poderiam morar juntos. O problema era o seguinte: ela não queria um casamento como o de seus pais, com a mãe tão obcecada por uma coisa que mal levantava a cabeça e enxergava o homem do outro lado da mesa, o mesmo homem que tornava esta coisa possível. Amy não queria ser igual à mãe, que parou de exercer como advogada no dia em que Amy nasceu. Não queria desistir de tudo por um amor que passara a consumir todas as coisas. "Você é o meu emprego", a mãe costumava dizer. "É o trabalho mais importante da minha vida." Isso sempre fazia Amy querer dizer: *Não se pode fazer de uma pessoa um emprego, mãe. As pessoas não pagam o suficiente...* Então Matthew disse algo semelhante, e aquilo a assustou. *Eu sinto que este é o meu lugar, é o que nasci para fazer. Cuidar de você.*

Era nisso que Matthew estava errado. Ela *havia* pensado em tudo isso, e sabia dos problemas que encontrariam à frente. As necessidades de seu corpo eram entediantes; ninguém deveria ter de cuidar delas exclusivamente. Ele podia fazer muito mais. Assim como ela.

Amy sabia o que tinha pretendido dizer a ele. Tinha pensado no assunto durante a semana inteira. Era a conversa mais importante que eles teriam e, quando chegou a hora, ela praticamente não disse nada. E deixou que Matthew fosse embora. Retrocedera à condição não verbal que um dia tivera, à da garota que fora para a universidade e nunca descobrira como falar em público.

Não conseguia lembrar-se de já ter fracassado tanto em alguma coisa. Então lembrou-se de uma carta que o professor Heffernan escrevera para sua mãe, no sétimo ano do colégio.

Eu me preocupo com o que irá acontecer se ela não aprender como é não ser bem-sucedido. Amy já fracassou em alguma coisa? Se não, devia aprender. É uma lição importante.

Talvez ele estivesse certo. Ela precisava aprender isso. Matthew também. Talvez isso significasse que eles não voltariam mais a ser o que tinham sido um para o outro. Que nunca mais seriam tão próximos quanto foram na última semana. Talvez ela nunca mais fosse experimentar a sensação maravilhosa de tê-lo sobre seu corpo. Ela adorou aquele momento. Se nunca mais acontecesse, seria difícil imaginar sentir a mesma coisa com outra pessoa.

Mas Amy não podia continuar ali.

O melhor que podia dizer era: se tudo isso foi apenas um teste para sua habilidade de se articular com clareza nos momentos mais cruciais, então ela estava seguindo a sugestão do professor Heffernan de cinco anos atrás. Estava aprendendo a fracassar.

* * *

Durante duas semanas, Matthew não saiu de casa. Não suportava a ideia. Havia bebês demais por toda parte, o que criava um novo medo — o de olhar para muitos deles e se esquecer do rosto de Taylor. Não era um medo completamente irracional. Recém-nascidos tinham mais em comum entre si do que com os pais que os empurravam de um lado a outro em carrinhos sofisticados. Todos tinham a mesma expressão interrogativa no rosto, todos possuíam mãozinhas fechadas. Não fazia *o menor sentido* sentir a perda de um deles mais do que de outro e, assim, Matthew a sentia todas as vezes que passava por qualquer bebê.

— Isso me deixa *louco* — disse ele a Beth em sua sessão seguinte. — Queria não sentir isso. Eu nem mesmo compreendo. Eu só passei uma semana com ela. Só a conheci por duas semanas.

— Como você acha que Amy está lidando com tudo isso? — quis saber Beth.

Ele não sabia. Ela chegou a lhe enviar um e-mail, mas ele apagou sem ler. Se o lesse, temia perder a determinação em sua ira, à qual era importante se agarrar. Ele queria deixar sua mensagem bem clara: Amy não podia usá-lo sempre que precisasse de um amigo. Era esse o problema com a maneira como a amizade entre eles tinha começado. Havia um desequilíbrio desde o início. Matthew adorava que precisassem dele em alguns dos aspectos surpreendentes em que Amy precisava de alguém. Ele gostava de tomar conta dela e, mais tarde, depois que ela começara a lhe dar "tarefas", gostava de ser seu projeto. Um dia, tentou explicar isso à mãe. "Nossas fraquezas se combinam muito bem. Nós preenchemos as lacunas um do outro."

Então descobriu que dizer coisas assim não o ajudava a agarrar-se à sua raiva. Dizer coisas assim o fazia chorar por constrangedores vinte minutos ininterruptos.

Os dias se fundiram uns nos outros sem que ele fizesse muita coisa. Ele não procurou um emprego nem tentou conseguir o antigo de volta. Também não dizia muita coisa quando a mãe perguntava o que estava pensando em fazer no ano seguinte.

— Que tal pegarmos alguns formulários de inscrição em universidades? Ver como são? — perguntou ela um dia.

— Eu sei como eles são, mãe. São formulários on-line que você tem de preencher.

O Natal veio e passou, e Matthew não gravou nenhum acontecimento significativo, exceto uma sensação fugaz de vitória por ter sobrevivido àquele dia, dez vezes piorado por Jana, a nova mulher de seu pai, que tentou explicar suas agruras para a irmã e os pais: "Matthew acabou de ter um desentendimento com uma grande amiga, e está triste hoje."

Nada melhor para bloquear uma conversa.

Ele conseguiu sobreviver, e janeiro passou, com seus céus cinzentos e brancos e suas chuvas intermináveis. Na TV, ele e a mãe assistiam aos noticiários, os quais apresentavam imagens de deslizamentos de terra no sul da Califórnia arrastando casas por encostas rochosas. Ver aquilo o assustou. Até as casas conseguiam sair do lugar, e ele, não.

Ou pelo menos não saíra em quase um mês.

Aquilo o fez sentir-se horrível. Tipo, se não tomasse cuidado, o restante de sua vida poderia ser daquele jeito. Ele seria um daqueles filhos esquisitíssimos que moravam com a mãe até ambos estarem tão velhos que começavam a parecer um casal que saía para fazer compras uma vez por semana e sempre brigavam no mercado.

Isso podia acontecer, ele sabia. Um dia sua mãe saíra para jantar com o professor Heffernan. Quando voltou para casa, disse que tinha sido ótimo, mas que provavelmente era melhor que se considerassem amigos. "Bons amigos", disse ela, o que fez Matthew pensar em Amy. Ele e Amy na verdade nunca tinham sido nada mais do que isso, e veja só como ele terminou arrasado. *Bons amigos?*, ele teve vontade de dizer. *É melhor você tomar cuidado.*

A mãe queria que ele prosseguisse com a vida, mas não tão desesperadamente a ponto de forçá-lo a isso. Se ainda estivesse ali em cinco anos, ela provavelmente lhe passaria o controle remoto e perguntaria que sopa ele ia querer para o jantar. Não desejava isso para ele, mas, se acontecesse, que fosse. Ela não o expulsaria de casa, nem da sua vida.

Matthew precisaria tomar a iniciativa.

Finalmente, no fim de janeiro, ele pegou a bicicleta e foi até o cinema La Tierra. Eram quatro horas quando chegou lá. O Sr. Ilson estava do lado de fora, usando um de seus ternos idiotas e segurando seu chaveiro de zelador.

— Oi! — disse Matthew, alto demais.

Fazia alguns dias que ele não falava com ninguém além da mãe. Eles geralmente conversavam alto demais porque a TV estava sempre ligada.

— Ora, vejam quem está aqui. — O Sr. Ilson ergueu a mão para bloquear o sol que batia em seus olhos. — É bom vê-lo de novo. — Ele não deu um passo à frente para apertar a mão de Matthew (porque o Sr. Ilson nunca apertava mãos), mas Matthew soube que o sujeito estava feliz em vê-lo. — Sentimos um pouco a sua falta. Esqueci o quanto a máquina de nacho podia ficar suja. Todos os outros limpam superficialmente.

— Eu, não. — Matthew assentiu.

— Você, não, Matthew. Isso mesmo. — Ele destrancou a porta e a manteve aberta. — Quer entrar?

Matthew presumia que sua vaga já tivesse sido preenchida. Aquilo nem fora um emprego de verdade; foram apenas alguns turnos que qualquer pessoa poderia ter cumprido tão bem quanto ele. Ele tinha voltado para dizer oi para quem quer que estivesse trabalhando. Para ver se alguma coisa havia mudado, para "visitar", tal como outros ex-empregados tinham feito durante o verão quando estavam em casa, de férias da universidade. Dava para saber que eles já haviam trabalhado lá pela maneira como se esticavam no balcão e se serviam de pipoca.

— Está querendo trabalhar alguns turnos de novo? — perguntou o Sr. Ilson. — Posso ir até o escritório ver o que tenho.

Matthew não sabia se ele estava falando aquilo por pena. Certamente saberia se tivesse horários disponíveis. Provavelmente voltaria e se desculparia; diria que não tinha nada em aberto. Estava só fingindo ser legal.

— Claro, obrigado — disse Matthew. Ficar sozinho no saguão era estranho. Em uma das últimas vezes em que estivera ali, ficara até tarde jogando verdade ou consequência com Hannah nos pufes atrás da tela. Não era uma lembrança ruim; só parecia que tinha acontecido havia muito tempo e com uma pessoa diferente.

— Ai, meu Deus! Matthew! — Era Hannah, na porta, usando um capacete de ciclista. Ela parecia bem... simpática, suada e feliz em vê-lo.

— Oi, Hannah.

— Você está de volta ou só visitando?

— Só visitando, acho. Mas vamos ver... ele está verificando a escala.

Ela se encaminhou para o vestiário dos empregados.

— Isso significa que ele quer você de volta! — Ela fez um "joinha" com o polegar e desapareceu.

Matthew se lembrou das regras e olhou para o relógio. Eles não tinham permissão para bater o ponto antes de vestir o avental e prender o cabelo. Se demorassem muito trocando de roupa, eram descontados por atraso. "Regras são regras", sempre dizia o Sr. Ilson. "Não fui eu quem as criou."

Seria bom voltar. Ter outra pessoa criando regras que todos seguiam, não só ele. Nada de jeans. Nem sapatos abertos. Só camisas brancas debaixo dos aventais. Nada de cigarros. Nem comida. Algumas eram "regras brandas", o que significava que ninguém as seguia, como a de não comer. Todos comiam. E a de "não ficar fazendo hora depois de terminado o turno" poderia ter sido ligeiramente reescrita para: "não ficar fazendo hora depois de terminado o turno, a menos que o pessoal do trabalho seja seu amigo e você esteja com vontade".

Hannah retornou, vestida com o avental feio, o cabelo preso atrás.

— Peraí que vou bater o ponto — disse. Quando voltou, ela o surpreendeu. Não foi direto para o balcão para dar início ao inventário de copos e doces. Foi até ele e o abraçou. O abraço mais longo que ele havia ganhado nos últimos tempos. — Sinto muito por tudo que você passou. Estávamos todos pensando em você e torcendo para que voltasse.

Por fim, ocorreu-lhe: *Chloe deve ter contado para eles. Era por isso que todos estavam sendo tão simpáticos.*

Matthew sorriu, ainda com o rosto no cabelo de Hannah. Era legal da parte dela dizer aquilo, embora não pudesse ser verdade. A menos que sentissem falta de zombar dele pelas costas.

— Carlton escreveu uma música sobre você — disse Hannah. — A banda dele gostou muito e eles vão tocá-la no próximo show. O título é "Sr. Cuidadoso". O refrão diz: "O Sr. Cuidadoso age com precaução / Aonde quer que vá / Ele não deixa rastros / Assim ninguém saberá / O que passa em sua cabeça ou em seu coração / Ele vive neste mundo e vive à parte / Mas, se olhar com atenção, / Lá está ele, você pode ver / Seu coração. Seu coração."

Hannah tinha uma voz bonita, bem melhor do que ele esperava. Provavelmente praticara um pouco, esperando cantá-la para ele.

— Uau — disse ele. — Que legal! Gostei.

— Ele quer que todos saibam que ele não é gay nem nada. Não é uma canção de amor.

— Certo, não.

— É uma canção narrativa. Ele inventou algumas partes.

— Tudo bem. Quer que eu te ajude a começar o inventário?

— Acho que sim. Claro.

Depois que fizeram seis pilhas de vinte copos, o Sr. Ilson apareceu.

— Boas notícias! — falou. — Posso colocá-lo em dois turnos por semana para começar. Mas não esta noite. Renalda vem hoje. Ela é nova. Sem comentários, Hannah. Ainda não temos muita certeza em relação a Renalda. — Ele ergueu uma das mãos num gesto de "pare". — Não me pressione, Hannah. Ponho Matthew sexta à noite com você e quarta à tarde com Carlton. É o melhor que posso fazer.

Pela primeira vez em meses, Matthew sentia-se capaz de compreender o que estava implícito. Hannah havia insistido nisso.

Talvez Carlton também.

Se ele voltar, você tem de lhe dar outra chance, provavelmente disseram.

E por que teriam feito isso, a menos que gostassem um pouco dele? Ele não queria começar a chorar, então se obrigou a não pensar em algo que Amy dissera no hospital: *As pessoas gostam de você, Matthew. Gostam sim. Você precisa começar a enxergar isso, mais cedo ou mais tarde. É um desperdício você não ver.*

Ele não desperdiçaria isso. Nada disso.

Não queria mais ficar nessa. Queria ajudar Hannah a contar seus copos e doces, e perguntar se ela ia fechar o caixa esta noite. Se fosse, ele lhe ofereceria uma carona até em casa. Meia-noite era tarde demais para alguém pegar o ônibus para casa, na escuridão, ele tinha quase certeza. Não estava sendo o Sr. Maluco-Cuidadoso ao lhe oferecer carona. Estava sendo atencioso. Estava sendo amigo. E, se ela quisesse beijá-lo quando ele a deixasse em casa, que fosse.

CAPÍTULO TRINTA E SETE

DURANTE QUASE DOIS MESES, Amy passou a maior parte de seus dias dormindo no quarto. Quando a mãe finalmente entrou, sentou-se na cama e disse "Vamos levá-la a um médico para tratar essa depressão", Amy não protestou.

No consultório, ela não falou muito. Para falar era preciso energia, e isso ela não tinha. Quando ele perguntou com que frequência ela pensava no bebê, ela conseguiu digitar "O TEMPO TODO", o que era verdade. Pelo menos sonhava com ela o tempo todo, e como vinha dormindo bastante, era praticamente a mesma coisa. Todas as noites ela se imaginava amamentando Taylor; todas as manhãs ela acordava com os seios vazios e doloridos.

Ela nunca tinha ficado tão desnorteada com um acontecimento em sua vida.

Finalmente, Amy disse a verdade ao médico:

— QUERIA TER FICADO COM MEU BEBÊ EU SEI QUE É TARDE DEMAIS AGORA, MAS AINDA ASSIM QUERIA TER FICADO.

No fim o médico receitou-lhe um medicamento que não fez muita coisa, exceto ajudá-la a dormir sem sonhos assombrados por bebês. Ela não conseguia suportar pensar em Matthew porque compreendia vagamente que tinha feito algo terrível a ele. Falara sobre seguir em frente e recomeçar a universidade como se tudo pelo que eles haviam passado juntos — ter o bebê, abrir mão dele — não fosse algo que exigisse um tempinho para se recuperar. Ela estava errada em relação a isso. Também errara ao menosprezar tudo que ele fizera em seu benefício — ir para o hospital, sentar-se à sua cabeceira.

O Natal chegou e passou. Sua avó foi visitá-los, assim como a tia que morava em Boise, Idaho. Alguém preparou um pato. Outra pessoa fez pudim de pão, o qual Amy tentou comer, mas não conseguiu.

Na primeira semana de janeiro, chegou um pacote da Universidade da Califórnia em Berkeley, dando boas-vindas a Amy como aluna transferida. O semestre começou no fim de janeiro, o que significava que Amy tinha ficado em casa por quase dois meses e tomado medicação por um. Ela não sabia se seria capaz de sobreviver a uma nova faculdade, mas tinha certeza de que não sobreviveria à sua única outra opção: ficar em casa por todo o semestre.

Nada foi fácil. Fazer as malas e viajar seis horas para o norte. Inscrever-se nas disciplinas em uma universidade imensa. Percorrer um campus que era cinco vezes maior do que o da Stanford. Mas ajudava muito o fato de agora ela estar em um dormitório de verdade, o que oferecia acesso a deficientes, com dois cadeirantes em seu andar. Comparada a eles, sua scooter motorizada manobrava como um sonho e era duas vezes mais rápida. Ela se sentia uma exibida todas as vezes que passava por um deles, indo ou vindo das aulas, mas eles não pareciam se importar. Sempre acenavam, e ela buzinava como forma de cumprimento.

Ficou surpresa ao descobrir que sua aula preferida era, de longe, dramaturgia, que tinha um encontro semanal de três horas. Havia quinze alunos inscritos e um elenco de estudantes de teatro para representar as cenas que os autores escreviam.

Desde a primeira aula, Amy não cansava de se maravilhar com o milagre de ouvir suas palavras lidas em voz alta por pessoas de verdade. A maravilha da inflexão! De uma pessoa real dizendo uma de suas piadas no tempo certo, fazendo-a soar cômica!

Ela adorava ver os atores brincando com seu texto — apresentando-os de um jeito, depois mudando de ideia e tentando de outra forma. Era quase como a empolgação que sentira no quarto ano ao ganhar um DynaVoz, seu primeiro computador falante, e depois novamente com o Pathway, seu primeiro computador a soar (mais ou menos) humano. Mas isso era ainda melhor — suas palavras sendo pronunciadas por pessoas reais.

Infelizmente, nenhum de seus primeiros esforços de escrever para o teatro teve muito sucesso. Seu monólogo cômico tinha algumas falas boas, mas no geral era insosso; seu confronto de dois personagens — velhos brigando por causa de um banco — era afetado e estridente. O professor não aliviava Amy nas críticas. ("Uma comédia não deve nunca transparecer um esforço muito grande... O conflito foi convincente, mas não tenho certeza se esses *personagens* são...") Amy odiava o fato de não ser boa logo de cara. A cada fracasso, ela corria de volta ao quarto e começava uma nova peça.

Em março, ela passara o praticamente o tempo todo escrevendo em detrimento de todas as outras matérias. Algumas noites, ficava acordada até uma ou duas da manhã escrevendo. Uma coisa ela podia dizer: pela primeira vez desde que Taylor nascera, Amy conseguira passar uma noite inteira, e então duas, sem sonhar com a bebê. Em vez isso, sonhou que escrevia peças ruins e que todas as pessoas que ela já conhecera apareciam para assistir. Também sonhou que era reprovada em todas as outras disciplinas que estava cursando.

Este último sonho quase se tornou realidade à medida que ela foi ficando mais obcecada com as aulas de teatro. Não conseguia evitar. Não conseguia esquecer o fascínio e a frustração de escrever cenas quase boas, mas não exatamente. Passou um fim de semana inteiro lendo um livro teórico (*Cenas para dramaturgos aprendizes*), e comprando outro e lendo mais peças on-line. Nunca tinha ouvido falar em Mamet até se apaixonar por ele em um longo domingo passado alegremente enfurnada em seu quarto.

Na semana seguinte, havia produzido a própria homenagem a Mamet, na qual abundavam imprecações e frases inacabadas.

— OS PALAVRÕES SÃO ESSENCIAIS — disse ela aos colegas de turma na semana seguinte, porque sentia que eram mesmo.

— Amy está encontrando a própria voz — disse o professor depois. — Isso é parte do processo.

Amy interpretou o comentário como: *mais um fracasso, mas está chegando mais perto*. Então ele acrescentou:

— Estou curioso para saber o que aconteceria se Amy escrevesse seu ato único final sobre um tema mais familiar a ela. Não teria necessariamente de ser verdade, apenas alguma coisa inspirada em sua experiência. Para algumas pessoas, isso resulta em textos mais fracos, artificiais. Para outras, resulta de longe no que elas fazem de melhor. Todos deviam experimentar pelo menos uma vez para ver.

Um garoto no fundo da sala, o qual escrevia exclusivamente vinhetas de ficção científica que, quando lidas, pareciam videogames sem efeitos especiais, resmungou em protesto, mas Amy foi para o quarto e naquela mesma noite começou um projeto novo.

Ela escreveu uma peça de dez minutos sobre um garoto agorafóbico que não saía de casa havia seis meses, e sua amiga, uma garota que tentava convencê-lo a sair para jantar com ela. Quando releu na manhã seguinte, aconteceu algo que Amy não esperava. Ela se flagrou chorando.

Uma semana mais tarde, ao ouvir a peça ser lida em voz alta na aula, quase chorou novamente. Depois que a cena chegou ao fim, todos ficaram calados durante alguns minutos.

Por fim, o professor disse:

— Lindo trabalho, Amy. Simplesmente lindo.

O festival de peças curtas para o qual seu texto foi escolhido tinha a intenção de ser uma vitrine do trabalho de alunos do curso de dramaturgia, o que Amy oficialmente ainda não era.

— VOU FAZER A OPÇÃO HOJE — disse ela ao professor quando ele lhe deu a notícia de que ela fora selecionada.

— Só se você tiver certeza de que é isso que quer fazer.

— SIM — digitou ela rapidamente. — TENHO CERTEZA.

Ela não conhecia muitos alunos de dramaturgia, mas gostava dos que conhecera. Eles preenchiam uma sala de um modo que a tirava de seu próprio mundinho. Quando estava perto deles, com suas muitas excentricidades, ela sentia-se menos deficiente e mais excêntrica à sua própria maneira. *Vocês falam abanando as mãos e eu falo usando este computador.*

As três semanas de ensaio foram intensas e exaustivas, e em algumas noites ela mal conseguiu dormir. Trabalhar tão intensamente com um grupo de pessoas tão pequeno a fez pensar em Matthew e no grupo que ele conhecera no cinema. Uma semana antes da estreia de seu texto, Amy escreveu a seguinte mensagem para ele:

Para: mstheword@gmail.com

De: aimhigh@comcast.net

Assunto: o que estou fazendo...

Agora sou uma autora teatral! Trata-se de uma peça de um só ato de vinte minutos, mas consegui ser escolhida para o Festival de Curtas, o que significa que meu texto está passando por uma produção completa com um diretor, atores e um projeto cenográfico! Falando objetivamente, não é a melhor peça da noite, mas também não é a pior! E eu sou a única caloura que foi incluída, o que talvez signifique alguma coisa, não é? Sei que você não pode vir até aqui para assistir, mas parte de mim queria que pudesse. Parte de mim queria que tivéssemos concluído as coisas de forma diferente para que eu pudesse dizer: "Matthew, eu adoraria que você visse isso para que eu pudesse ver você".

Ela enviou a mensagem antes que pudesse pensar demais a respeito. Quem saberia se ele iria abrir e ler? Amy tinha enviado mensagens para ele antes e não obtivera resposta.

Provavelmente ele não responderia.

Mas tudo bem, disse ela a si. Mesmo não estando tudo bem. Mesmo que aquilo só fosse lhe parecer real se ele fosse até lá e assistisse. Porque ela havia escrito a peça para ele. Para dizer o que vinha tentando expressar durante todo esse tempo.

CAPÍTULO TRINTA E OITO

NÃO ERA UM CONVITE de fato, pensou Matthew. Não incluía datas ou horários nem nada assim. Era típico de Amy — cheio de sentimento, mas sem muita logística prática. Ainda assim, ele ficou curioso. Olhou a página do Festival de Curtas da Universidade da Califórnia, em Berkeley, e descobriu que era no mesmo fim de semana em que Hannah viajaria para o casamento de uma prima. "Falaram que posso levar você", dissera Hannah. "Mas não tenho certeza se devo. Levando-se tudo em conta. Daqui a anos meus parentes vão continuar me perguntando sobre você. Não tenho muita certeza se é uma boa ideia."

Matthew não sabia muito bem o que Hannah queria dizer com aquilo; ele só sabia que, nos poucos meses em que vinham quase namorando, ele às vezes se revelara uma decepção para ela. Não telefonava quando ela esperava que o fizesse; esquivava-se da maior parte das atividades em grupo. A única vez em que saíram com o pessoal para ver um dos shows de Carlton, teve um miniataque de pânico na pista de dança diante do palco. Ela o encontrou do lado de fora, sentado no meio-fio, tentando se acalmar.

Matthew enxergou como um sinal o fato de a peça de Amy ser no mesmo fim de semana em que Hannah não ia levá-lo para um casamento. *Talvez você esteja destinado a ir*, disse a antiga voz. Era bem interessante: às vezes a voz lhe dizia para fazer coisas que ele queria mesmo fazer. *Você provavelmente deve ao menos isso a ela.*

Sua primeira surpresa: Nicole lhe ofereceu uma carona quando ele telefonou a fim de descobrir os horários da peça. Tinha pesquisado os ônibus, que levavam entre oito e doze horas, dependendo do quadro de horários consultado. E havia também a questão de circular por uma cidade estranha assim que chegasse. Era tudo um pouco angustiante, como os antigos desafios de Amy. Este parecia um deles, só que Amy nem tinha se dado conta de que havia lhe proposto um desafio.

— Ficaríamos felizes se você fosse conosco — disse Nicole. — Podíamos até mesmo manter segredo e fazer uma surpresa para Amy quando chegássemos lá.

Ela está falando sério?, perguntou-lhe a voz, então respondeu a si mesma: *Sim, ela pode não gostar tanto assim de você, mas é grata por tudo que você fez no fim do ano. Não devia negar o convite só porque parece constrangedor ficar num carro com ela.*

— Muito obrigado — ouviu-se dizer. — Seria ótimo.

E de fato a viagem de carro foi bastante desconfortável. Os pais de Amy eram fãs de música clássica, e por isso Matthew não achou que fosse um problema conversar enquanto ouviam música, mas aparentemente era. Por fim, Nicole disse:

— Estávamos ansiosos para ouvir esta sonata, Matthew, se você não se importa.

À medida que se aproximavam (e a música chegava ao fim), passaram a falar um pouco mais. Nicole contou a ele que Amy havia realmente mergulhado de cabeça no programa de dramaturgia de Berkeley.

— Ela já está dizendo que quer se especializar nisso...

Matthew não sabia como Nicole se sentia a respeito. Provavelmente não muito feliz.

— Nós nos preocupamos, é claro, se ela vai conseguir seguir uma carreira nessa área. Ou mesmo ganhar dinheiro com isso. — Ela estava tentando sorrir, dava para notar.

— Acho que ela vai se dar bem — disse Matthew. — As pessoas são fascinadas por Amy. Veja só todos os jornais e TVs que fizeram matéria sobre a ida dela para a universidade. Aposto que vai acontecer a mesma coisa quando ela escrever uma peça. As pessoas querem saber o que ela pensa.

Ele ficou surpreso com o quanto suas palavras soaram seguras.

Nicole sorriu no banco da frente.

— Espero que você esteja certo, Matthew.

O saguão do teatro estava apinhado, mas não foi difícil encontrar Amy, sentada em sua scooter com uma cestinha na frente, a qual já continha um buquê de rosas. Matthew estava tenso e sentia-se um pouco idiota. Ele nem pensara em levar flores.

Amy estava bonita. Parecia mais velha, enrolada em uma echarpe de franjas teatral que ficava ótima nela. No entanto, eles tinham chegado um pouco atrasados. A apresentação estava começando naquele instante, e Amy pôde apenas acenar, surpresa, antes que eles se acomodassem em seus lugares.

Estavam na quinta fileira, do outro lado do corredor e atrás do espaço reservado onde Amy estacionara a scooter. Antes do início da peça, Matthew passou quase tanto tempo observando o rosto dela quanto os atores. Ele não tinha a menor ideia do que ela estava pensando ou se estava feliz com a ida dele.

A peça de Amy era a penúltima. Chamava-se *Juntos e sós* e era sobre um garoto com agorafobia e sua amiga — uma garota meio hiperativa, exuberante, vestida de maneira extravagante

— que tentava convencê-lo a sair para jantar. Durante algum tempo, o texto foi engraçado. Ele ficava dizendo: "Não, obrigado, prefiro não ir", e ela ficava chamando-o de Bartleby, o Escrivão, personagem de uma história que Matthew tinha lido durante o verão por recomendação de Amy. Aparentemente toda a plateia também a tinha lido, porque todo mundo riu da piada.

Matthew sentia-se constrangido, sentado ao lado de Nicole. Ele temia o desfecho da cena — o garoto não saía de casa fazia seis meses; a garota continuava tentando convencê-lo. Havia inclusive uma porta embutida no cenário, para a qual a garota ficava apontando.

— Vamos tentar — disse ela. — Vamos até o corredor.

Naturalmente, aquilo estava deixando Matthew nervoso. Todos assistindo a uma versão anedótica de suas próprias e terríveis batalhas de um ano atrás. O ataque de pânico no clube do anuário. E, mais tarde, no baile de formatura. Então ele percebeu algo interessante — o ator não representava a parte do pânico. Ele não suava ou tremia. Simplesmente ficava sentado no sofá e se recusava a se mover.

— Não estou pronto — disse ele. — Vou dizer quando estiver.

Quanto mais a garota implorava, mais parecia ser ela a maluca.

— É a minha vida, não a sua — argumentou ele. — Sou capaz de fazer minhas próprias escolhas.

Ela se mantinha parada no corredor e implorava. Acenou com dinheiro e comida. Prometeu a ele todos os tipos de favores e recompensas caso ele saísse com ela e jantasse em um restaurante.

— Não, obrigado — respondia ele. — Prefiro ficar aqui.

Finalmente, furiosa, ela saiu intempestivamente. Chorou no corredor e gritou com ele por quase quatro minutos inteiros. Àquela altura, Matthew teve de admitir que a estrutura da peça era bastante eficiente: ver o ator registrar o drama que se desenrolava fora do palco. Um sorriso lento abriu-se em seu rosto, como se ele soubesse o que estava por vir: finalmente os gritos cessaram e a garota voltou ao palco, carregando um pacote de comida.

— Chega pra lá — disse ela, sentando-se ao lado dele no sofá.

Então — e essa foi a parte de que ele mais gostou — eles mudaram de assunto. A garota tinha uma história para contar a ele; ele tinha outra para contar a ela.

A questão ali era sobre aceitação, pensou ele. Dar-se conta de que ninguém é perfeito e de que ninguém pode esperar mudar outra pessoa. O que era uma mensagem bacana, mas também — ele tinha de admitir — meio confusa. Ela pensava mesmo que ele não tinha mudado nada? E quanto a tudo que acontecera no hospital? Essa era uma história sobre amigos, mas eles não tinham sido mais do que isso?

Depois que acabou, Matthew aguardou numa pequena fila diante da scooter de Amy.

— A peça foi ótima, Aim — disse ele quando finalmente chegou sua vez de cumprimentá-la. Ele a abraçou, embora isso significasse se curvar, o que era estranho.

— NADA DE MAIS.

— Foi, sim. Me fez lembrar um pouco daquele livro que li para você.

— JUNIE MOON. SÉRIO?

— Você sabe. O encontro de excêntricos.

— É UM TEMA QUE ME AGRADA.

— Você fala disso bem. — Ele sorriu e então desviou o olhar. Havia mais a se dizer, porém Matthew não queria fazer aquilo ali. Havia mais pessoas na fila atrás dele. — Não consigo acreditar que você escreveu isso e ainda cursou outras três disciplinas. Quando você dormia?

Ela fez um gesto engraçado com a mão, um que ele nunca vira. Percebeu que ela estava querendo que ele se aproximasse para poder falar algo baixinho:

— TIREI NOTAS HORRÍVEIS NESTE SEMESTRE. NÃO CONTE PROS MEUS PAIS.

Ele riu porque sabia: horrível para ela provavelmente eram Bs.

— EU PRATICAMENTE SÓ ESCREVI ISTO. FOI TUDO QUE FIZ ESTE ANO.

Ele olhou para ela.

— Não *tudo*. — Queria perguntar se ela mantinha uma foto de Taylor ao lado da cama, do jeito que ele fazia. As fotografias mais recentes exibiam um grande sorriso banguela. Ela parecia tão feliz que era difícil não sorrir ao olhá-la.

— NÃO. VOCÊ TEM RAZÃO. NÃO TUDO.

Matthew não podia mencionar o nome de Taylor ali. Poderia fazer um deles, ou ambos, chorar, e ele não queria isso.

— Está pensando em voltar para casa nesse verão? — Ele tentou fazer aquela pergunta soar casual, mesmo que não fosse. — Você sabe, só para uma visita.

— SIM. PASSAREI O VERÃO INTEIRO EM CASA. QUERO TRABALHAR EM OUTRA PEÇA.

— Que ótimo, Aim! — Ele ficou feliz em ouvir aquilo, mas também estava consciente da fila crescendo atrás de si. — Acho que é melhor eu ir. Falo com você por mensagem depois, talvez quando você chegar em casa. — Ele deu um de seus acenos horrivelmente desajeitados, que mais pareciam um limpador de para-brisa. Sentiu-se como um personagem de desenho animado fazendo mímica: *Até já!*

Então Amy fez mais uma coisa inédita: ergueu a mão ruim e o agarrou pela camisa.

— ESPERE — digitou ela. Continuava segurando sua camisa. — SÓ UM POUCO.

* * *

Não podia deixá-lo simplesmente ir embora. Não depois de quatro meses esperando.

Amy fez um gesto de cabeça para as pessoas paradas em torno dele. Com uma das mãos ainda agarrada à camisa dele, digitou:

— VOCÊS PODEM ME DAR LICENÇA? PRECISO FALAR COM MEU AMIGO.

Matthew ficou vermelho, mas funcionou. As pessoas se afastaram.

Ela guiou a scooter para um canto do saguão, para perto de uma cadeira vazia na qual Matthew podia sentar-se.

— EU NÃO SABIA QUE VOCÊ VIRIA. TENHO COISAS PARA DIZER, MAS NÃO ESTÃO DIGITADAS...

— Eu sei. Me desculpe. Sua mãe quis fazer uma surpresa. O que me deixou meio admirado, obviamente. — Enquanto ela digitava, ele continuou falando: — Viemos juntos de carro, e devo dizer: não foi tão ruim quanto imaginei que seria. Apenas seis numa escala de dez de desconforto. Talvez sete na metade da viagem...

Amy parou de digitar por um momento e pressionou o play.

— ANTES DE EU DEIXAR O HOSPITAL, VOCÊ ESTAVA CERTO QUANDO FALOU QUE TIVE TAYLOR COMO FORMA DE PROVAR ALGUMA COISA PRA MINHA MÃE. MAS EU TAMBÉM QUERIA TE FALAR UMA COISA. PASSEI O ANO TODO TENTANDO DIZER ISSO.

— O quê?

— QUE EU TE AMO.

Ele sorriu. Então desviou o olhar e riu.

— Você ficou grávida de outro cara como forma de dizer que me amava?

— É ESTRANHO, EU ADMITO. NÃO FOI A MANEIRA MAIS CLARA DE PASSAR MINHA MENSAGEM.

— Talvez não.

— SER SUA AMIGA ME FEZ SENTIR QUE EU PODERIA FAZER MUITO MAIS DO QUE JAMAIS ME DERA CONTA. — Será que ele entendia o que ela estava dizendo? Amy digitava o mais rápido que podia, mas o salão estava cheio e aquilo era difícil.

— PRECISO ESTAR AQUI POR CAUSA DA UNIVERSIDADE, MAS SEI QUE NUNCA VOU AMAR OUTRA PESSOA DA MANEIRA QUE TE AMO.

Durante um longo momento, Matthew não disse nada. Ele ainda sorria um pouco, como se não se não fosse um problema ouvir aquilo tudo, e ela prosseguiu:

— NÃO CREIO QUE ALGUM DIA EU VÁ TENTAR NAMORAR. NÃO VEJO SENTIDO NISSO.

— Bem, eu estou tentando — disse ele, então deu uma risadinha. Mas aquilo obviamente não foi engraçado.

Amy não esperava por aquela revelação.

— VOCÊ ESTÁ NAMORANDO ALGUÉM?

— Um pouco — disse ele, e respirou fundo. — E não faz mesmo muito sentido. O que aprendi é que tenho certas características que são irritantes para outras pessoas.

Ela digitou sem desviar os olhos dele.

— ASSIM COMO EU.

— Tipo muito, muito irritantes. Ela atirou um refrigerante em mim.

— AH, MATTHEW.

— Eu sei! Uma vez ela me disse que eu ainda não estava bem-resolvido em relação a você ou algo assim.

— O QUE VOCÊ ACHA QUE ELA QUIS DIZER COM ISSO?

— Que eu ainda não estava bem-resolvido em relação a você, acho. Ou talvez que eu ame você, sei lá.

Agora ele estava sorrindo abertamente. Ambos desviaram o olhar. Era pesado demais ficarem se olhando, com tudo que estavam dizendo.

Matthew pegou a mão boa de Amy e a apertou, então se inclinou, aproximando a boca do ouvido dela.

— Um dia você vai ser uma ótima autora teatral — sussurrou ele. — Você vai pensar em todas as coisas certas a se dizer.

Ele continuava segurando a mão dela, então ela não conseguia responder. Amy virou-se, de modo que seu rosto tocou os lábios dele. E ficaram assim. Ele respirando perto do rosto dela, o nariz em seus cabelos. Ela sentindo o toque dele reverberar pelo corpo todo.

— Vamos ter um verão legal — sussurrou ele. — Vamos começar assim.

AGRADECIMENTOS

MINHA INCOMENSURÁVEL GRATIDÃO A meus mais queridos primeiros leitores: Mike Floquet, Melinda Reid, Monty McGovern, Elizabeth McGovern, Valle Dwight, Carrie McGee, Katie e Bill McGovern, Charlie Floquet e Matilda Curtis. Todos eles contribuíram com comentários de valor inestimável.

Obrigada a Eric Simonoff, que leu demasiadas primeiras versões de histórias com esse personagem e, ainda assim, manteve o entusiasmo. Obrigada a Margaret Riley King, que encontrou um lar para a versão final e vem fazendo um trabalho maravilhoso me iniciando nesse mundo da literatura juvenil. Obrigada também a Laura Bonner por seu entusiasmado apoio a este livro desde o início.

Um milhão de agradecimentos a Tara Weikum, que editou este livro com surpreendente cuidado e faz com que a Harper-Collins pareça um novo e maravilhoso lar cheio de pessoas brilhantes como Christina Colangelo, Chris Hernandez, Margot Wood e Aubry Parks-Fried, sob as mãos orientadoras de Susan Katz e Kate Jackson. Além-mar, muito obrigada a Rachel Perry, da Macmillan Books.

Pela ajuda em todas as questões técnicas e outras, muito obrigada a Mat Lebowitz, Julian Concannon e Peter Michael Smith. (Na realidade, todos eles grandes escritores!)

E um agradecimento especial a Danielle Kadinoff e a sua filha, Irene Soulos, que leram a primeira versão deste livro e me direcionaram ao final que provavelmente devia estar ali o tempo todo...

Sou muito grata a todos vocês.

AGRADECIMENTOS

Este livro foi composto na tipologia Minion Pro,
em corpo 11/14,75, e impresso em papel off-white
no Sistema Cameron da Divisão Gráfica
da Distribuidora Record.